I BOTANY BAY

I Mam a Dad, am eu hamynedd

BETHAN GWANAS

I BOTANY BAY

y Lolfa

Mae elfennau o'r stori hon yn berffaith wir, ond y dychymyg
sydd wedi rhoi cig ar esgyrn y cymeriadau. Mae'r ffeithiau go
iawn wedi eu nodi ar ddiwedd y nofel, ond dwi'n erfyn arnoch
chi i beidio â'u hastudio nes gorffen darllen y stori.

Hoffwn ddiolch i Myrddin ap Dafydd
am yr hawl i atgynhyrchu cerdd o'i eiddo; i J Richard Williams o
Langefni am wybodaeth a chyngor 'nôl yn 2009; i Beryl Hughes
Griffiths am ei chyngor cyson; i bawb yn Archifdy Dolgellau; ac, am
eu hamynedd yn fwy na dim, i griw adran gomisiynu'r Cyngor Llyfrau
(sydd wedi ymddeol bellach!) a phawb yng ngwasg y Lolfa.

Argraffiad cyntaf: 2015
© Hawlfraint Bethan Gwanas a'r Lolfa Cyf., 2015

Llun y clawr: Teresa Jenellen

Rhif Llyfr Rhyngwladol: 978 1 78461 162 0

Dymuna'r cyhoeddwyr gydnabod cymorth ariannol
Cyngor Llyfrau Cymru

Cyhoeddwyd ac argraffwyd yng Nghymru
ar bapur o goedwigoedd cynaladwy gan
Y Lolfa Cyf., Talybont, Ceredigion SY24 5HE
e-bost ylolfa@ylolfa.com
gwefan www.ylolfa.com
ffôn 01970 832 304
ffacs 01970 832 782

You lads and lasses attend to me
While I relate my misery;
By hopeless love was I once betrayed,
And now I am a Convict Maid.

Far from my friends and home so dear
My punishment is most severe
My woe is great and I'm afraid
That I shall die a Convict Maid.

Anhysbys, 'The Convict Maid'

'As one reads history… one is absolutely sickened not by the crimes the wicked have committed, but by the punishments the good have inflicted.'

Oscar Wilde

I

Dechrau Mai 1833

'Ann! Ann? O… ble mae'r hogan wirion 'na?'
Doedd Mrs Elizabeth Price ddim yn berson amyneddgar ar y gorau, a doedd gorfod galw ar ei morwyn fwy nag unwaith – a hynny o flaen pobl ddiarth – ddim yn plesio. Dim ond Wiliam, un o fechgyn y siop, oedd y person 'diarth', ond dim bwys am hynny. Roedd hi'n bwysig i bawb gael gweld ei bod hi'n gallu rhedeg ei thŷ'n drefnus a'i bod hi'n mynnu disgyblaeth a phrydlondeb bob amser. Roedd gan Mr Hugh Price, *draper* gorau tref Dolgellau, safonau uchel yn ei siop, ac roedd o'n disgwyl i'w wraig allu cynnal yr un safonau. Ond roedd 'na waith dysgu ar y forwyn fach newydd 'ma.

O'r diwedd, roedd sŵn traed i'w clywed yn rhedeg o'r bwtri, sŵn hoelion bychain yn clecian ar lawr llechi. Agorodd y forwyn y drws a brysio tuag at Mrs Price a Wiliam gan sychu ei dwylo cochion ar ei ffedog.

'Mae'n ddrwg iawn gen i, Mrs Price, ro'n i'n labio'r llwch allan o'r matiau ar y lein yn yr ardd, a chlywes i mohonoch chi…'

'Dim esgusodion! Dydi hyn ddim yn ddigon da, Ann, ac mi ga i air efo ti yn nes ymlaen.'

Anadlodd Mrs Price yn ddwfn. Doedd colli ei thymer yn gyhoeddus ddim yn *ladylike*, a chael gair efo'r forwyn yn breifat wedi i'r hogyn yma adael oedd y peth i'w wneud. Dyna roedd Mr Price yn ei ddweud beth bynnag, a gan fod hwnnw'n delio'n ddyddiol gyda'i weithwyr yn y siop, roedd o'n gwybod yn iawn sut i drin staff.

Trodd Mrs Price at y bachgen, a thynnu sylw Ann at y bwndel mawr yn ei freichiau.

'Mae'r ffrog newydd roedd Mr Price wedi ei harchebu i mi wedi cyrraedd, Ann, ac mae angen mynd â hi i'r llofft – yn ofalus! Brysia rŵan, dwi am iddi gael ei hongian yn syth. Ac wedyn mi gymera i baned yn y parlwr.'

'Iawn, Mrs Price.'

Trodd Mrs Price am y parlwr ac estynnodd Ann am y bwndel. Gwenodd y bachgen arni wrth drosglwyddo'r ffrog iddi.

'Be sy mor ddigri?' sibrydodd Ann.

'Jest meddwl pa mor ddel wyt ti efo'r bochau coch 'na…'

'Gwranda, Wiliam Jones, coch fyddai dy fochau ditha ar ôl bod yn bustachu efo ryw fatiau mawr trwm, llychlyd a lein ddillad sy'n llawer iawn rhy uchel i ti.'

'Ia, rhyw bwten fach o hogan wyt ti, yndê? Mi fydda i wrth fy modd efo merched sy'n edrych i fyny ata i…' chwarddodd yntau wrth iddi geisio ei basio am y grisiau.

'Dwyt ti ddim yn ddoniol, Wiliam,' meddai Ann. Roedd hi wedi clywed y 'jôc' yna o'r blaen.

'O, wel, wyt ti isio i mi dy helpu di gario hwnna i'r llofft 'ta?' gofynnodd Wiliam yn glên. 'Rhag ofn na fyddi di'n gallu cyrraedd yn ddigon uchel i'w hongian hi…'

'Cer i grafu, Wiliam Jones!' Ond roedd 'na wên yn ei llais. Roedd y ddau'n nabod ei gilydd ers tro, ac wedi mynychu'r un Ysgol Sul, er nad oedd o wedi mynychu'r lle yn aml iawn. Tipyn o sgamp oedd yr hogyn, ond un digon annwyl.

Roedd hi hanner ffordd i fyny'r grisiau, ac yn dal i fedru teimlo ei lygaid arni.

'Cer!' hisiodd. 'Neu mi gei di ei chlywed hi gan Meistres!'

'Iawn, dim ond mwynhau gweld be ro'n i'n weld o'n i!' chwarddodd y llanc gan gamu'n ôl am y drws allan.

Cochodd Ann at ei chlustiau'n syth. Doedd hi ddim wedi

codi ei sgert yn rhy uchel i fedru dringo'r staer heb ddisgyn yn fflat ar ei thrwyn, oedd hi? Doedd o erioed wedi gallu gweld rhywbeth na ddylai? Doedd ganddyn nhw ddim grisiau gartref ym mwthyn bychan Llety'r Goegen, felly roedd hi'n dal i geisio arfer efo cario pethau i fyny'r grisiau diddiwedd yma ym Mryn Teg heb sathru ar hem ei sgert hir.

Brysiodd yn ei blaen i fyny'r grisiau ac am lofft ei meistres. Oedodd i edrych arni hi ei hun o'r tu ôl yn y drych mawr derw. Na, roedd popeth yn iawn, roedd ei sgert yn cuddio pob dim, bron i lawr at ei fferau. Dim ond tynnu arni roedd y sgrwb digywilydd!

Gosododd y bwndel ar y gwely a dechrau ei ddadlapio'n ofalus. Ochneidiodd wrth weld y defnydd cotwm hyfryd. Stribedi o wyrdd igam-ogam ar gefndir pinc a phatrymau bach llwyd o ddail a ffrwythau rhyfedd yma ac acw. Welodd hi erioed rywbeth mor hardd yn ei byw. O, a llewys 'leg of mutton' bendigedig! Yna, gwelodd y les dros yr ysgwyddau, ac roedd hi eisiau crio. Roedd pwy bynnag fu'n gwneud y ffrog hon yn feistres ar ei chrefft. Er ei bod hithau'n wniadwraig dda, fyddai hi byth yn gallu creu rhywbeth fel hyn, byth bythoedd, Amen.

'Hyfryd, yn tydi?' meddai llais y tu ôl iddi.

'Ydi, Meistres! Dwi'n meddwl mai dyma'r ffrog ddelia imi ei gweld yn fy myw!'

'A finnau, felly paid ti â meiddio cyffwrdd y les 'na efo dy ddwylo budron.'

'Ond maen nhw'n berffaith lân, Meistres – drychwch! 'Nes i eu golchi nhw wrth ddod i'r tŷ!'

'Wel, bydda'n ofalus. Ti'n gwbod be maen nhw'n galw les fel'na ar yr ysgwyddau? *Double-caped fichu*. Swnio'n grand, yn tydi?'

'Ydi, Meistres, ac mi fyddwch chi'n grand o'ch co yn hon.'

'Byddaf, yn enwedig efo 'ngwallt yn *ringlets* i gyd, a'r het yma efo hi, ti'm yn meddwl?'

Rhoddodd het gyda chantel fawr wen a rhubanau pinc am ei phen ac edrych arni ei hun yn y drych mawr. Roedd hi'n ddynes smart, braidd yn rhy denau, meddyliodd Ann; roedd hi mor denau, prin ei bod hi angen staes, ond roedd pob dynes o werth yn gwisgo staes, wrth gwrs, dim bwys pa siâp oedden nhw. Fe gâi hithau wisgo staes go iawn cyn bo hir hefyd, siawns.

Gwyliodd hi Mrs Price yn edmygu ei hun yn y drych a gwneud rhyw siapiau rhyfedd efo'i cheg. Urddasol iawn, meddyliodd Ann, ond doedd hi'm yn siŵr oedd lliw'r ffrog yn gweddu i'w meistres chwaith.

'Perffaith, mi fyddwch chi'n ddigon o sioe, Meistres.'

'Byddaf, gobeithio, gan mai gobaith Mr Price ydi y bydd hi'n denu mwy o gwsmeriaid i'r siop.'

'O, mi fyddan nhw'n siŵr o heidio yno ar ôl eich gweld chi yn honna, Meistres.'

'Wel… diolch i ti am ddeud hynna, Ann, ond mae hi wedi costio gymaint, mi fydd raid gofalu ei bod hi'n aros yn grand am flynyddoedd. Felly dyro hi i hongian reit handi! A dwi bron â thagu isio paned.'

'Wrth gwrs, Meistres; fydda i ddim chwinciad, Meistres.'

Ond wedi i Mrs Price adael y llofft, oedodd Ann fymryn cyn rhoi'r ffrog i hongian. Daliodd hi o'i blaen yn y drych. Roedd y lliw'n gweddu'n berffaith iddi! Cymaint gwell na'i gwisg morwyn ddu, syber efo'r ffedog wen oedd yn baeddu ar ddim.

Ond does 'na'm pwynt i ti freuddwydio, Ann Lewis, meddyliodd. Chei di byth ffrog fel hon, byth bythoedd, ddim dros dy grogi. Oni bai dy fod ti'n bachu gŵr efo dipyn o bres, wrth gwrs… Gwenodd arni ei hun yn y drych. Gwyddai'n iawn ei bod hi'n ferch olygus – doedd 'na ddigon o fechgyn wedi dweud hynny wrthi droeon? A'i mam, wrth gwrs, fyddai wrth ei bodd yn brwsio'i gwallt hir, melyn am oes gyda'r nos – nes i'w thad roi stop ar hynny, rhag i Ann 'fynd yn fwy o beunes nag ydi hi'n barod!' Ond dyna fo, mae'n siŵr bod pob mam yn meddwl mai ei merch ei hun oedd y beth ddelia grëwyd erioed. Oni bai ei bod hi'n hyll fel pechod, wrth gwrs. Ond doedd neb yn hyll, chwedl ei mam.

'Plaen ydyn nhw, Ann, dyna i gyd. Ac weithie mae bywyd yn haws i hogan blaen.'

Doedd Ann erioed wedi dallt sut gallai hynny fod yn wir, ond gwyddai fod ganddi dipyn i'w ddysgu am fywyd. Er ei bod hi'n ddeunaw oed bellach, ac yn gwybod mai dynes oedd hi, nid hogan, cyfyng iawn fu ei bywyd hyd yma – nes iddi gael y swydd hon gan Mr Price. Roedd ei bywyd wedi newid dros nos!

Cofiodd yn sydyn lle roedd hi, a rhoi'r ffrog i hongian cyn brysio i lawr y grisiau am y gegin. Doedd wiw iddi bechu Mrs Price. Roedd hi eisiau plesio honno'n ofnadwy, gan mai lwc mul oedd cael swydd fel morwyn fach iddi yn y lle cyntaf, ac roedd Mr Price wedi dweud y câi weithio yn ei siop *drapers* gyda hyn, os oedd hi'n plesio o gwmpas y tŷ.

'Dach chi'n gweld, mae merched y wlad yn fwy gonest na merched y dre, o 'mhrofiad i,' meddai Mr Price wrth ei rhieni pan alwodd i gynnig y swydd iddi. 'Mae 'na bob math o giaridyms yn y dre 'ma y dyddie yma, ac mae'n rhaid i mi fod yn ofalus pwy dwi'n eu cyflogi yn y siop, wrth reswm. Mi fydd angen dysgu cryn dipyn iddi, wrth gwrs, ond mi geith Mrs Price roi 'chydig o *training* iddi o gwmpas y tŷ yn gynta.'

Roedd o wedi ei blesio'n arw gyda'i gallu i wnïo, ond hefyd ei gallu i ysgrifennu a darllen: 'Mae ein dyled yn fawr i Thomas Charles, heddwch i'w lwch; syniad penigamp oedd dysgu'n plant i ddarllen ac ysgrifennu yn yr Ysgol Sul, ac mae'n amlwg fod Ann wedi bod yn ddisgybl cydwybodol iawn. Ydi hi'n gallu gwneud syms hefyd? Yn ei phen? Wel, go dda. Y dynion sy'n delio gyda phres acw, wrth gwrs, ac yn sgrifennu'r biliau, ond wnaiff o ddim drwg i un o'r merched fedru cyfri hefyd, yn fy marn i.'

Aeth Ann ati'n syth wedyn i ofyn i'w brawd mawr, Owen, ei dysgu sut i wneud syms hirion ar bapur. Ysgwyd ei ben wnaeth hwnnw i ddechrau.

'Dydi merched ddim i fod i ddelio efo rhifau, siŵr!'

'Ond pam ddim, Owen?'

'Am fod... am fod...'

Sychodd y geiriau yn ei geg. Gwyddai'n iawn fod Ann wedi gallu cyfrif a thynnu yn ifanc iawn, a bod gwneud syms wedi dod iddi'n llawer mwy naturiol nag y gwnaeth iddo fo. Felly fe gafodd Ann wers ganddo – a'i mwynhau hefyd.

Byddai gallu gweithio mewn siop *drapers* yn hyfryd, yn wych o beth, meddyliodd Ann wrth roi'r tegell i ferwi ar y tân. Morynion fferm oedd ei chwiorydd o hyd, a'r rhan fwyaf o'i ffrindiau, ac roedd 'na dipyn llai o barch at rheiny. Gwyddai o brofiad fod gwaith fferm yn galed, ond nefi, roedd hi wrthi o fore gwyn tan nos fel morwyn yn y dref 'ma hefyd. Codi am bump bob bore i hel lludw a chynnau tân ym mhob stafell, bron; gwagio pob po drewllyd i mewn i bwced a chario hwnnw i lawr y staer ac allan i'r ffos; cario glo a dŵr i fyny ac i lawr y staer – lwcus ei bod hi wedi arfer cario llwythi trwm gartref ar y tyddyn neu fyddai hi byth yn gallu gwagu'r bàth trwm 'na, heb sôn am symud dodrefn trymach fyth er mwyn glanhau bob dim yn hollol, gwbl lân. A doedd Bryn Teg ddim yn dŷ bach – ddim o bell ffordd. Roedd 'na gymaint o loriau i'w sgubo a'u sgwrio, byddai hyd yn oed cefn ifanc fel ei hun hi yn sgrechian erbyn diwedd y pnawn.

Roedd hi'n hurt bod ganddyn nhw dŷ mor fawr, a dim ond Mr a Mrs Price a thri mab bach blêr a mam oedrannus a ffwndrus Mr Price yn byw yno. Wel, ac Ann ei hun, wrth gwrs. Doedd Mrs Hughes, y cogydd, ddim yn byw ym Mryn Teg gan ei bod hi a'i theulu'n byw rhyw bum munud i ffwrdd yn un o dai bychain y Lawnt. Ond roedd Mr Price yn gwneud cymaint o bres yn y siop 'na (yn ôl y sôn), mi fyddai'n gallu fforddio llwyth o forynion toc, fel un o fyddigions y plastai lleol, fel Nannau, Plas Hen, Caerynwch a'r Llwyn.

Ond nes i Mr Price benderfynu ei bod hi'n barod i gael ei gweld yn y siop – wel, yn y cefn yn gwnïo o leiaf – dim ond un *maid-of-all-work* fach unig oedd Ann, ac roedd hi wedi blino'n rhacs erbyn cyrraedd ei gwely yn y garat bob nos. Byddai'n dyheu am weld dydd Sul yn dod iddi gael diwrnod cyfan iddi hi ei hun a cherdded i Lety'r Goegen i weld ei theulu. Gwenodd wrth gofio mai'r Sabath oedd hi drannoeth. Roedd hi am geisio codi'n gynt nag arfer er mwyn gallu gadael ynghynt. Ac efallai, os Duw a'i mynnai, y câi hi lifft ar drol Elis Edward, gwas Penybryn, eto – os byddai o'n digwydd pasio yr un pryd. Ac roedd 'na rywbeth yn dweud wrthi y byddai, gan ei bod hi wedi clywed Mrs Hughes y cogydd yn sôn bod criw mawr wedi mynd i dalwrn ymladd ceiliogod yr ochr draw i Lanelltud y noson honno, ac roedd Elis Edward, fel nifer o ddynion yr ardal, yn hoff iawn o ymladd ceiliogod.

Roedd o'n hoff o'i beint hefyd, yn ôl y sôn, ac yn siŵr o fod yn rhy feddw i fentro adref yn syth o'r talwrn. Byddai ei thad yn gwaredu at hynny, wrth reswm – roedd o wedi mynd yn ddirwestol ofnadwy ers mopio'i ben efo'r Methodistiaid, ac yn daer yn erbyn gamblo, ac ymladd ceiliogod o ran hynny – ond roedd Ann wedi bod mewn digon o ffeiriau i wybod bod llawer mwy o hwyl i'w chael yng nghwmni dynion oedd yn mwynhau rhyw beint bach bob hyn a hyn.

Gwyddai hefyd nad meddwyn oedd dyn fyddai'n cael rhyw ddiod fach yn achlysurol. Meddwyn oedd rhywun oedd yn gwario'i bres i gyd ar gwrw neu jin, rhywun oedd yn feddw o hyd, ac yn gallu mynd yn filain yn ei gwrw. Fyddai hi byth yn dymuno rhannu ei bywyd gyda meddwyn, siŵr. Ond nid dyn felly oedd Elis Edward. Dyn yn mwynhau 'chydig o hwyl oedd o, dyna i gyd.

Doedd hi ddim wedi cyfaddef wrth neb ei bod hi mor

hoff o Elis Edward; dim ond tynnu arni fyddai ei brodyr a'i chwiorydd, a'i rhieni'n ceisio'i rhwystro rhag bod yn ei gwmni o gwbl. Gwyddai'n iawn am y drygioni yn ei lygaid, ond roedd y drygioni hwnnw mor atyniadol. Dim ond iddi ddal ei lygad, byddai ei stumog yn troi tu chwith allan a'i choesau bron â rhoi oddi tani; byddai ei wên yn gwneud i'w cheg fynd yn sych ac yn gwneud i'w chalon rasio'n wyllt, yn gyrru cryndod drwy ei chorff, o'i gwadnau i fyny at ei chorun. Doedd neb, erioed, wedi cael y fath effaith arni. Gwyddai hefyd ei fod yntau'n teimlo'r un dynfa ati hithau. Wel, wyddai hi ddim oedd ei gweld hi'n cael y fath effaith bwerus ar ei gorff o, ond roedd ei lygaid a'i wên yn dweud cyfrolau bob tro. Hwn, heb unrhyw amheuaeth, oedd y dyn iddi hi.

Ond roedd gan ddyn mor atyniadol wastad ei siâr o edmygwyr, a gwyddai Ann y byddai angen iddi fod yn glyfar a gofalus er mwyn bachu pysgodyn fel Elis. A doedd hi ddim yn dwp, o nag oedd. Roedd hi wedi dysgu ysgrifennu yn gyflymach a thaclusach na neb arall yn y dosbarth Ysgol Sul, ac roedd Owen wedi synnu pa mor sydyn y dysgodd hi wneud syms *pounds, shillings and pence* hir a thaclus ar bapur. Ond doedd hi ddim yn siŵr a fyddai'n syniad da iddi sôn am hynny wrth Elis; roedd dynion yn hoffi meddwl mai nhw oedd y rhai clyfar, on'd oedden?

Doedd pob dyn ddim yn credu hynny, wrth gwrs; roedd Mr Price wedi sôn yr hoffai iddi ddysgu Saesneg hefyd, er mwyn gallu delio efo unrhyw bobl grand o Lundain ac Amwythig fyddai'n galw yn y siop o dro i dro. Y dynion ym mlaen y siop fyddai'n delio gyda'r cwsmeriaid yn ddyddiol, wrth gwrs, ond doedd eu Saesneg nhw ddim yn wych, yn ôl y sôn, a fyddai hi'n gwneud dim drwg i weddill y staff ddysgu ychydig. Hi, Ann Lewis, yn gallu siarad Saesneg! Y cwbl a wyddai Ann o'r iaith estron honno hyd yma oedd 'Good morning', 'Thank you' ac 'Excuse me, please'. Ond dyna fo, anaml y byddai'r iaith

2

ROEDD Y RHIW i fyny o'r dref am Tabor yn ofnadwy o serth, ac er mor hyfryd oedd hi am hanner awr wedi pump ar fore braf o Fai, gallai Ann deimlo'r chwys yn diferu i lawr ei chefn. Yn ei brys i gyrraedd adref, roedd hi wedi rhedeg i fyny hanner yr allt nes ei bod hi allan o wynt bellach, a'i choesau'n brifo. Pan welodd ei bod yn dal i fyny gyda chriw arall oedd ar eu ffordd adref am y Sul, arafodd. Er y byddai gallu sgwrsio wrth gerdded yn braf, ac yn fwy diogel rhag ofn bod rhyw Wyddelod neu sipsiwn o gwmpas y lle, doedd hi ddim am orfod rhannu'r drol ac Elis Edward efo neb.

Ond doedd dim sôn am Elis na'i drol, drapia; mae'n siŵr bod y lob drwg yn dal i gysgu dan ryw goeden yn ochrau Llanelltud. Diolchodd i'r nefoedd fod y ffordd yn gwastatáu wrth basio fferm Fronolau. Cododd ei llaw ar Mr John Price wrth iddo ddod allan o'r beudy.

'Bore da, Ann!' gwaeddodd hwnnw. 'Sut mae pethe'n y dre 'na? Ydi 'nghefnder i'n dy drin di'n iawn?'

'Ydi, wrth gwrs! Wrth fy modd yno, er 'mod i'n ddigon prysur, Mistar! A sut mae Mrs Price bellach?'

Gwyddai Ann i'w wraig fod yn wael efo'r clefyd coch ers wythnosau, fel sawl un o'r cyffiniau. Roedd ei chwaer fach hithau, Alys, wedi marw o'r hen beth afiach flynyddoedd yn ôl, a hithau ddim yn dair oed. Cofiai Ann fod y greadures fach wedi cwyno wrthi bod ganddi ddolur gwddw, a hithau wedi dweud wrthi beidio â ffysian. Ond pan gododd ei gwres i'r entrychion, dechreuodd pawb boeni, a phan welwyd y cochni dros ei gwddf a'i hwyneb, roedden nhw'n gwybod mai'r clefyd coch oedd o a bod ei thynged yn nwylo'r Arglwydd. Mi fuon nhw i gyd yn gweddïo ddydd a nos, ond roedd Alys druan wedi mynd o fewn yr wythnos, ac Ann yn beio'i hun am beidio â chymryd sylw ohoni ynghynt.

'Paid ti â beio dy hun, Ann,' dywedodd ei mam ar y pryd, 'fyddai o ddim wedi gwneud unrhyw wahaniaeth 'sti. Os ydi'r clefyd coch yn cael gafael mewn plentyn, dim ond gwyrth all ei achub. Alla i ddim ond diolch na fu raid iddi ddiodde'n hir, a bod y gweddill ohonoch chi wedi ei osgoi o – Duw a ŵyr sut.'

Roedd oedolion yn gallu brwydro'n ei erbyn yn well, ac yn ôl y cyfarchiad serchog a gafodd gan Mr John Price, roedd hi'n amlwg nad oedd ei wraig ar ei gwely angau.

'Mae'n gwella o'r diwedd, wsti,' meddai hwnnw rŵan, 'yndi, diolch i Dduw – a gweddïau pawb, a diolch i tithe am ofyn. Ond glywaist ti am Ifan, hogyn bach Pantycra?'

'Ifan? Naddo, wir,' atebodd Ann, gan deimlo'i chalon yn suddo.

'Wedi ei golli o echdoe, cofia, y creadur. Ac ynta'n ddim ond pedair.'

'O, naddo 'rioed…' Llyncodd Ann yn galed wrth deimlo'r dagrau'n pigo. Roedd hi'n nabod Ifan bach yn iawn, mwddrwg os bu un erioed. Ochneidiodd yn uchel. 'Mrs Rhisiart druan, dyna'r trydydd iddi ei golli o fewn dwy flynedd rŵan, yndê? Does 'na dreialon yn dod i ambell deulu, 'dwch?'

'Oes, wsti. "Yr Arglwydd a roddodd, a'r Arglwydd a ddygodd ymaith." Mae'n greulon gweld rhieni'n gorfod claddu eu plant… ond rydan ni i gyd â phrofiad o hynny yn yr hen fyd 'ma, tydan? Nid Ifan bach fydd yr ola i'n gadael ni, mi fedran ni fod yn berffaith siŵr o hynny.'

'Naci, mae'n siŵr,' cytunodd Ann, gan sylweddoli'n sydyn ei bod hi, er gwaethaf ei hoed, wedi dechrau arfer gyda marwolaeth yn barod. Prin gallai hi feddwl am deulu lleol oedd heb golli o leiaf un plentyn, a hynny oherwydd rhyw afiechyd gan amlaf, a gwyddai am sawl un oedd wedi colli mam neu dad yn llawer rhy ifanc hefyd.

'Cymer di ofal rŵan, Ann,' meddai Mr John Price, 'a chofia fi at dy rieni. Ond wela i nhw yng nghapel Rhiwspardyn yn nes 'mlaen ma'n siŵr.'

'Siŵr o neud, Mr Price, a chofiwch fi at Mrs Price. Mi fydd yn braf ei gweld hi ar ei thraed eto.'

Doedd o ddim byd tebyg i'w gefnder, meddyliodd Ann wrth gamu yn ei blaen. Un byr oedd John Price Fronolau, a'i gefn yn ofnadwy o gam, tra oedd ei chyflogwr yn ddyn tal, cefnsyth a hynod urddasol. Ond chwarae teg, roedden nhw'n dweud bod rhywbeth wedi digwydd i John Price ar ei enedigaeth, bod yr hen wreigen wedi bod yn rhy frwnt wrth ei dynnu o groth ei fam. Oni bai am hynny, mae'n siŵr y byddai yntau cyn daled a chefnsyth â'i gefnder. Diolchodd i'r Iôr fod y fydwraig flêr honno wedi hen farw erbyn iddi hi gael ei geni.

Roedd honno'n haeddu cael ei chosbi am chwalu cefn plentyn fel yna, ond allai Ann ddim deall pam roedd Duw'n gorfod gwneud i bobl glên a diniwed fel teulu Pantycra ddioddef mor ofnadwy, er i'w thad geisio egluro'r peth iddi droeon. Rhywbeth am 'gystudd yn caledu neu wellhau y galon' a 'drwy ddirgel ffyrdd' a phrofi ffydd ac mai'r cwbl oedd ei angen oedd gweddïo. Roedd gweddill y teulu fel petaen nhw'n derbyn hynny, felly pam na allai hi? Roedd hi wedi ymdrechu'n galed i fod yn gapelwraig ac yn Fethodist da, ond doedd o ddim yn dod yn hawdd iddi. Ddim o bell ffordd.

Yn sydyn, clywodd sŵn trol y tu ôl iddi. Gallai deimlo cynnwrf cwbl an-Fethodistaidd yn saethu drwy ei chorff yn syth, ac roedd y blew ar ei gwar yn pigo. Gwyddai'n iawn mai fo oedd yno. Anadlodd yn ddwfn i geisio rheoli'i hun cyn troi a gwenu ar y dyn mwyaf cefnsyth a hardd ohonyn nhw i gyd: Elis, Elis Edward. Gwenodd yntau arni wrth ffrwyno'r gaseg i stop.

'Golwg wedi blino arnat ti, Ann! Siŵr y base dy goese di'n gallu gneud efo rhyw hoe fach…'

'Lle oeddet ti pan o'n i'n chwysu i fyny'r rhiw 'na, Elis Edward? Neu 'sa'n well i mi beidio â gofyn! Ond gwell hwyr na hwyrach, yndê, os mai cynnig lle i mi wrth dy ochor di wyt ti.'

'Wel, lle ar y drol 'ma o leia, Miss Lewis…' meddai yntau gyda gwên ddrwg a wnaeth i Ann gochi at ei chlustiau.

Roedd o mor hurt o olygus, ei wallt fel aur a lliw iach gwynt y môr ar ei wyneb. Roedd wedi ei fagu yn ochrau Llwyngwril, ac roedd fel pe bai blynyddoedd o fyw ganllath o'r môr wedi treiddio i mewn i'w gyfansoddiad am byth. Lliw y môr oedd yn ei lygaid hefyd.

Roedd yn gweithio fel gwas ar naw acer ar hugain Penybryn ers dros ddwy flynedd bellach, ac roedd Ann wedi hoffi ei olwg y tro cyntaf iddi ei weld. Roedd o wedi ei thrin fel plentyn bryd hynny, ond roedd o'n amlwg wedi sylwi ei bod hi wedi aeddfedu gryn dipyn ers hynny, yn ôl y ffordd roedd o wedi bod yn ei llygadu'n ddiweddar.

Neidiodd Elis oddi ar y drol i'w helpu i fyny. Mi fyddai hi wedi gallu codi ei hun i fyny'n iawn, ond gwyddai ei fod yn esgus iddo afael am ei gwasg wrth ei chodi, ac yn esgus iddi hithau fwynhau teimlo'i ddwylo arni. Caeodd ei llygaid am hanner eiliad – bron nad oedd gwres ei ddwylo'n llosgi drwy ei dillad – ac oedodd fymryn cyn estyn ei breichiau i gydio yn ochr y gert. Brathodd ei gwefus wrth deimlo'i ddwylo'n gwasgu'n dynnach amdani wrth ei chodi. Roedd o mor gryf, yn gwneud iddi deimlo fel pluen.

Eisteddodd y ddau wrth ochr ei gilydd, heb ddweud gair am sbel. Roedd Ann yn dal i deimlo'n benysgafn, ac yn hynod ymwybodol o'r ffaith bod corff Elis mor agos ati; bron na allai deimlo gwres ei gorff yn pefrio drwy ei chnawd, er nad oedden nhw'n cyffwrdd. Gwyddai fod ei bochau a gwaelod ei gwddf wedi troi'n binc, ac roedd ganddi ofn i unrhyw beth a ddywedai swnio'n hurt. Doedd Elis, chwaith, ddim yn un am barablu fel Wiliam Jones, yn enwedig os oedd o wedi cael peint neu bump y noson cynt. Roedd 'na rywbeth braf iawn am y tawelwch, a dim ond sŵn pedolau'r gaseg yn clip clopian yn hamddenol, ysgafn ar hyd y ffordd bridd. Ond yn y diwedd, teimlai Ann fod yn rhaid iddi ddweud rhywbeth.

'Dwyt ti ddim ar frys felly, Elis Edward?' meddai'n ysgafn. 'Wyt ti'n dal i ddiodde ar ôl be bynnag fuest ti'n ei wneud neithiwr, neu ydi'r gaseg 'ma wedi blino ar ôl dy dynnu i fyny'r rhiw 'na?'

'Dwi'm yn diodde o gwbwl, diolch i ti!' chwarddodd Elis. 'Mi wnes i geiniog neu ddwy, fel mae'n digwydd, a nac'di, dydi'r gaseg 'ma ddim wedi blino. Gneud i'r daith bara oedd y syniad, am 'mod i am fwynhau hynny fedra i o dy gwmni di.'

'Paid â thynnu arna i, Elis Edward!' chwarddodd hithau.

'Tydw i ddim, dim ond deud y gwir.'

Gallai Ann daeru bod ei chalon newydd neidio i mewn i'w chorn gwddf – roedd hi'n iawn! Roedd o'n teimlo'r un dynfa'n union!

Gwenodd y ddau ar ei gilydd, a bu tawelwch eto nes iddyn nhw droi i'r dde am Dir Stent. Ffrwynodd Elis y ceffyl yn sydyn.

'Sbia,' sibrydodd gan bwyntio'n araf at y coed ar y dde. 'Ceirw. Wedi crwydro o stad Nannau mae'n rhaid.'

Porai dau anifail yn dawel dan gysgod y canghennau, yn rhy brysur a rhy bell i glywed sŵn y ceffyl ar y llwybr.

'Tlws ydyn nhw, yndê,' sibrydodd Ann.

'Blasus hefyd,' atebodd Elis. 'Mae gen i wn yn y cefn 'ma…'

'Paid ti â meiddio! Yn y jêl fyset ti, ar dy ben!'

'Dim ond tase rhywun yn hel clecs. Pwy welith fi fan'ma? Ac os fydd rhywun yn holi be oedd y sŵn saethu, wel, anelu am lwynog o'n i, yndê?' Estynnodd yn araf am garthen yng nghefn y drol, ond cydiodd Ann yn ei fraich.

'Ti byth yn gwbod pwy sydd o gwmpas, Elis! Paid â meiddio!

Maen nhw'n gyrru pobol i ben draw'r byd am bethe llai na hynna, a dydyn nhw byth yn dod yn ôl!'

Trodd Elis i edrych i fyw ei llygaid.

'Be... fyset ti'n gweld fy ngholli i, Ann?'

Cochodd Ann eto a gollwng ei fraich fel pe bai wedi ei llosgi. Yna clapiodd ei dwylo'n swnllyd a gweiddi nerth ei phen. Cododd y ddau garw eu pennau a sbio arnyn nhw am chwarter eiliad cyn llamu o'r golwg i'r coed.

'Wel... ti'n gallu bod yn hen jaden fach benderfynol, dwyt!' gwenodd Elis.

'Yndw! Mae angen i rywun fod yn gall yma, does! Diolch i mi ddylet ti.'

'Be? Oeddet ti'n meddwl 'mod i o ddifri? Fyswn i byth wedi'u saethu nhw, Ann fach. Mi fysa sŵn y gwn wedi gneud i bobol fusneslyd y cwm heidio yma, ac mae'n llawer iawn gwell gen i gael llonydd pan dwi efo ti, i mi gael ymgolli yn yr wyneb tlws yna.'

Teimlodd Ann ei stumog yn troi tin dros ben y tu mewn iddi. Roedd Elis Edward wedi dweud ei bod hi'n dlws! Gallai deimlo'i hun yn toddi o'i flaen fel pwys o fenyn mewn padell boeth, ac mae'n rhaid ei fod o wedi gweld hynny hefyd. Rhoddodd ei law fawr, frown dros ei llaw wen, fechan hi.

'Wyt, Ann, rwyt ti'n ddel ar y naw, yn bictiwr o ddel. Ac rwyt ti'n fy ngyrru i'n wirion dim ond wrth sbio arnat ti.' Roedd ei lais wedi mynd yn rhyfedd o isel. 'Y croen perffaith 'ma sy gen ti, a'r llygaid gwyrddion 'na sy'n ddigon i wneud i unrhyw ddyn golli ei hun yn rhacs ynddyn nhw...'

Roedd ei lygaid gleision o'n syllu i mewn iddi rŵan, llygaid efo'r blew amrannau hiraf welodd hi erioed, blew amrannau y byddai unrhyw ferch wedi rhoi cyflog blwyddyn amdanyn nhw.

'Ac mi rown i'r byd am gael rhedeg fy mysedd drwy'r gwallt sy'n cuddio o dan y cap 'na...' meddai wedyn, fymryn yn gryg.

'Ti... ti isio rhedeg dy fysedd drwy 'ngwallt i?'

'Bron â marw. Ga i?'

Nodiodd Ann ei phen, wedi ei hudo'n llwyr.

'O, Ann...' sibrydodd Elis, ac estyn am ei hwyneb, cyn sylweddoli lle roedd o. 'Ddim fan hyn, reit ar ganol y ffordd, rhag ofn i rywun basio... Ty'd, gad i mi dynnu'r drol 'ma i'r ochor.' Chwipiodd y ffrwynau'n ysgafn a gyrru'r gaseg i lecyn bach gwastad o dan y coed. Yna neidiodd oddi ar y drol, brysio i'r ochr arall ac estyn ei ddwylo tuag at Ann. 'Ty'd, awn ni y tu ôl i'r bryncyn acw.'

Cydiodd yn dynn am ei gwasg a'i dal yn yr awyr am ennyd cyn ei gollwng i'r llawr. Ond daliodd i afael amdani ac edrych i lawr arni, a'i lygaid wedi troi'n las tywyll fel wyneb llyn dan gwmwl. Teimlai Ann fel llewygu; roedd ei phen – a phopeth y tu mewn iddi – yn troi mor ofnadwy. Yna cydiodd Elis yn ei llaw a brasgamu at y bryncyn, fel ei bod hi'n gorfod hanner trotian. Brysiodd y ddau drwy'r llwyni llus nes bod y bryncyn bychan rhyngddyn nhw a'r ffordd. Tynnodd Elis hi at goeden dderwen fawr fwsoglyd, a gan gydio yn ei gwasg eto, ei throi fel bod ei chorff yn erbyn y bonyn. Edrychodd arni am yn hir, a sylweddolodd Ann fod y ddau ohonynt yn crynu.

Cododd ei dwylo'n araf i geisio datod rhuban ei chap, ond roedd ei dwylo'n crynu gymaint, gwnaeth smonach llwyr ohoni. Gwenodd Elis arni, a datod y rhuban ei hunan. Yna tynnodd y cap oddi arni'n dyner, ofalus a'i osod ar gangen. Cyffyrddodd ei thalcen yn ysgafn, a datod y rhuban oedd yn dal ei gwallt i fyny mewn byn.

'Ysgwyda dy ben i mi gael gweld dy wallt di'n iawn,' meddai'n floesg, gan gamu'n ôl.

Plygodd Ann ei phen, llacio'i gwallt gyda'i bysedd ac yna taflu ei phen yn ôl ac edrych i mewn i'w wyneb.

'O, fy Nuw...' sibrydodd Elis. Syllodd arni am yn hir, yna camu ymlaen a chyffwrdd ei gwallt gydag un llaw. Ac yna'r ddwy. Ac yna pwyso i lawr i arogli'r môr o wallt meddal,

melyn, perffaith. Rhwbiodd ei wyneb ynddo gan fethu peidio
â griddfan, a rhedeg ei fysedd ar hyd ei gwar hi, y tu ôl i'w
chlustiau hi, i fyny ac i lawr cefn ei phen hi.

Caeodd Ann ei llygaid, gymaint oedd y pleser a greai hyn yn
ei chorff hi; roedd y gwres rhyfeddaf yn llifo drwyddi, i bob rhan
ohoni, i rannau na wyddai amdanynt erioed o'r blaen.

'Ti'n iawn?' sibrydodd Elis. 'Ti'n crynu mwya ofnadwy.'

'Yndw,' mwmiodd, gan deimlo bod ei choesau'n mynd i roi
oddi tani unrhyw funud.

'Ann… gai roi cusan i ti?'

Cusan? Doedd hi ddim wedi cael cusan go iawn gan neb.
Rhyw sws glec o beth chwareus gan ambell un, do, ac un flêr,
afiach gan y snichyn Richard Roberts 'na pan gydiodd o ynddi
ar y ffordd adref o'r Ysgol Sul ryw dro, ond doedd hi erioed wedi
bod mewn sefyllfa fel hyn o'r blaen, mewn sefyllfa i brofi cusan
go iawn, gan rywun roedd hi'n ysu am ei gusanu. Felly doedd
hi ddim yn siŵr beth yn union roedd hi i fod i'w wneud. Roedd
rhai o'r merched hŷn wedi dweud wrthi gadw ei cheg ar gau, ond
eraill wedi dweud y byddai'n well gyda'i cheg ar agor. A doedd
hi'n dal ddim yn siŵr sut roedd hi i fod i anadlu. O'r nefi! Roedd
hi gymaint o eisiau'i gusanu, ond doedd hi ddim am wneud ffŵl
ohoni ei hun drwy wneud smonach o bethau.

Roedd o wedi bod yn gwenu arni wrth iddi bendroni, ac
mae'n rhaid ei fod yn medru ei darllen hi'n hawdd.

'Ofn sydd arnat ti, ie?' gofynnodd, heb arlliw o dynnu coes.
'Sdim angen i ti fod ag ofn, wsti, mae o'r peth hawdda'n y byd,
ac un o'r pethe brafia hefyd. Gai ddangos i ti?'

Llyncodd ei phoer a nodio'i phen. Nodiodd yntau'n araf,
yna, wedi sgubo'i wallt oddi ar ei thalcen, cydiodd yn ei hwyneb
â'i ddwy law, gwenu'n annwyl arni a chyffwrdd ei gwefusau'n
ysgafn gyda'i wefusau yntau. Caeodd Ann ei llygaid yn syth.
Roedd ei wefusau mor feddal, mor hyfryd o feddal a thyner,
bron nad oedd hi'n meddwi ar eu blas. Roedd ei phen yn sicr yn

troi. Pan ddechreuodd Elis symud mymryn ar ei wefusau, roedd o'r peth mwyaf naturiol yn y byd i'w gwefusau hithau symud yn yr un modd. Pan deimlodd ei ddwylo'n llithro y tu ôl i'w gwar i'w thynnu'n dynnach tuag ato, cododd hithau ei breichiau i gydio'n dynn amdano yntau. Roedd hyn fel breuddwyd, roedd hi'n hedfan, ei thraed fodfeddi uwchlaw'r ddaear, a doedd hi byth am i'r teimladau hyfryd oedd yn llifo drwyddi ddod i ben.

Nes iddi sylweddoli bod ei law dde yn anwesu ei bron. Prin roedd hi wedi ei deimlo i ddechrau, ond bellach roedd o'n gwneud llawer iawn mwy nag anwesu.

Trodd ei phen yn wyllt a'i wthio oddi arni.

'Elis! Na!'

Gwenu wnaeth Elis, a'i thynnu tuag ato eto.

'O, ty'd 'laen, Ann, wna i'm malu dy fotymau di, dwi'n addo.'

'Nid dyna'r pwynt, Elis! Mae hynna'n mynd yn rhy bell! Yn rhy bell o lawer! Rhag dy gywilydd di! Yn cyffwrdd ynof fi fel'na – heb ofyn!'

'O… dwi'n gweld. Iawn, os gweli di'n dda, Ann Lewis, gai gyffwrdd yn dy fron chwith di?'

Roedd y diawl digywilydd yn dal i wenu! A'i law'n dechrau crwydro eto.

'Na chei!' meddai'n chwyrn, a rhoi slap i'w law. ''Run o'r ddwy – na dim un rhan arall ohona i chwaith! Dos â fi adre'r munud 'ma!'

'Wsti be,' meddai Elis, 'ti hyd yn oed yn ddelach pan ti'n flin.'

'Elis! Rho'r gorau iddi!' Ond roedd hi'n cael trafferth peidio â gwenu ei hunan. Roedd ei lygaid mor chwareus, ac roedd hi wedi mwynhau ei gusanu, ac roedd o'n gwybod hynny.

'Ty'd 'laen, un sws fach arall cyn mynd, 'ta.'

'Na,' meddai, er ei bod hi'n ysu am gael teimlo ei wefusau arni eto. 'Dwyt ti'm hyd yn oed wedi ymddiheuro eto.'

'Ti'n iawn. Ann, mae'n ddrwg gen i am fod mor… wel, hy', ond dyna'r effaith ti'n ei gael arna i, ti'n gweld.'

'Hy. Pry Copyn ddylwn i dy alw di, Elis Edward.'

'Pry Copyn? Pam?'

'Am 'mod i'n teimlo fel tase gen ti wyth braich…'

'Ha! Da 'ŵan!' chwarddodd Elis. 'Ond coese sy gan bry copyn, Ann, nid breichie.'

'Sy'n cael eu defnyddio fel breichie i greu gwe 'run fath!' meddai gan slapio'r dwylo oedd wedi ceisio cydio ynddi eto. 'Gwe sy'n dal pryfed bach diniwed, sydd ddim yn gweld y peryg nes ei bod hi'n rhy hwyr.'

'Wela i…' gwenodd Elis, 'ond dydi'r pry bach yma ddim mor hawdd ei ddal, nac'di? Paid â phoeni, dwi'n bry copyn clên, 'sti, un neith dy ryddhau di o 'ngwe i – os mai dyna wyt ti'n ei ddymuno…'

Edrychodd Ann arno gyda hanner gwên.

'Dyna fyddai ore,' meddai. 'Dwi'n meddwl ei bod hi'n hen bryd i mi fynd adre rŵan.'

'Iawn,' gwenodd Elis. 'Tan y Sul nesa, felly?'

'Gawn ni weld.'

'Cofia di, dwi'n siŵr y gallwn i hel esgus i fynd i drwsio rhyw wal neu glwyd neu rywbeth yn hwyrach heno – wedi iddi dywyllu.'

'O? Ti'n gallu gweld yn y tywyllwch rŵan, wyt ti?'

'Mi fydd yn lleuad lawn, Ann. Ac mae'r beudy uwchben Cae Main yn un reit lân.'

'Elis Edward! Ti 'rioed yn fy ngwadd i i feudy?'

'Yndw, achos dwi ar dân isio blasu dy wefusau di eto. Does gen i mo'r help. Ti wedi fy witsio i, ti a'r gwallt sidan 'ma…'

Roedd o wedi dechrau rhedeg ei fysedd drwy ei gwallt eto, ac allai Ann ddim rhwystro ei llygaid rhag cau na'i phen rhag disgyn yn ôl fymryn. Roedd hi'n disgwyl iddo'i chusanu eto, ond wnaeth o ddim. Agorodd ei llygaid i weld ei fod o'n gwenu arni, yn mwynhau gweld yr effaith roedd o'n ei chael arni.

'Pryd fyddi di'n cychwyn yn ôl am y dre heno?' gofynnodd iddi.

'Ar ôl swper, tua wyth, hanner awr wedi, mae'n siŵr,' atebodd heb feddwl.

'Fel mae'r haul yn machlud, felly. Cer heibio'r beudy ar dy ffordd. Fydda i'n disgwyl amdanat ti.'

'Disgwyl fyddi di felly, Elis Edward!'

Ond gwyddai'r ddau y byddai hi yno.

Caniataodd Ann iddo roi ei ddwylo am ei gwasg eto wrth ei helpu'n ôl ar y drol, a mwynhau'r ffaith ei bod yn dal i fedru teimlo ôl ei fysedd arni am funudau hirion wedi iddo'i gollwng. Roedd hi wedi tacluso'i gwallt a gwisgo'i chap, ac yn methu peidio â gwenu wrth i'r ceffyl eu tynnu'n araf i gyfeiriad Penybryn. Teimlai mai hi oedd wedi ennill. Oherwydd iddi fedru ei rwystro rhag mynd yn rhy bell, roedd o'n ei pharchu, ac eisiau ei chwmni unwaith eto – a châi o ddim mynd damed pellach yn nhywyllwch y beudy chwaith! Ei adael yn ysu am fwy, dyna oedd yr ateb. Wrth iddyn nhw drotian yn hamddenol drwy'r coed cyll a derw am Hafod y Meirch a Phenybryn, allai hi ddim peidio â dychmygu ei hun mewn gwisg grand gyda *double-caped fichu* les ar ei hysgwyddau yng nghapel Rhiwspardyn, yn addunedu i'w garu a'i anrhydeddu; yn llenwi powlen o gawl iddo o flaen bwrdd glân a thanllwyth o dân, gyda'u plant rhyfeddol o dlws, melynwallt yn gwenu'n gariadus ar eu tad… ond pan sylweddolodd ei bod wedi dechrau dychmygu rhannu ei wely, ysgydwodd ei phen a thynnu ei hun yn ôl i fywyd go iawn.

'Ti'n iawn? Ti wedi bod yn dawel…' meddai Elis.

'Dim ond… meddwl,' atebodd.

'Amdana i?'

'Naci siŵr. Dydi'r byd ddim yn troi o dy gwmpas di, wyddost ti, Elis Edward!'

Ond roedd Elis wedi sylwi ar y gwrid yn codi ar ei hwyneb. Gwenodd. Roedd hon yn ei we, dim dwywaith amdani, a byddai'n mwynhau ei theimlo'n toddi i'w freichiau heno. Roedd hi'n ferch dlws ryfeddol, ac wedi aeddfedu i fod yn siapus ar y naw. Roedd o wedi edrych ymlaen at ei chwmni, rhaid cyfaddef, ac wedi gyrru cryn dipyn ar yr hen gaseg o Lanelltud rhag ofn iddo'i cholli. Oedd, roedd o wedi yfed mymryn yn ormod yn y talwrn ac yn flin efo fo'i hun am fod mor hwyr yn deffro. Ond roedd hi'n amlwg bod Duw yn gwenu arno er gwaethaf honiadau dwl y Methodistiaid am gwrw ac ymladd ceiliogod a mwynhad diniwed yn gyffredinol. Roedden nhw hyd yn oed yn ceisio rhoi stop ar y rasys ceffylau ar wastadeddau Morfa Tywyn ac Aberdyfi rŵan, rasys oedd yn dod â channoedd o bobl o bell ac agos i weld ceffylau'n gwneud yr hyn roedden nhw'n ei fwynhau – sef rhedeg! Ia, iawn, roedd ambell farch wedi cael anaf go gas o dro i dro, ond anifeiliaid oedden nhw, felly doedd colli un neu ddau ddim yn ddiwedd y byd – fel ei geiliogod o.

Na, petai Duw yn flin efo fo, fyddai o ddim wedi caniatáu iddo ennill celc go dda neithiwr. Dilyn cyngor Twm Cert Carthion wnaeth o; honnai hwnnw y dylid dewis lliw'r ceiliog yn ôl y tywydd: un glas ar gyfer diwrnod cymylog, un du os oedd hi'n dywydd drwg ac un aur neu goch os oedd hi'n braf – fel roedd hi ddoe. Dewis y rhai euraidd wnaeth o bob tro, ac ennill bob tro hefyd. Gwenodd wrth daro cipolwg ar Ann yn ceisio cael gwell trefn ar ei gwallt o dan ei chap; gwallt yr un lliw ag aur, digon tebyg i'w wallt yntau. Arswyd, roedd hi'n beth fach ddel, ac yn gwmni da. Roedd ganddo dipyn o feddwl ohoni, yn bendant. Bechod na fyddai merch ei feistr yn edrych cystal ac yn gwmni mor hwyliog.

Ond dyna ni, all neb gael pob dim mewn bywyd, meddyliodd,

ac roedd Duw'n sicr o'i blaid o'n ddiweddar – er gwaetha'i amrywiol 'bechodau'.

'Ann?' meddai'n sydyn. 'Wyt ti'n meddwl ein bod ni wedi cael ein rhoi ar y ddaear 'ma i ddiodde, neu i fwynhau'n hunain?'

Edrychodd Ann arno'n hurt. Sut fath o gwestiwn oedd hwnna?

'Ro'n i wastad wedi dallt mai yma i wasanaethu Duw ydan ni,' meddai.

'Ia, ond yli, Duw sydd wedi gneud heddiw'n ddiwrnod braf, yndê, a pham fyddai o'n rhoi tywydd fel hyn i ni os oedd o am i ni dreulio'r cyfan ohono fo yn hanner cysgu mewn rhyw gapel tywyll?'

'Elis, paid â dechre bod yn gas am Fethodistiaid eto...' meddai Ann. 'Ti'n gwbod yn iawn mai —'

'Dwi ddim yn bod yn gas,' meddai ar ei thraws, 'ond oeddet ti'n gwbod y byddai teuluoedd yn arfer treulio bob dydd Sul braf fel hyn tu allan yn yr awyr iach, yn mwynhau eu hunain?'

'Ia, ond diwrnod i addoli ydi dydd Sul, yndê.'

'Ia, ond mi fyddai pobol yn mynd i'r eglwys, ac wedyn yn mwynhau eu hunain. Pam yn y byd mae'r Methodistiaid isio rhoi stop ar gemau bach diniwed fel coetsio a phitsio, dwed? Ac yn bersonol, wela i ddim be oedd o'i le ar chwarae cardiau a chanu ambell gân fach ddigri mewn tafarn braf ar ddydd Sul.'

'Achos dwyt ti'm i fod i wneud pethau fel'na ar y Sabath, nag wyt!' protestiodd Ann.

'A be ydan ni'n dau newydd fod yn ei neud, Ann? Wyt ti'n meddwl gawn ni'n cosbi gan fellt a tharanau cyn diwedd nos?'

Cochodd Ann yn syth. Pam roedd rhaid iddo ddweud pethau fel hyn rŵan a difetha bob dim?

'Elis, rho'r gorau iddi, wnei di? Dwi'n gwbod yn iawn mai dim ond pigo ar grefydd fy nhad i wyt ti!'

'Dy dad di? Be? Dim ond crefydd dy dad ydi o? Felly dydi o'm yn grefydd y teulu i gyd, nac'di?'

'Wrth gwrs ei fod o!' Teimlai ysfa gref i'w wthio oddi ar ei drol mwyaf sydyn. Roedd o'n chwerthin! Yn mwynhau ei chorddi fel hyn, drapia fo! Plethodd ei breichiau a syllu ar frân yn hedfan uwch eu pennau.

'Mae'n ddrwg gen i, Ann,' meddai Elis mewn llais tawelach, 'dwi'm isio dy wylltio di o gwbwl, a dwi'n gwbod bod dy dad yn ddyn duwiol a da, ond nefi wen, pam mae ei griw o'n mynnu difetha hwyl pobol? Ydi o'n deud rywle yn y Beibl nad ydan ni i fod i chwerthin? I fwynhau'r ychydig amser gawn ni i fod yn ifanc ac iach? Mi fydda i'n ddigon hapus i ista ar fy mhen ôl am oriau pan fydda i'n hen a musgrell, ond ddim rŵan, a finna'n llawn bywyd ac egni!'

Brathodd Ann ei gwefus. Roedd o'n gwneud i'r cyfan swnio mor syml, mor rhesymol. Yna cofiodd yn sydyn:

'Pan oeddwn fachgen, fel bachgen y llefarwn, fel bachgen y deallwn, fel bachgen y meddyliwn: ond pan euthum yn ŵr, mi a rois heibio bethau bachgennaidd.'

'Yn hollol!' chwarddodd Elis. 'Dwi'n dal yn ifanc! Dal isio gneud pethe bachgennaidd, a dyna pam oedd hogia ifanc, tebol fel fi yn rasio o gwmpas Llyn Tal-y-llyn – nes i'r Ysgol Sul roi stop ar y peth!'

'Am ei fod o'n digwydd ar ddydd Sul!'

'A dyna i ti'r reslo, wedyn: dwi'n cofio chwerthin nes o'n i'n sâl wrth wylio fy nhad a Dei Tŷ Du yn reslo o flaen torf o bobol ar draeth Llwyngwril. Be oedd o'i le efo reslo, neno'r dyn?'

'Am fod y cwbwl yn digwydd ar y Sabath!' ffrwydrodd Ann. 'Faint o weithie sy raid i mi ddeud?'

Gwenodd Elis.

'Wel, mi ddoth y mellt a tharanau…' meddai, gan godi ei aeliau arni.

Wedi rhowlio ei llygaid, allai Ann ddim peidio â rhoi gwên fechan yn ôl iddo. Gwên fach ddrwg, hefyd.

Roedd o'n edrych ymlaen at gael potsian mwy efo hon heno,

myn coblyn i. Roedd sbio arni'n chwarae efo'i gwallt yn ddigon
i'w yrru o'i go. Chwarddodd, a dechrau canu yn ei lais bariton
cyfoethog:

'Pwy fu'n ymyl dwyn fy ngho?
Morynion bro Meirionnydd!'

Ysgydwodd Ann ei phen, ond roedd hi'n dal i wenu. Parhaodd
Elis i ganu:

'Glân yw'r gleisiad yn y llyn,
Nid ydyw hyn ddim newydd;
Glân yw'r fronfraith yn ei thŷ,
Dan dannu ei hadenydd;
Glannach yw, os dweda' i'r gwir,
Morynion tir Meirionnydd…'

Syllodd Ann arno'n morio canu. Roedd gan Elis Edward bob
dim roedd hi ei eisiau mewn dyn. Roedd o'n olygus, yn hwyl
i fod yn ei gwmni, yn gallu troi ei phen a'i chorff yn bwdin a'i
choesau'n wan – a doedd o ddim byd tebyg i'w thad. Hwn oedd
ei dyn delfrydol. Roedd hi'n ei haeddu o ac roedd hi'n mynd i'w
gael o, doed a ddelo.

3

WEDI DRINGO I lawr o'r drol ym Mhenybryn, a chodi llaw yn gwrtais-ddiniwed ar Elis, cerddodd Ann ar hyd y llwybr cul am ei chartref, gan frwydro i beidio â gwenu gormod. Gallai deimlo blas gwefusau Elis o hyd, ac roedd cofio'r hyn roedden nhw newydd fod yn ei wneud yn cael yr effaith ryfeddaf ar ei chorff; nid yn unig roedd ei stumog yn mynd din dros ben a thu chwith allan, ond roedd gwres hyfryd, diarth yn codi rhwng ei chluniau hefyd. Gwyddai nad oedd hynny'n deimlad addas ar gyfer mynd i'r capel, ond roedd yn deimlad mor braf, siawns na allai ei fwynhau am rai munudau eto.

Roedd y coed drain o boptu iddi yn llawn blodau gwynion a'u harogl yn gwneud iddi deimlo hyd yn oed yn fwy penysgafn. Penderfynodd dorri ambell gangen er mwyn dod â'u harogl efo hi i'r bwthyn. Fyddai hi erioed wedi ystyried gwneud y fath beth oni bai ei bod wedi gweld blodau yn y parlwr ym Mryn Teg. Ond dyna fyddai pobl gydag arian yn ei wneud, yn amlwg. Nefi, roedd hi wedi dysgu cymaint yn ddiweddar.

Roedd hi newydd gael y dechrau gorau posib i'w bore, ac rŵan roedd hi'n mynd i dreulio diwrnod cyfan gyda'i theulu – ac roedd yr haul yn tywynnu.

Byddai Tom, ei brawd bach, wrth ei fodd gan y byddai'r gwenyn yn siŵr o fod yn brysur yn llenwi'r cychod gyda mêl. Roedd hen ŵr y Wengraig, y ffermdy mawr yn is i lawr y cwm, wedi cymryd ato ers ei fod yn hogyn bychan, er gwaetha'r ffaith nad oedd Tom cweit 'yn iawn yn ei ben'. Efallai nad oedd Tom yn deall llawer am na phobl na ffermio na'r Beibl, ond roedd o a'r gwenyn wedi deall ei gilydd yn syth am ryw reswm. Doedd o erioed wedi cael ei bigo ganddyn nhw hyd yn oed, ac yntau wedi bod yn eu trin ers deng mlynedd bellach.

Roedd Ann, ar y llaw arall, wedi cael ei phigo'r tro cyntaf iddi fentro atyn nhw, a gan ei bod wedi chwyddo mor ofnadwy am ddyddiau wedyn, aeth hi byth yn ôl at y diawliaid piwis. Doedd gan ei dwy chwaer fawr, Enid a Mari, ddim llwchyn o ddiddordeb ynddyn nhw chwaith, ac roedd gan Megan, bach y nyth, eu hofn am ei bywyd. Byddai Owen, ei brawd mawr, yn helpu Tom a hen ŵr y Wengraig i gasglu'r mêl weithiau, ond dyna i gyd. Roedd o'n rhy brysur yn helpu eu tad ac yn gweithio fel bugail i hanner y cwm.

Gweithiwr fel ei dad oedd Owen, ond roedd yntau wedi mynd braidd yn or-Fethodistaidd yn ddiweddar, hefyd. Neu efallai mai wedi cael ei eni'n hen ddyn roedd Owen. Roedd Ann wedi sylwi bod rhai pobl fel petaen nhw'n ymddwyn yn gall ac eithaf difrifol o'r crud, tra bod eraill yn dal fel plant chwech oed hanner call a dwl pan oedden nhw wedi cyrraedd deg a thrigain – nid ei bod hi'n nabod llawer o bobl oedd wedi cyrraedd y fath oedran.

Roedd Owen wedi bod yn un am gadw at reolau erioed, ac yn un am boeni am farn pobl eraill. Fyddai o'n sicr ddim yn hapus petai o'n clywed ei bod hi ac Elis Edward cystal… ffrindiau. Ond roedd ganddi feddwl y byd o'i brawd mawr, a'i theulu i gyd o ran hynny, hyd yn oed os byddai Enid, ei chwaer hynaf, yn finiog ei thafod weithiau, a'i thad yn poeni nad oedd hi'n ddigon duwiol neu'n ormod o beunes. Wel, roedd hi'n mynd i'r capel bob Sul, yn doedd, ac wedi treulio blynyddoedd yn mynd i'r Ysgol Sul yn dysgu sut i ddarllen y Beibl ac ysgrifennu adnodau lu mewn ysgrifen hynod daclus, ysgrifen roedd pawb yn dotio ati. Gallai adrodd talpiau o Genesis ac Exodus a'r salmau ar ei chof, felly roedd hi'n haeddu 'chydig o hwyl mewn bywyd, siawns?

Gallai weld y mwg yn dod o simdde Llety'r Goegen bellach; byddai'r tegell ar y tân a'i mam wedi cadw llond powlen o frywes bara ceirch a llaeth poeth iddi. Byddai ychydig o laeth enwyn yn hyfryd hefyd. Cyflymodd ei cham, a dechrau canu 'Glân yw'r gleisiad yn y llyn, nid ydyw hyn ddim newydd…' iddi ei hun, nes i rywbeth mawr neidio'n swnllyd i'r llwybr o'i blaen, gan beri iddi bron â neidio o'i chroen.

'Helô, Ann! Helô! Helô!' gwaeddodd llais trwynol ei brawd, Tom.

Dim ond dwy flynedd oedd rhwng y ddau, ac roedd hi wedi bod yn edrych ar ei ôl erioed.

'Tom! Paid â gneud hynna!' dwrdiodd wrth roi ei llaw dros ei brest i dawelu ei chalon. 'Ti'm fod i ddychryn pobol fel'na – allet ti wneud niwed i rywun efo calon wan!'

Diflannodd gwên lydan Tom, a throdd corneli ei geg am i lawr, fel pig hwyaden.

'M-m-ma'n ddrwg gen i, Ann. Tom 'im yn trio. Tom 'im isio neud niwed.'

'Dwi'n gwbod,' meddai Ann, yn difaru'n syth. 'Mae'n ddrwg gen i fod yn flin efo ti. Ty'd yma!'

Estynnodd ei breichiau tuag ato a llamodd Tom yn ei flaen i lapio'i freichiau mawr cryf amdani, a'i gwasgu nes ei bod hi'n cael trafferth cael ei gwynt.

'Wooo! Dyna ddigon, Tom! Neu mi fydd fy 'senna i'n rhacs!'

Chwarddodd Tom yn uchel a'i rhyddhau, cyn estyn ei law i chwarae gyda'r cudyn o'i gwallt oedd wedi dod yn rhydd o'i chap. Roedd o wedi mwynhau chwarae gyda'i gwallt ers ei fod yn fabi. Roedd o wedi mwynhau chwarae gyda gwallt Alys hefyd, eu chwaer fach fu farw o'r clefyd coch cyn cyrraedd ei theirblwydd. Sylweddolodd Ann, gyda phigiad o euogrwydd, nad oedd hi wedi meddwl llawer am Alys ers tro byd, a hithau'n arfer ei chynnwys yn ei phader yn ddefodol bob nos. Addunedodd weddïo drosti'r noson honno.

'Ty'd, dwi bron â drysu isio diod o laeth enwyn,' meddai, gan gydio yn llaw ei brawd.

'Te gen Mam heddiw!' gwenodd Tom.

'Te? Wel, hen bryd! Mae'r pris wedi dod lawr ers tro rŵan. Iawn, mi gymra i de, 'ta!'

Sgipiodd Tom yn hapus wrth ei hochr yr holl ffordd at y bwthyn, gan chwerthin yn uchel bob dau funud, a chwythu tiwn yr un mor uchel ar ei chwisl bren pan nad oedd yn chwerthin.

Roedd Enid a Mari'n eistedd y tu allan yn yr haul o dan y coed afalau, oedd newydd ddechrau blodeuo. Cododd Mari i'w chofleidio'n syth, ond gadael i Ann blygu i lawr ati hi wnaeth Enid.

'Sut mae'n mynd yng Nghaerynwch, Enid?' holodd Ann wrth roi brigau'r ddraenen wen ar y wal am y tro. Roedd ei chwaer fawr yn forwyn laeth i fyddigions y plasty hwnnw ers dwy flynedd bellach.

'Iawn, am wn i,' atebodd honno'n ddiog, 'ond mae 'na fwy a mwy o waith yno, a dydi'r forwyn fach newydd sydd i fod i fy helpu i'n dda i ddim. Dydi hi'm yn gweld gwaith, a dwi'n treulio hanner fy amser yn deud wrthi be i'w wneud a sut i'w wneud o. Mae angen amynedd Job efo hi. Diolch byth am y Sabath, ddeuda i. Dwi'm yn pasa codi bys heddiw.'

'Na finne,' gwenodd Mari. 'Mae 'nghoese i'n dal i frifo ar ôl cerdded bob cam i fyny'r bwlch 'na.' Gweithio fel morwyn roedd Mari hefyd, ond ar fferm ar waelod bwlch Tal-y-llyn. 'Y cwbl dwi am wneud heddiw ydi pendwmpian yn yr haul 'ma.'

'Be? Dwyt ti'm am fynd i'r capel?' gwenodd Ann, gan wybod yn iawn nad oedd dewis ganddynt.

'Tom 'misio mynd i capel,' meddai Tom yn bwdlyd. Roedd o'n casáu gorfod eistedd yn llonydd mor hir, yn enwedig ar ddiwrnod braf fel heddiw, ac yntau ar bigau eisiau mynd i ofalu am y gwenyn. Ac oherwydd ei fod o fel roedd o, ni fyddai eu tad yn mynnu bellach ei fod yntau'n mynd i addoli fel gweddill y teulu. Roedd hi'n anodd canolbwyntio ar unrhyw bregeth neu weddi gyda Tom mor aflonydd yn eu mysg. Y tro diwethaf iddo fynd i Riwspardyn, roedd wedi dechrau chwythu ar ei chwisl ar ganol un o emynau Ann Griffiths.

'Dwi'n meddwl gei di fynd i Wengraig heddiw, 'sti,' meddai Mari.

'Ond mi fydd Mari'n mynd i'r capel, yn bendant,' meddai Enid, 'i gael gneud llygaid llo ar y cariad 'na sy ganddi!'

'Ia, sut mae hi'n mynd efo Robat?' gofynnodd Ann. 'Wyt ti'n meddwl gawn ni briodas cyn diwedd y flwyddyn?'

'Gawn ni weld …' gwenodd Mari, ond roedd hi'n amlwg o'r sglein yn ei llygaid bod pethau'n mynd yn dda iawn efo Robat Hafod Las, diolch yn fawr.

'Gobeithio dy fod ti'm yn gadael iddo fo gael blas ar bethe cyn ei amser,' meddai Enid. 'Ddim fo fysa'r cynta i redeg milltir o weld ei had o'n tyfu ym mol ei gariad, cofia.'

'Paid â bod yn wirion!' meddai Mari, gan wrido'n syth. 'Fyswn i byth.'

'Byth yn be?' gofynnodd Tom, ond chymerodd neb sylw ohono.

'Dyna ddeudodd Jini Hafod Las hefyd, bechod,' meddai Enid. 'A Lisabeth Wern Goch. Fuodd hi'n y sasiwn efo'i thad wythnos dwytha, i gael pres allan o groen y Dic Jôs da i ddim 'na. Ond fydd neb o werth isio'i phriodi hi rŵan chwaith, na fydd? Watsia di dy hun, dyna'r cwbwl dwi'n ddeud, Mari. Mae'n hawdd colli dy ben pan fyddan nhw'n cusanu dy war di ac addo'r byd i ti.'

'Siarad o brofiad wyt ti, Enid?' gofynnodd Ann, gyda gwên ar Mari.

'Ia siŵr! Sy'm rhaid bod â gwallt melyn fatha ti i ddenu dynion, 'sti!' brathodd Enid.

'Nid dyna o'n i'n feddwl…' meddai Ann yn chwithig. Doedd hi ddim wedi meddwl digio ei chwaer o gwbl, ond roedd yr hogan mor bigog yn ddiweddar.

'Naci? Be oeddet ti'n feddwl, 'ta?'

'Enid yn flin!' chwarddodd Tom. 'Pam ti flin, Enid?'

'Hisht, Tom,' meddai Mari. 'Dydi hi'm yn flin, iawn?'

'Yndi ma hi...' protestiodd Tom, gan lyncu mul a throi am y Wengraig, wedi blino ar sgwrs ddiflas ei chwiorydd.

Roedd Enid yn dal i rythu i fyw llygaid ei chwaer fach, yn disgwyl ateb.

'Dim ond...' baglodd Ann, 'roedd hynna'n swnio fel tase ti wedi mopio dy ben efo rhywun rywdro, a finne ddim wedi sylweddoli...'

''Mod i wedi bod mewn cariad? Wel do siŵr. Neu wedi meddwl 'mod i, a meddwl ei fod o.'

'Pwy oedd o? Be ddigwyddodd?' gofynnodd Ann.

'Hidia di befo. Mi ddysgais i 'ngwers, a rŵan dwi'n hen ddigon call i fedru edrych ar ôl fy hun. A be amdanat ti, Ann? Oes 'na un o hogia'r dre 'na wedi llwyddo i droi dy ben di'n uwd eto?'

'Nagoes siŵr,' atebodd Ann yn syth, 'sgen i'm amser i weld neb.' Ond roedd hi wedi gwrido, ac yn gwybod hynny.

Edrychodd ei chwiorydd ar ei gilydd.

'Ha! Be 'di'i enw o?' chwarddodd Mari. 'Ydan ni'n ei nabod o?'

'Sgen i neb, iawn! Gadewch lonydd i mi, neno'r tad! Dwi'n mynd i weld Mam, ga i sgwrs gallach efo hi, siawns.'

A brysiodd am ddrws y bwthyn, gan adael ei dwy chwaer yn gwenu ar ei gilydd.

'O diar...' meddai Enid. 'Wedi mopio'i phen yn lân, ddeudwn i, Mari.'

'Dros ei phen a'i chlustie, Enid. Dim ond gobeithio ei fod o'n ddyn da. Cael ei denu gan bethau del fu hanes Ann fach ni erioed, yndê, heb weld nad aur yw popeth melyn.'

Troi gweddillion y brywes mewn crochan ar y tân roedd ei mam pan gamodd Ann drwy'r drws, ac eistedd yn ei gadair dderw gyda'i getyn roedd ei thad. Cyfarchodd y tri ei gilydd, ac er fod Ann bron â marw eisiau cofleidio ei mam, daliodd ei hun yn ôl. Doedd ei thad, fel cymaint o bobl ers twf Methodistiaeth, ddim yn cytuno gyda 'rhyw hen lol felly'. Doedd o erioed wedi ffysian dros yr un o'i blant; gwaith merch oedd hynny, ac er y byddai'n caniatáu i'w wraig gofleidio a rhoi mwythau i'r plant pan oedden nhw'n ifanc, unwaith roedden nhw'n saith neu'n wyth oed dyna ddiwedd ar y 'lol', yn enwedig i'r bechgyn. Hyd yn oed os oedden nhw'n sâl neu mewn poen, rhaid oedd osgoi eu trin fel babanod, a dyna ni. Fyddai Ann na'i chwiorydd byth wedi meiddio cofleidio'i gilydd o flaen eu tad.

Fo, wrth gwrs, arweiniodd y sgwrs; holodd hi am Mr Price a'r gwaith; a oedd unrhyw sôn bod colera wedi cyrraedd Dolgellau eto (nag oedd); sicrhaodd ei hun nad oedd hi'n un o'r merched fyddai'n cerdded mewn haid drwy strydoedd y dref gyda'r nos, yn gwamalu a rwdlan a thynnu sylw at eu hunain, yn chwilio am ddynion ar gyfer ymdrybaeddu mewn trythyllwch (nag oedd, wrth reswm).

'Iawn. Gofala dy fod yn dal ati i gadw enw da'r teulu,' meddai, ac yna gosod ei getyn wrth y tân a chau ei lygaid i fwynhau mwy o'i ddiwrnod o orffwys. Roedd o newydd fod yn darllen 'Esboniad Byr ar Lyfr y Datguddiad', a'r darn am 'wraig oedd wedi ei dilladu â phorphor ac ysgarlad, ac wedi ei gwychu ag aur, ac â main gwerthfawr, a pherlau, a chanddi gwppan aur yn ei llaw, yn llawn o ffieidd-dra ac aflendid ei phutteindra', ac roedd o'n falch o weld mai dillad syber, tywyll oedd gan Ann amdani, ac nid rhyw bethau porffor ac ysgarlad fel y merched annuwiol y byddai'n eu gweld o gwmpas y dref ar ddyddiau ffair. Roedd yn cysgu cwsg y cyfiawn o fewn dim.

Gwenodd Ann a'i mam ar ei gilydd, ac amneidiodd y fam at y brywes. Helpodd Ann ei hun a mwynhau'r blas yn arw. Dyma fyddai'r brecwast bob amser yn Lletý'r Goegen, a doedd neb yn gallu gwneud brywes cystal â'i mam.

'Perffaith, fel arfer,' sibrydodd Ann.

Gwenodd ei mam, a mynd ati i lenwi tebot o de gyda chyn lleied o sŵn â phosib, yna aeth y ddwy â'r tebot, jwg o laeth a chwpanau allan at y lleill, rhag iddyn nhw amharu ar gwsg Griffith Lewis.

'Ble mae Megan wedi diflannu, sgwn i?' meddai ei mam, o weld nad oedd ei phlentyn ieuengaf gyda'r merched eraill. 'A' i i weld os ydi hi'n potsian yn y cefn eto.'

Fel roedd Ann yn estyn paned i Mari, cofiodd am y brigau blodeuog ar y wal.

'Well i mi roi'r rhain mewn dŵr cyn iddyn nhw sychu'n grimp,' meddai, a mynd â nhw i'r tŷ yn ofalus a thawel. Roedd ei thad yn chwyrnu'n braf erbyn hyn. Daeth o hyd i'r hen jwg oedd â'i ddrontol* wedi torri, ei lenwi â dŵr, gosod y brigau blodeuog ynddo a rhoi'r cyfan ar lintel y ffenest. Edrychai'n hyfryd.

Camodd yn ôl allan i'r heulwen, lle roedd ei chwiorydd wedi symud yr hen fainc i'r haul i'w mam gael eistedd arni. Er nad oedd pawb yn hoffi eistedd yn yr haul – ac yn mynd ati i'w osgoi hyd yn oed – byddai Mrs Lewis wrth ei bodd yn teimlo'i wres arni. Byddai wastad yn teimlo gymaint gwell allan yn yr awyr iach a'r heulwen nag i mewn yn y bwthyn bach tywyll gyda'i un ffenest fechan. Nid twrch mohoni, wedi'r cwbl!

Gwyliodd Ann ei mam yn troi ei hwyneb i fyny at yr haul ac yn cau ei llygaid gyda phleser, cyn eu hagor eto'n sydyn, ac yn euog. Nid oedd 'gorwedd ym mynwes pleserau pechod' fel hyn yn gydnaws â gwraig blaenor gyda'r Methodistiaid, wedi'r cwbl. Teimlai Ann yn arw dros ei mam, a thybiai ei bod yn ei chael hi'n fwyfwy anodd cadw at reolau ei gŵr a'i enwad. Roedd pethau'n

---

* dolen/handlen

llawer haws pan fydden nhw'n mynd i gapel yr Annibynwyr yn y Brithdir, ond fyddai hi byth yn cyfaddef hynny ac roedd hi wastad yn cefnogi ei gŵr i'r carn, fel unrhyw wraig gwerth ei halen.

'Gawsoch chi hyd i Megan?' gofynnodd Ann iddi.

'Do, mae'n dod rŵan. Chwynnu a lladd malwod o gwmpas y llysiau oedd hi, yr hogan ddrwg, a hithau'n ddydd Sul. Mi fysa'ch tad am ei gwaed hi. A pham est ti'n ôl i mewn, Ann? Wnest ti mo'i ddeffro fo, gobeithio? Dydi o'm yn cysgu'n rhy dda gyda'r nosau ers tro rŵan.'

'Naddo siŵr. Dim ond rhoi blodau ar y lintel wnes i.'

'O, pa flodau?'

''Chydig o frigau draenen wen wnes i eu hel ar y ffordd. Ogla hyfryd arnyn nhw.'

Gwelwodd ei mam yn syth.

'Ann! Blodau'r ddraenen wen? Wnest ti ddim!'

'Wel do, pam? Be sy—?'

'Cer i'w nôl nhw rŵan! Y munud 'ma!'

'Ond —'

'Maen nhw'n anlwcus, Ann!' hisiodd Enid. 'Mae pawb yn gwbod hynny, siŵr. Os wyt ti'n mynd â blodau'r ddraenen wen i mewn i'r tŷ, bydd aelod o'r teulu yn siŵr o farw!'

'Be? Ond chlywes i 'rioed mo hynna o'r blaen. A dwi'm yn meddwl y byddai Tada yn hapus eich bod chi'n dal i gredu hen —'

'Mae'n wir, Ann, creda di fi,' meddai ei mam yn grynedig. 'Dwi'n erfyn arnat ti… tafla nhw – rŵan.'

'Mi a' i,' meddai Mari, gan frysio i mewn i'r tŷ.

Edrychodd Ann yn hurt ar ei sgert yn diflannu drwy'r drws. Roedd ei thad – a'i hathro Ysgol Sul – wedi dweud mai hen lol baganaidd oedd yr hen ofergoelion, yn doedd? Dweud y dylen nhw eu hanghofio. Ond roedd ei mam wedi mynd yn llwyd fel llymru ac yn amlwg yn credu'n gryf o hyd.

'Ond… ond pam na fyset ti wedi deud, Enid?' hisiodd yng nghlust ei chwaer. 'Welest ti fi'n mynd â nhw!'

'Naddo tad, weles i ddim byd.'

Roedd Mari yn ei hôl ac yn brysio at y wal, lle taflodd gynnwys yr hen jwg i'r cae.

'Dyna ni, maen nhw wedi mynd rŵan, Mam,' meddai, 'a fuon nhw'm yn y tŷ'n ddigon hir i wneud dim. Iawn, gad i mi dywallt dy baned i ti, Ann.'

'Ac un i mi!' galwodd Megan wrth redeg tuag atyn nhw gan sychu ei dwylo ar ei brat. 'Helô, Ann! Croeso adre!' Ond o fewn dim, roedd y ferch ifanc wedi sylwi ar yr awyrgylch rhyfedd. 'Be sy'n bod arnoch chi i gyd? Oes 'na rywun wedi marw neu rywbeth?'

Tawedog iawn oedd y teulu wrth gyd-gerdded am gapel Rhiwspardyn. Y tad, Griffith Lewis, ar y blaen gyda'i lyfr emynau dan ei gesail, a'i wraig a'i blant (namyn Tom, oedd yn ei elfen gyda gwenyn y Wengraig bellach) y tu ôl iddo. Cerddai Ann rhwng Megan ac Owen, oedd wedi cyrraedd ar frys a llwyddo i ymolchi a newid i'w ddillad capel o fewn dim.

'Be gadwodd ti, Owen?' gofynnodd Ann.

'Roedd y gaseg yn gloff, y greadures, a finna wedi bod yng Nghaertyddyn ers neithiwr; buwch yn sâl yn dod â llo.'

'Ddaethon nhw drwyddi?'

'Y fuwch, do, ond roedd y llo wedi marw tu mewn iddi. Coblyn o job ei gael o allan. Ches i'm winc o gwsg tan chwech. Os fydda i'n cysgu yn ystod y bregeth, dyro sgwd i mi.'

'Mi wna i hynny i ti,' meddai Megan.

Gwenodd Owen arni. 'Ti? Y ferch sy'n cysgu'n sownd drwy bob pregeth fuest ti ynddi erioed? Mi fyddi di wedi mynd o 'mlaen i, Megan!'

Gwgu wnaeth Megan i gychwyn, nes i chwerthin y ddau arall ei thoddi. Roedden nhw i gyd yn gwybod yn iawn mai rhyw greadures wyllt o'r coed oedd Megan, yn ymddwyn mwy fel bachgen na merch, a'i gwallt yn flêr ac yn glymau i gyd yn dragwyddol. Doedd eistedd yn dawel am oriau ddim yn ei natur hi, ac os nad oedd digon o dân yn llais neu neges y pregethwr, wel dyna ni, mi fyddai'n pendwmpian yn syth.

'Pwy ydi'r pregethwr tro 'ma p'un bynnag?' holodd Ann.

'Dwi'm yn rhy siŵr, a bod yn onest, rhyw foi o ochra Llangollen dwi'n meddwl,' meddai Owen. 'A sôn am fan'no, glywes i stori neithiwr am hen gwpwl o'r cyffiniau, hen lanc a'i chwaer. Wel, aeth yr hen frawd yn sâl iawn efo'r gymalwst ryw dro, fel na fedrai o godi o'i wely hyd yn oed. Felly aeth y doctor i'w weld o a deud y byddai'n gyrru potel o ffisig atyn nhw'n syth. Ond roedd o wedi gofyn i'w was sgwennu ar y botel bod yn rhaid ei hysgwyd yn dda cyn ei chymryd, ac yn anffodus mi benderfynodd hwnnw sgwennu hynny yn ei Saesneg gorau, heb feddwl na fyddai'r hen lanc na'i chwaer yn gallu deall Saesneg. Doedd Saesneg y gwas ddim yn wych chwaith, ac mi sgwennodd o "he" yn lle "it", fel mai'r hyn oedd ar y botel oedd "He must be shaken before taken."'

'Sy'n golygu be?' gofynnodd Ann.

'Mae'n rhaid iddo fo gael ei ysgwyd cyn ei gymryd. Ond mae "he" yn golygu dyn, felly pan lwyddodd yr hen chwaer i ddod o hyd i rywun oedd yn gallu darllen Saesneg, mi ddywedodd hwnnw fod yn rhaid iddyn nhw ysgwyd yr hen frawd cyn rhoi'r ffisig iddo fo! A dyna wnaethon nhw – ysgwyd yr hen foi nes roedd o'n gweiddi mwrdwr, dair gwaith y dydd!'

Chwarddodd Ann a Megan nes bod y dagrau'n llifo, a rhoi'r gorau iddi'n o handi pan drodd eu tad a rhoi edrychiad hynod flin iddyn nhw dros ei ysgwydd.

'Be oedd ar eich pennau chi'n gneud rhyw hen sioe fel'na ar y ffordd i'r capel?' dwrdiodd Enid wedi iddi hi a Mari aros iddyn nhw ddal i fyny efo nhw. 'Ond rhannwch y jôc efo ni, da chi – yn dawel...'

Cafodd y ddwy gryn drafferth cadw eu hunain rhag chwerthin yn uchel wedyn.

'Mi fyddai Tada wedi mwynhau clywed y stori yna erstalwm,' meddai Mari.

'Wel, mae o'n flaenor rŵan, yn tydi,' meddai Owen. 'Ac mae o'n cymryd hynny o ddifri, sy'n beth da.'

'Os ti'n deud,' meddai Ann dan ei gwynt. Feiddiai hi ddim cyfaddef ei bod wedi cael llond bol o glywed ei thad yn taranu y byddai pawb nad oedden nhw'n credu'r un pethau ag o yn mynd ar eu pennau i uffern; naci, gwaeth na hynny, i ddistryw, pwll llygredigaeth a phwll terfysg, cyn disgyn i glai tomlyd a chysgod angau, a gorfod crwydro drwy ddyffryn wylofain cyn cyrraedd y ddaear isaf. Oedd, roedd hi'n gwybod ers dyddiau'r Rhodd Mam bod y diafol wastad yn chwilio am eneidiau gwan, ond doedd hi ddim yn un o'r rheiny, a fyddai hi byth chwaith, a dyna fo. Doedd beth roedd hi wedi bod yn ei wneud gydag Elis Edward ddim yn cyfri; natur oedd hynny. Pobl oedd yn torri'r Deg Gorchymyn oedd ar eu ffordd i uffern, siŵr.

'Mae capel Rhiwspardyn yn rhy agos,' cwynodd Enid. 'Rydan ni yno mewn chwinciad, a tydan ni'n gweld affliw o neb wrth ddod y ffordd yma, dros y caeau, ddim hyd yn oed pobol Penybryn, gan eu bod nhw'n mynnu mynd efo'r drol rŵan, yn grand i gyd, er eu bod nhw hyd yn oed yn agosach at y capel na ni!'

'Dim ond am fod yr hen ddyn yn methu cerdded bellach, y creadur,' meddai Mari.

'Ti 'rioed yn difaru i ni godi capel Rhiwspardyn, Enid?' meddai Owen. 'Mae Tada wedi talu pres mawr at yr achos, ac yn dal i neud, felly paid â gadael iddo fo dy glywed di'n deud hynna.'

'Wna i ddim, siŵr! Be ti'n feddwl ydw i? Twp?' meddai Enid.

'Dwi 'mond yn deud 'mod i'n gweld isio'r hen ddyddie, dyna i gyd. Roedd cerdded i gapel yr Annibynwyr yn y Brithdir yn arfer bod yn gymaint o hwyl, cyfarfod a chodi pobol o dyddynnod eraill ar y ffordd, rhannu straeon a chlecs…'

'Malu awyr efo bechgyn ti'n feddwl!' chwarddodd Owen.

'Iawn, a hynny! Ond mae hadau sawl priodas wedi eu hau wrth gerdded i'r capel, fel y gwyddost ti'n iawn,' meddai Enid.

'Be? Gweld isio'r cyfle i fachu gŵr wyt ti?' gwenodd Mari.

'Wel, ble arall 'dan nǐ fod i gyfarfod pobol?' gwgodd Enid. ''Dan ni'n gorfod gweithio bob diwrnod arall, tydan! Ni, y bobol, sy'n gorfod gweithio, o leia. Dydi'r byddigions ddim yn gorfod gweithio o gwbwl.'

'Gwneud gwaith o fath gwahanol maen nhw, siŵr,' meddai Mari. 'A ph'un bynnag, ble fysan ni heb y bobol ariannog? Nhw sy'n talu'n cyflogau ni, yn talu am godi adeiladau neis fatha'n "county hall" ni yn dre, a'r Eldon Row smart 'na fel nath Robat Vaughan, Nannau.'

'Efo'n chwys ni, yndê!' meddai Enid. 'Hebddan ni'n chwysu iddyn nhw, fysa gynnyn nhw'm pres. A 'dio'm yn deg eu bod nhw'n cael bob dim a ninna fatha ryw gaethweision yn crafu byw.'

'Hisht rŵan, Enid,' meddai Owen. 'Robat Vaughan ydi un o'r goreuon, felly paid â gadael i mi na Tada dy glywed yn cwyno amdano fo eto. A ph'un bynnag, tydi merched ddim i fod i feddwl fel'na, heb sôn am siarad fel'na. Ti 'di bod yn treulio gormod o amser yn gwrando ar sgyrsiau'r gweision newydd 'na o'r sowth, yn do?'

'Dim ond deud y gwir maen nhw.'

Edrychodd Owen arni'n siarp.

'Cofia di am y Dic Penderyn 'na, Enid. Cwta ddwy flynedd sy 'na ers iddo fo gael ei grogi, cofia. A mwydro'i ben efo ryw syniade fel'na oedd ei ddiwedd o.'

'Dwi'n cytuno. Mae siarad fel'na'n beryg, Enid,' meddai Mari. 'A chofia bod gan foch bach glustiau mawr…'

Edrychodd Ann a Megan ar ei gilydd, yn gwybod yn iawn mai nhw oedd y perchyll dan sylw. Roedd Ann yn corddi. 'Moch bach'? Roedd hi'n ddeunaw, neno'r tad, ond roedd rhain yn dal i'w hystyried yn blentyn!

''Newch chi roi'r gore i 'nhrin i fel plentyn chwech oed?' hisiodd. 'Mae 'mhen-blwydd i'n bedair ar bymtheg mewn tri mis!'

'Nefi, yndi?' meddai Owen, oedd yn gweld cyfle i droi'r sgwrs yn syth. 'Ddrwg iawn gen i, Ann. Ond dwi'n dal i feddwl amdanat ti fel y chwaer fach ddigri, ddel oedd yn sownd yn sgert Mam drwy'r dydd ac yn sychu'i thrwyn ynddi bob gafael.'

'Owen! Do'n i ddim!'

'Oeddet tad!' chwarddodd y ddwy chwaer hŷn.

'Roedd dy drwyn di'n rhedeg dragwyddol,' ychwanegodd Enid, 'rhyw annwyd arnat ti drwy'r flwyddyn, ac yn waeth yn yr haf am ryw reswm.'

'Ac roeddet ti'n waeth byth adeg hel gwair,' meddai Mari. 'Mae Robat yr un fath yn union, yn tisian fel peth gwirion a'i lygaid o'n dyfrio, ond ers i Wini'r Nant ddeud wrtho fo am fwyta llwyaid o fêl yn gyson, mae o'n llawer iawn gwell.'

'Mi fydd raid i ti ofyn i Tom roi potyn o fêl Wengraig i ti, Ann,' meddai Enid.

'Os ydi dy drwyn di'n dal i redeg, yndê,' meddai Megan yn ffug ddiniwed.

'Wel tydi o ddim! Ddim ers blynyddoedd,' meddai Ann yn bwdlyd (a fymryn yn gelwyddog, petai hi'n onest). 'Rhowch y gore i dynnu arna i, wnewch chi?'

'Oeddet ti'n gneud ceg chwaden fel'na pan oeddet ti'n fach hefyd, bob tro roeddet ti'n llyncu mul,' meddai Owen.

'Ac roedd hynny'n digwydd yn amal!' chwarddodd Enid. 'Ti wedi llyncu llond cae o fulod dros y blynyddoedd!'

'Ac mi fyddet ti'n mynd yn benwan pan fyddet ti'n cael bai ar gam,' meddai Mari. 'Neu'n meddwl dy fod ti'n cael bai ar gam, yndê.'

'Ond mi fysa unrhyw un yn gwylltio tasen nhw'n cael y bai am rywbeth doedden nhw ddim wedi'i neud!' protestiodd Ann. 'Fatha... fatha pan ges i glusten gan Tada pan oedd rhywun wedi cuddio cŵn bach Nel ac ynta isio'u boddi nhw cyn iddyn nhw agor eu llygaid! Dach chi'n cofio? Ond ddim y fi nath! Dwi'n cyfadde 'mod i isio gneud, a bosib y byswn i wedi, taswn i'n gwbod lle roedden nhw, ond do'n i ddim! Roedd un ohonoch chi wedi'u symud nhw o 'mlaen i, yn doedd? A wnaethoch chi byth gyfadde! Dim ond gadael i mi gael fy nghosbi ar gam!'

'Dwi'n cofio hynna,' meddai Owen. 'Wnest ti wrthod siarad efo'r un ohonon ni am ddyddiau. Ond wnes i ddim cyffwrdd y cŵn bach, dwi'n addo.'

'Na finna,' meddai Enid a Mari yr un pryd.

'Pwy nath, 'ta? Doedd Megan ddim wedi ei geni, ac roedd Tom yn rhy fach... yn doedd?'

Edrychodd pawb ar ei gilydd.

'Rhyw dair neu bedair oed fysa fo bryd hynny, yndê,' meddai Owen. 'Wel... does wbod. Bosib mai fo nath wedi'r cwbwl. Neu'r ast ei hun. Roedd Nel yn chwip o ast glyfar, doedd?'

'Yr ast orau yn y byd,' meddai Ann. 'Ond pwy bynnag nath, fi – a neb arall – gafodd y glusten.'

'Ac mi fuest ti'n udo drwy'r nos ar ei hôl hi,' meddai Enid, gan estyn ei bysedd yn chwareus o dan ên Ann a'i goglais. 'Y babi dail...!'

'Gad lonydd...' chwyrnodd Ann, ond allai hi ddim peidio â gwenu. Roedd ganddi feddwl y byd ohonyn nhw i gyd, hyd yn oed Enid a'i chyllell o dafod.

Roedd y gwasanaeth yng nghapel Rhiwspardyn yn un hir a diflas, ar wahân i'r canu emynau. Rhai'r diweddar William Williams, Pantycelyn oedd ffefrynnau Ann, a heddiw roedden nhw'n cael canu'r orau ohonyn nhw i gyd:

Mi dafla' 'maich oddi ar fy ngwar
  Wrth deimlo dwyfol loes;
Euogrwydd fel mynyddoedd byd
  Dry'n ganu wrth dy groes.

Roedd hi wrth ei bodd gyda'r dôn a'r geiriau, ac yn canu nerth ei phen. Gwyddai fod ganddi lais da, ac roedd hi'n falch tu hwnt nad oedd y Crynwyr wedi llwyddo i gadw eu dylanwad yn yr ardal. Doedd y rheiny ddim yn credu mewn canu, ond dyna'r darn gorau o fynd i gapel! Roedd capel Rhiwspardyn yn llawn cantorion gwirioneddol dda, yn ddynion a merched, a'r pedwar llais yn asio'n berffaith a chodi'r blew ar ei gwar.

Os edrych wnaf i'r dwyrain draw,
  Os edrych wnaf i'r de,
Ymhlith a fu, neu ynteu ddaw,
  'Does debyg iddo fe.

Gwenodd. Ia, emyn am Dduw oedd hi wrth reswm, ond roedd y bennill yna'n siwtio Elis Edward hefyd. O, Ann, meddyliodd. Rhag dy gywilydd di. Mae Duw'n gallu darllen dy feddwl di, cofia; fydd o ddim yn hapus o wybod dy fod ti'n meddwl am dy chwantau a thithau i fod yn canu i'w glodfori Ef. Mi gei di dy gosbi, felly rho'r gorau i feddwl am bethau fel'na yn nheml Duw.

Fe wnaeth ei gorau glas, ond wyneb Elis Edward ddaeth i'w meddwl eto yn y bennill olaf.

Ac yna caf fod gydag ef
  Pan êl y byd ar dân,
Ac edrych yn ei hyfryd wedd,
  Gan' harddach nag o'r blaen.

Ceryddodd ei hun eto. Byddai'n sicr yn mynd ar ei phen i uffern a'r holl ffordd i ddyffryn wylofain os na fyddai'n ofalus. A dyna oedd testun y bregeth a ddilynodd, debyg iawn. Roedd ei chydwybod yn corddi a'i chroen yn dechrau chwysu wrth wrando ar y pregethwr yn disgrifio'r dyffryn ymhell dan y ddaear oedd mor llawn o eneidiau oedd wedi eu gyrru yno am eu bod yn wan a chwantus a hunanol fel hi.

'Lle o boenfa i eneidiau drygionus i'r gele!' taranodd y pregethwr. 'Yr hon a sugna y gwaed, yr hwn ydyw y bywyd.'

Oedd hi wedi deall hynna'n iawn? Byddai gelod yn sugno ei gwaed hi? Doedd hi ddim wedi clywed hynna o'r blaen! Ond roedd pawb yn dweud cymaint o bethau gwahanol, yn gwrthddweud ei gilydd mor ofnadwy; pwy a beth ddylai hi eu credu?

Roedd hi mor falch pan ddaeth y cyfan i ben, a chafodd ddianc yn ôl allan i'r heulwen, hyd yn oed os mai trafod y bregeth roedd pawb. Wel, y dynion o leiaf. Gwrando ar eu dynion yn doethinebu roedd y merched.

Yn sydyn, gwelodd gefn pen cyfarwydd yn sgwrsio gyda chriw o ddynion yng nghysgod y coed. Neidiodd ei chalon yn ei brest yn syth, ac roedd hi'n gorfod canolbwyntio o ddifri ar anadlu'n iawn. Elis Edward. Be goblyn oedd o'n ei wneud yma? Oedd o wedi bod yn eu canol nhw yng nghapel Rhiwspardyn wedi'r cwbl? Dyn eglwys oedd o! Ond eto, nid pawb oedd yn teimlo eu bod yn gorfod cadw at yr un addoldy bob Sul; dod i fwynhau'r canu neu i fusnesa y byddai sawl un, mae'n debyg.

Ond na, yn bendant, fuodd Elis ddim yn Rhiwspardyn yr un pryd â hi, neu mi fyddai hi wedi gallu ei deimlo yno. Wedi dod i nôl teulu Penybryn oedd o, mae'n rhaid, am fod yr hen ddyn wedi mynd mor fusgrell. Ond eto, roedd hi'n ddigon posib ei fod wedi bod yn eistedd yno drwy'r amser, a hithau heb ei deimlo am ryw reswm, ac os felly, byddai wedi ei gweld hi'n cerdded i mewn, ac wedi gwenu iddo'i hun wrth feddwl ble bu ei ddwylo a'i wefusau'n gynharach.

Drapia, pam roedd rhaid i'r gwres yna saethu drwy'i chorff dim ond wrth gofio'r hyn fu yn ei meddwl, dim ond wrth edrych ar gefn ei ben o bell?

Cyn iddi allu troi i ffwrdd, roedd o wedi troi ei ben tuag ati, dal ei llygaid a fflachio gwên iddi. Trodd hithau i ffwrdd yn syth, ond gan wybod bod ei bochau'n llosgi.

'Be sy?' holodd Enid, gan sbio'n od arni.

'Dim. Jest… y gwres… mae'r haul 'ma'n taro, tydi?'

'Mi fysa, taset ti wedi bod yn eistedd ynddo fo am yr awr ddwytha, ond yn y capel o dan do llechi oeddet ti.' Roedd llygaid Enid yn pefrio i mewn iddi ac yn gwneud iddi gochi hyd yn oed yn waeth.

'Mae'n rhaid bod dod allan i'r gwres yma'n sioc i mi,' ymbalfalodd.

'Ann,' meddai Enid yn dawel, 'mi weles i ble roeddet ti'n sbio – neu ar bwy yn hytrach. Dwyt ti ddim wedi bod yn potsian efo hwnna gobeithio?'

Ceisiodd Ann agor ei llygaid fel soseri.

'Fi? Naddo.'

'Ond ti'n amlwg yn gwbod am bwy o'n i'n sôn… Ann, cadwa'n ddigon pell o hwnna,' meddai. 'Does gen ti'm gobaith mul!'

Sythodd Ann. Dim gobaith mul? A hithau'n gwybod yn iawn mai hi oedd y ferch dlysa oedd yn y capel yna? Yn gwybod yn well na neb pa fath o effaith roedd hi'n ei chael ar Elis Edward? Roedd ei gwaed yn berwi.

'Be wyddost ti? Pam wyt ti'n deud ffasiwn beth?' Yna,

sylweddolodd yn sydyn pam roedd y fath angerdd yng ngeiriau Enid. 'O, aros di funud… dwi'n dallt rŵan. Fo ydi'r un oeddet ti mewn cariad efo fo, yndê?' Roedd y ffordd y sythodd Enid yn dangos yn glir ei bod wedi taro'r hoelen ar ei phen. 'Ha! Dy wrthod di nath o, ia? A titha'n dal i ddal dig, a methu diodde meddwl hwyrach fod gen i, dy chwaer fach di o bawb, fwy o obaith efo fo!'

Rhythodd Enid arni'n gegagored.

'Dwi'n iawn, tydw?' meddai Ann.

'Ann, mae pobol yn gallu clywed…' hisiodd.

Ac roedd hynny'n wir. Roedd llais Ann wedi codi heb iddi sylweddoli ac roedd pennau wedi troi tuag atyn nhw mewn chwilfrydedd.

'Ty'd, gychwynnwn ni am adre.'

'Ond dwi'm yn barod i fynd eto!' protestiodd Ann.

'Ti'n swnio fel hogan chwech oed rŵan…' meddai Enid drwy ei dannedd.

'Am dy fod ti'n mynnu 'nhrin i felly!' hisiodd Ann yn ôl arni. Ond cerddodd gam neu ddau gyda hi cyn dweud rhwng ei dannedd: 'Enid, mae'n ddrwg gen i am ddeud be wnes i rŵan, ond dwi'n gwbod be dwi'n neud, iawn?'

Cododd Enid ei haeliau.

'Neith o 'mond dy frifo di a dy dwyllo di, Ann. A ph'un bynnag, mae pawb yn gwbod ei fod o'n llygadu Gwen Penybryn. Sbia…'

Er gwaetha'i hun, trodd Ann ei phen i edrych i'r un cyfeiriad â'i chwaer, a gweld Elis yn gwenu'n annwyl ar Gwen fach welw wrth ei ochr, yna'n cymryd ei braich a cherdded tuag at y ceffyl a throl oedd yn aros amdanynt yng nghowt y Croes. Y ceffyl a throl roedd o wedi ei rannu efo hi, droeon.

'Ond mae o'n was yn Penybryn,' meddai'n syth. 'Dim ond gwneud ei waith mae o. Yli, mae o'n mynd i nôl tad Gwen rŵan. Does gynno fo'm diddordeb fel'na yn Gwen Penybryn, siŵr!'

'Os ti'n deud,' meddai Enid, oedd yn dal i deimlo llafn ei geiriau cynharach ac yn ysu am roi ei chwaer fach wirion yn ei lle. A ph'un bynnag, roedd angen i rywun agor ei llygaid llo. 'Ann, meddylia am y peth: unig blentyn ydi Gwen Penybryn, a phan fydd ei thad hi'n ein gadael ni – a fydd hynny ddim yn hir iawn rŵan yn ôl ei olwg o – hi fydd yn cael bob dim. Ac yn wahanol i bawb arall, nid rhentu maen nhw; fo sydd *pia* Penybryn!'

'A ti'n meddwl y byddai Elis yn priodi rhywun nad ydi o'n ei charu, yn fodlon treulio gweddill ei fywyd efo llygoden fach lwyd fel Gwen, dim ond er mwyn 'chydig bach mwy o bres?' wfftiodd Ann.

Ysgydwodd Enid ei phen mewn anghrediniaeth.

'Nefi, ro'n i wedi anghofio pa mor dwp ac unllygeidiog ti'n gallu bod,' meddai. 'Wrth gwrs y bydd o'n dewis y pres! Mi fyddai hanner, naci, bron bob un o ddynion y plwy yn gneud yr un peth! Pres i fedru prynu stoc a hadau heb boeni am golli'r cwbwl os gawn ni haf gwlyb neu aeaf trwm; pres i roi dillad ar gefnau dy blant, i roi addysg iddyn nhw. Dyna be mae pres yn gallu ei neud, Ann. Ond yn achos Elis, byddai pres iddo fo gael dal ati i fwynhau ymladd ceiliogod a mynd i'r dafarn a chwarae cardiau yn apelio'n arw hefyd!'

Oedodd Ann cyn ateb, yna cododd ei gên a chyhoeddi'n styfnig: 'Trech cariad na'r cyfan.'

Brwydrodd Enid i beidio â sgrechian. Roedd Ann wastad wedi bod fel hyn, yn credu'n llwyr mewn chwedlau a straeon tylwyth teg; yn meddwl bod 'na bentwr o aur wrth droed pob enfys. Ond dyna fo, byddai'n dysgu ei gwers yn hen ddigon buan; roedd pawb yn dysgu am wirioneddau bywyd yn hwyr neu'n hwyrach, yn union fel y bu'n rhaid iddi hi. Oedd, roedd hithau wedi bod yn ifanc ac yn ffôl ac wedi coelio geiriau melfed Elis Edward. Ond doedd hi ddim am feddwl am hynny rŵan; roedd hi wedi llwyddo cystal i gau'r cyfan o'i chof cyhyd. Wel, wedi llwyddo i'w wthio i'r cefn yn rhywle o leiaf. Byddai poen yr atgofion yn berwi'n ôl i'r wyneb os na fyddai'n ofalus.

'Iawn, coelia di be lici di,' meddai wrth Ann, cyn ceisio cerdded, yn hytrach na martsio, i ffwrdd i siarad gyda Mari a Robat Hafod Las. Bu bron iawn iddi gamu allan o flaen ceffyl a throl Penybryn, ond llwyddodd i'w hatal ei hun mewn pryd, diolch byth. Ceisiodd Elis daflu gwên ati, ond roedd Enid eisoes wedi troi ei llygaid at goesau ôl hynod ddiddorol y ceffyl.

Bob cam o'r ffordd adref i Lety'r Goegen, ceisiodd Ann orfodi ei hun i osgoi meddwl am y ffordd roedd Elis Edward wedi gwenu ar Gwen Penybryn wrth ei hebrwng at y drol. Gwên gyfeillgar oedd hi, dyna i gyd. Doedd o ddim yn mynd i wgu ar ferch ei feistr wedi'r cwbl, nag oedd? A doedden nhw ddim yn siwtio'i gilydd o gwbl beth bynnag, fwy nag y byddai un o geffylau gwynion y Nannau a mul.

Gwgodd ar gefn Enid, oedd yn cerdded yn bell o'i blaen gyda Mari a Megan. Un fel'na oedd Enid erioed, wastad eisiau tywallt dŵr oer ar bethau, byth yn hoffi gweld rhywun arall yn cael mwy o lwc na hi. Dyna pam mai hen ferch fyddai hi, wrth gwrs. Roedd hi'n bump ar hugain yn barod, neno'r tad, ac affliw o neb ar y gorwel. Wel, byddai Ann yn briod efo Elis cyn ei bod yn ugain, a dyna fo.

Roedd y cymylau llwydion wedi bod yn bygwth ers tro, ac yn sydyn dechreuodd dafnau trymion o law ddisgyn. Roedden nhw filltir o'r bwthyn o hyd, ac er iddyn nhw redeg (neu gerdded yn gyflym yn achos y rhieni) roedd pawb yn wlyb domen dail erbyn cyrraedd Llety'r Goegen.

'Wel, ro'n i wir wedi meddwl mai ddiwedd y pnawn fyddai'r glaw yn dod,' meddai Griffith Lewis wrth dynnu ei gôt a'i hestyn i'w wraig ei rhoi i sychu wrth y pentan.

'Dyna oedd yr arwyddion,' cytunodd Robat Hafod Las.

'Mae'n rhaid bod un neu fwy ohonon ni newydd bechu Duw mewn rhyw ffordd,' ychwanegodd yn ysgafn. Sylwodd o ddim ar Griffith Lewis yn sythu, ond gwelodd yr edrychiad a gafodd gan Mari. O'r uwd, oedd, roedd angen bod yn hynod ofalus efo Griffith Lewis wrth gyfeirio at Dduw – ond nid cymryd ei enw'n ofer roedd o, siŵr! Ystyriodd ymddiheuro, ond roedd llygaid Mari'n dweud wrtho mai calla dawo, felly dyna a wnaeth. Yna rhewodd o gofio ei fod newydd feddwl 'O'r uwd' – onid enw Duw y ffordd chwith oedd hynny? O, naci, yr un llythrennau ond mewn trefn wahanol. Ond eto... Roedd Robat yn falch iawn o dynnu ei gôt, wir; roedd o'n chwys diferol.

Un arall oedd wedi sythu wrth glywed y sylw am bechu Duw oedd Ann. Ai ei meddyliau pechadurus hi oedd yn gyfrifol am y glaw? Penderfynodd o fewn dim mai hurt oedd meddwl hynny. Gallai geiriau sbeitlyd Enid am Elis fod wedi pechu Duw hefyd; doedden nhw ddim yn dangos cariad at ei chyd-ddyn, nag oedden?

Ffrwydrodd Tom i mewn i'r tŷ, yn diferu ond yn chwerthin.

'Dim glaw Mai, dim mêl Medi!' canodd drosodd a throsodd, nes i Owen ei siarsio i dawelu – cyn i'w dad roi cefn llaw iddo.

Roedd Tom druan wedi derbyn mwy na'i siâr o gefnau dwylo ei dad dros y blynyddoedd; roedd yn gas gan Griffith Lewis orfod taro ei fab anffodus ar y gorau, ond roedd colli ei amynedd ar y Sabath hyd yn oed yn fwy gwrthun, a'r Sabath hwn yn enwedig. Rhoddodd nòd diolchgar i'w fab hynaf am ei gynorthwyo i osgoi hynny heddiw.

Roedd hi'n dipyn o wasgfa, ond llwyddodd pawb i fwyta'u cinio yn y bwthyn bach tywyll: y dynion yn gyntaf, wrth gwrs, gydag Enid, Mari, Ann a'u mam yn gweini ac yn helpu eu hunain unwaith roedd lle iddynt hwythau eistedd.

Dechreuodd Tom holi Ann pwy oedd ei ffrindiau yn y dref.

'Jonnet,' atebodd Ann, 'mae hi'n gweithio ym mhopty'r Lawnt, lle fydda i'n mynd â'r toes bob rhyw ddeuddydd ac yn nôl y bara wedi ei grasu yn y pnawn. Gas gen i wneud hynny. Mae'n anodd eu cario nhw achos maen nhw'n dal yn goblyn o boeth. Wedyn, drwyddi hi, dwi wedi dod i nabod dwy arall, Catherine a Meri, sy'n forynion fel fi.'

'Ydan ni'n nabod eu rhieni nhw?' gofynnodd ei mam.

'Dwn i'm. Dwi'm wedi eu cwarfod nhw. Mi fu mam Jonnet farw ar ei genedigaeth a gweithio yn y tanerdy mae ei thad hi a tad Catherine. Dwi'm yn siŵr be ydi hanes tad Meri ond mae ei mam hi'n golchi dillad.'

'I ba gapel maen nhw'n mynd?' gofynnodd ei thad.

Brathodd Ann ei gwefus.

'Dwi'n meddwl mai eglwyswyr ydyn nhw, Tada.'

Tynnodd hwnnw'n ddwfn ar ei getyn cyn ymateb. 'Wel dyna ateb eich cwestiwn chi,' meddai wrth ei wraig. 'Dydan ni ddim yn eu nabod nhw felly. A dydw i ddim am i fy merch i ddysgu castiau drwg gan bobol o'r fath,' ychwanegodd gydag atalnod llawn amlwg a phendant.

Wedi gweld bod pawb wedi hen orffen eu stiw riwbob, a Griffith Lewis yn llenwi ei getyn, pesychodd Robat i dynnu sylw pawb. Sylwodd Ann fod bochau Mari wedi troi'n binc mwyaf sydyn.

'Y... os ga i eich sylw chi os gwelwch chi'n dda, ym... mae 'na rywbeth mae Mari a finna am ei ddeud wrthach chi,' meddai Robat, gan fethu sbio'n iawn yn llygaid neb. 'Ar y ffordd adre o'r capel, mi ges i air efo'ch tad... yn gofyn a fyddai'n rhoi ei ganiatâd i mi ofyn i Mari fy mhriodi i...'

Edrychodd pawb ar Mari, oedd yn biws erbyn hyn.

'O, Mari!' ebychodd Ann a Megan, eiliad cyn i Enid wneud sŵn digon tebyg.

'Rhowch gyfle i'r dyn orffen yr hyn sydd ganddo fo i'w ddeud!' rhuodd Griffith Lewis.

'Ia, ym... diolch,' meddai Robat, oedd â chlustiau mor goch roedden nhw'n edrych yn boenus. 'A dwi'n falch – ac yn hynod ddiolchgar, wrth gwrs – o ddeud ei fod o wedi rhoi ei fendith, a bod Mari wedi derbyn!'

Ffrwydrodd y stafell fach dywyll yn chwerthin a bonllefau a llongyfarchiadau lu. Roedd hyd yn oed Griffith Lewis yn gorfod chwerthin, Sabath neu beidio.

'Fuest ti'n goblyn o sydyn, Robat!' gwenodd Owen. 'Pryd ofynnest ti iddi os mai dim ond ar y ffordd yma wnest ti ofyn am ganiatâd?'

'O, wel… ro'n i eisoes wedi gofyn iddi, a bod yn onest,' gwenodd Robat yn ôl arno. 'Gofyn a gawn i ofyn am ganiatâd, o leia. Mi gytunodd i hynny.'

'Be? Felly dwyt ti byth wedi gofyn yn iawn iddi?' gofynnodd Ann. 'Ydi o, Mari?'

'Wel do, fwy neu lai,' meddai Mari, gan grafu staen bychan ar y lliain bwrdd.

'Does 'na'm "fwy neu lai" amdani! Mi ddylet ti ofyn iddi yn ffurfiol a swyddogol – rŵan!' chwarddodd Ann.

'Ann!' dwrdiodd ei thad. 'Nid dy le di ydi gorchymyn dyn i wneud dim.'

Tawelodd pawb a chochodd Ann at ei chlustiau. Roedd hi wastad yn cael ei chystwyo gan ei thad am beidio â bod yn ddigon gwylaidd.

'Mae'n ddrwg gen i,' mwmiodd yn dawel, ac yna teimlodd law Tom yn mwytho'i chefn heb i'w thad weld. Roedd Tom yn gallu dweud yn syth pan fyddai rhywun angen mwythau neu gysur, yn union fel y byddai'r cathod a'r cŵn pan fyddai o'i hun yn teimlo'n isel neu'n flin.

'Ond os nad wyt ti wedi gofyn iddi eto'n ffurfiol,' meddai Griffith Lewis gan droi at Robat, 'be am wneud hynny rŵan? Neu oes gen ti ormod o ofn iddi dy wrthod di?' chwarddodd.

Wedi eiliad neu ddwy, chwarddodd pawb gydag o – pawb ond Ann, oedd yn dal i gorddi. Ond aeth pawb yn dawel pan drodd Robat at Mari a chydio yn ei dwy law gyda'i ddwylo yntau ac edrych i fyw ei llygaid.

'Mari Lewis...' meddai, 'wnei di mo 'ngwrthod i o flaen pawb, na wnei?'

Gwenodd yn ddireidus arni, a phiffian chwerthin wnaeth Mari.

'Nid dyna rwyt ti i fod i'w ofyn, siŵr!' meddai Owen. 'Ty'd 'laen, Robat!'

'Iawn. Dyma ni, 'ta. Mari...' meddai Robat, 'a wnei di 'mhriodi i a 'ngwneud y dyn hapusa ym Meirionnydd?'

Oedodd Mari cyn ateb, gan esgus pendroni yn o galed.

'Ateb o, Mari!' meddai Tom, oedd yn methu'n lân ag aros yn llonydd mwyach. 'Ateb o! Neu bydd Robat yn crio!'

'O, wel, os felly, gwnaf, Robat,' gwenodd Mari, a chodi ei llaw at ei cheg o sylweddoli bod dagrau yn ei llygaid yn syth.

'Mae Mari'n crio! Be sy'n bod, Mari?' gofynnodd Tom mewn braw. 'Dim rhaid i Mari briodi Robat, na? Os ti ddim isio priodi fo – nag oes, Mam?'

Wedi i bawb roi'r gorau i chwerthin a sychu eu dagrau, derbyniodd y ddau longyfarchiadau pawb – yn swyddogol.

Pwysodd Griffith Lewis yn ôl yn ei gadair yn fodlon ei fyd.

'Wel, dyna fi wedi llwyddo i gael gwared o un ohonoch chi ferched o'r diwedd,' meddai. 'Ti fydd nesa gobeithio, Enid, dwyt ti'n mynd dim iau. Er, synnwn i daten na fydd Ann wedi mynd o dy flaen di, dim ond iddi gadw'n ddigon pell o Eglwyswyr, yndê.'

Ddywedodd Enid yr un gair, dim ond ceisio gwenu, a cheisio peidio â chael ei chythruddo gan y wên oedd yn mynnu chwarae ar wefusau Ann, er gwaetha'r rhybudd amlwg gan ei thad.

'A dyma'r adeg orau i briodi hefyd,' aeth eu tad yn ei flaen. 'Be oedd yr hen bennill 'na hefyd?' Pwysodd ei ben ar ei dalcen am ychydig eiliadau, cyn cofio'n sydyn a datgan:

'"Gwanwyn ydyw amser gweithio,
Hau a llyfnu a llafurio;
A chwennycho fedi gwynfyd,
Haued dir yng ngwanwyn bywyd."

'Da iawn chi, eich dau! A brysied y gweddill i ddilyn eich esiampl!'

Gwenodd pawb yn dawel wrth sylwi mai dyna'r tro cyntaf ers misoedd lawer i'w tad adrodd unrhyw beth oedd ddim yn y Beibl.

'Ond,' meddai Robat, wedi i bawb dawelu, 'mae gynnon ni gyhoeddiad pellach i'w wneud.' Trodd at Mari, a nodiodd hithau'n swil. Cymerodd yntau anadl ddofn. 'Roedd Mari'n gwbod 'mod i am ei phriodi hi, ond do'n i ddim am ofyn yn swyddogol nes gallwn i fod yn siŵr y gallwn i gynnig bywyd da iddi... a gan mai'r ail fab ydw i, a phethau ddim yn rhy hawdd arnon ni ffermwyr bychain ers tro rŵan, mi fues i'n gneud 'chydig o ymholiadau, ac mi fuon ni'n dau'n trafod... ac rydan ni wedi penderfynu... symud i America.' Oedodd, cyn ychwanegu: 'Mae 'na long yn gadael Porthmadog ddiwedd Mehefin, ac rydan ni'n gobeithio bod arni.'

Roedd pawb yn fud. Rhythu'n wirion ar wynebau pawb roedd Tom, yn methu deall be'n union oedd ystyr geiriau Robat. Methodd Mrs Lewis beidio â gadael i'r dagrau gronni yn ei llygaid. Gwyddai fod 'symud i America' yn golygu gadael Cymru am byth; anaml y deuai pobl yn ôl, felly ambell lythyr bob hyn a hyn fyddai ei hunig gysylltiad gyda'i merch wedi iddi groesi'r môr. Y môr peryglus, tymhestlog. Cofiodd yn sydyn am y ddraenen wen y daeth Ann â hi i'r tŷ, a gwelwodd.

'Brensiach,' meddai Griffith Lewis, cyn mynd ati'n bwyllog i lenwi ei getyn efo baco. Roedd angen amser i feddwl cyn dweud mwy na hynny.

'Wel, go dda chi,' meddai Owen. 'Mi fedra i ddallt pam. Go

brin fod Hafod Las yn ddigon mawr i dy gadw di a dy frodyr, Robat. Mae Wil eisoes wedi dechra yn y chwarel, tydi? Ia… mynd i America ydi'r ateb, decini. Wel, pob lwc i chi'ch dau, ddeuda i.'

'Ia, pob lwc,' cytunodd Enid mewn llais cryg. 'Ond, Mari… dwi'n mynd i weld dy golli di, cofia,' ychwanegodd, gan estyn i gofleidio'i chwaer yn dynn. Gwyddai na fyddai eu tad yn gwgu oherwydd iddyn nhw gofleidio y tro hwn.

'A finna,' meddai Ann a Megan ynghyd, gan wasgu Mari nes ei bod hi'n cael trafferth cael ei gwynt ati.

'Tom ddim dallt,' meddai Tom. 'Be ydi "Amrica"?'

'America. Gwlad,' meddai Ann yn dawel. 'Yn bell i ffwrdd dros y môr, Tom. Lle mae'r Indiaid Cochion yn byw.'

'Indiaid Cochion?' meddai Tom, a'i lygaid fel soseri. 'Efo gwallt coch? Fatha Gwylliaid Cochion Mawddwy? Ac yn beryg bywyd?'

'Mae 'na rai'n beryg, meddan nhw,' gwenodd Mari, 'ond dwi'm yn siŵr am y gwallt coch. Dwi'n meddwl mai eu croen nhw sy'n goch.'

'Ond… ond mae 'na bobol wedi cael eu lladd yn Americia, yn does…' meddai Mrs Lewis, oedd wedi dechrau troi a throi cadach llestri yn ei dwylo. 'Mae 'na rai'n boddi cyn cyrraedd hyd yn oed, yn does, ac aeth mab Hafod Oer yno ddeg mlynedd yn ôl a does 'na neb wedi clywed gair ganddo fo ers hynny. Oes raid i chi fynd?'

Edrychodd Mari a Robat ar ei gilydd.

'Oes, Mam,' meddai Mari. 'Mae 'na fwy o obaith am ddyfodol gwell i ni a'n plant yn fan'no. Crafu byw fysan ni fan hyn, yndê?'

'Mae 'na dir da yno, lle mae pethe'n tyfu bron dros nos,' meddai Robat, 'ac mae'r gwartheg â graen da arnyn nhw, ac maen nhw'n deud, os ydach chi'n weithiwr caled, bod modd gneud eich ffortiwn mewn dim.'

'Mae 'na rai wedi cloddio am aur yno, glywes i,' meddai Enid gyda brwdfrydedd, 'a dod o hyd i ddarnau yr un maint â dy ddwrn di. Mae 'na dipyn o chwarelwyr Corris a Blaenau yn sôn am fynd yno.'

'Pam fod raid iddyn nhw fynd mor bell? Mae pawb yn gwbod bod 'na aur yn ochrau'r Ganllwyd,' meddai Mrs Lewis, oedd yn tynnu'r cadach llestri druan yn grïau bellach.

'Stori dylwyth teg ydi honno, siŵr,' meddai ei gŵr, 'a ph'un bynnag, mae 'na fwy i fywyd na gwneud eich ffortiwn. Gyda chymorth yr Hollalluog a'ch Beibl, mi fydd yn gyfle i chi droi'r Indiaid gwyllt 'na'n Fethodistiaid da, siawns.'

'O, yn bendant,' cytunodd Robat, gan nodio'i ben am ychydig yn rhy hir, meddyliodd Ann.

'Mi fyddwch chi wedi dysgu emynau Pantycelyn iddyn nhw o fewn dim,' meddai Owen gyda gwên, 'ac mi fyddwch chi i gyd yn morio canu mewn pedwar llais erbyn y Nadolig, cyn wired â'r pader!'

'Ddown ni â chôr yn ôl efo ni i gystadlu yn un o'r steddfodau!' chwarddodd Robat.

'Ond ddowch chi ddim yn ôl, na wnewch,' meddai Mrs Lewis yn dawel, a'r cadach llestri yn ddarnau yn ei dwylo. 'Mae'n rhy bell, yn rhy ddrud.'

'Ddim os fydda i wedi gwneud fy ffortiwn,' gwenodd Robat. 'Wir i chi, Mrs Lewis, does 'na'm angen i chi boeni am Mari. Mi edrycha i ar ei hôl hi, dwi'n addo, ac mi ddown ni adre yn iach a thew efo llwyth o blant bach cryfion fydd yn ysu am gyfarfod eu nain!'

'Mam, mi fydda i'n sgwennu bob cyfle gaf i,' meddai Mari, gan estyn am ei llaw hi.

'Ond dwi'm yn gallu —'

'Mi wna i eu darllen nhw i chi,' meddai Ann. 'Cyn belled â'u bod nhw'n Gymraeg, yndê. Meddyliwch,' meddai gan droi at Mari a Robat, 'mi fyddwch chi'ch dau'n gorfod dysgu siarad Saesneg crand rŵan!'

'Mae Saesneg Robat yn eitha da yn barod, yn tydi Robat?' meddai Mari, gan roi gwên iddo, gwên oedd yn pefrio gyda balchder, sylwodd Ann. Roedd hi'n amlwg mewn cariad llwyr efo fo, ac yntau efo hi.

'Dach chi mor lwcus,' meddai.

'Lwcus yn cael mynd i Amrica?' holodd Tom.

'Ia. 'Swn i wrth fy modd yn cael hwylio mewn llong dros y môr, i gael gweld y byd,' meddai Ann.

'Does wybod, hwyrach y cei ditha ryw dro,' meddai Owen.

'Ac o dy nabod di, synnwn i daten,' ychwanegodd Mari.

'O, peidiwch,' meddai eu mam yn fregus, 'mae meddwl am un ohonoch chi'n ein gadael ni'n ddigon. Peidiwch â gyrru Ann i ffwrdd hefyd. A ddim dros y môr. Un waith weles i o erioed, ac a' i byth i'w weld o eto.'

'Gweld be, Mam?' holodd Tom.

'Y môr. Mae o mor fawr, mor dywyll, mor ddwfn. O'n i'n gallu ei deimlo fo'n trio fy nhynnu i mewn, yn galw arna i. Dwi'n deud wrthach chi: fan'no, o dan y môr, mae'r diafol, wnes i ei deimlo fo y diwrnod hwnnw.'

'Dwi ddim yn meddwl mai dyna beth mae Robat a Mari am ei glywed a hwythau ar fin dal llong i America,' meddai Griffith Lewis gan roi edrychiad hir i'w wraig. 'A dwi ddim yn cofio unrhyw sôn yn y Beibl mai o dan y môr mae'r diafol chwaith. Owen? Wnei di ddarllen o'r Hen Destament cyn i neb adael y bwrdd, os gweli di'n dda?'

Rhoddodd Tom ei ben ar lin ei fam yn ystod darlleniad Owen, ac ar ôl sbel gallai deimlo'r cryndod yn ei chorff yn tawelu.

4

G AN FOD ENID, Owen a'i thad wedi mynd am y cyfarfod
hwyrol yn y capel, a Mari a Robat yn mynd am Dal-y-llyn,
i gyfeiriad cwbl wahanol iddi hi, roedd gan Ann y dewis o alw
heibio'r beudy y soniodd Elis amdano – pe bai hi'n dymuno, a
phe bai ei chydwybod yn caniatáu iddi fynd yno, wrth gwrs.

'Wyt ti'n siŵr y byddi di'n iawn ar dy ben dy hun?' gofynnodd
ei mam, oedd yn dal fymryn yn ddagreuol ers clywed newyddion
Mari, ac yn dal i fethu peidio â meddwl am y ddraenen wen.

'Byddaf siŵr. Tydw i wedi cerdded y ffordd yna droeon?'

'Ond mewn cwmni, Ann. Ac mi fyddi di'n gorfod brysio i
gyrraedd y dre cyn iddi dywyllu. Gas gen i feddwl amdanat ti'n
cerdded ar dy ben dy hun yn y tywyllwch.'

'Ond yn wahanol i chi, Mam, does gen i'm ofn y tywyllwch!
Ac os ddaw 'na ryw ysbryd neu fwgi bo ar fy ôl i, mi rydw i'n
dal yn ddigon cyflym i fedru rhedeg yn gynt na nhw, peidiwch
â phoeni.'

'Nid sôn am ysbrydion ro'n i, Ann. Mae 'na ddynion drwg o
gwmpas.'

'Fydd 'na neb rhwng fan hyn a dre, Mam.'

'Cofia di'r hogan fach druan 'na gafodd ei lladd gan yr
Hwntw Mawr. Dydi Penrhyndeudraeth ddim yn bell iawn o
fan'ma, wyddost ti.'

'Ond roedd hynny flynyddoedd yn ôl, Mam fach!' gwenodd
Mari. 'Mi fydd Ann yn iawn, peidiwch â phoeni. Ond mi fedra i
a Robat gerdded peth o'r ffordd efo hi.'

'Gallwn siŵr, os awn ni'n o handi,' cytunodd Robat.

'Diolch, ond wir, does 'na'm rhaid, neu mi fydd hi'n dywyll
arnoch chithe'n mynd i lawr y rhiw 'na,' meddai Ann. 'Mam,

dwi'n addo y bydda i'n ofalus – a chofiwch chithe bod Mari Jones wedi gallu cerdded yr holl ffordd o Lanfihangel-y-Pennant i'r Bala ar ei phen ei hun bach heb drafferth yn y byd.'

'Wel, cymer di ofal, dyna i gyd. Dwi'm isio dy golli di hefyd.'

'Tom mynd efo hi, Mam,' meddai Tom. 'Tom edrych ar ei hôl hi.'

'Na wnei di, wir,' meddai Mrs Lewis.

'Geith o ddod efo fi at Benybryn, Mam. Ond ti'n gorfod troi'n dy ôl a mynd yn syth adre wedyn, iawn Tom?'

Nodiodd Tom yn ddigon hapus, a dyna fu. Bu'r ddau'n sgwrsio'n braf am America a'r môr a'r Indiaid Cochion nes i Ann stopio wrth adwy Penybryn a chyhoeddi bod yn rhaid iddo fynd am adref rŵan.

'Tom ddim isio.'

'Ond mae'n rhaid i ti, neu mi fydd Mam yn poeni, a ti'm isio gneud i Mam grio mwy na mae hi wedi'i neud yn barod heddiw, nag wyt?'

Oedodd Tom, gan hopian o un droed i'r llall am sbel, cyn nodio'i ben, rhoi sws wlyb ar foch ei chwaer, yna ei chofleidio'n dynn a sgipio'n ôl am ei gartref. Gwyliodd Ann o'n mynd nes ei fod o allan o'r golwg, cyn troi a cherdded yn frysiog heibio Penybryn a Hafod y Meirch, gan ddiolch nad oedd golwg o neb y tu allan ar y buarth.

Roedd yr awyr i'r gorllewin yn gybolfa o goch ac oren bellach; byddai'r olygfa'n hyfryd wedi iddi ddod i lawr y bryn am Ddolgellau. Ond oedd hi am feiddio mynd am y beudy yn gyntaf? Nag oedd, siŵr. A ph'un bynnag, roedd y dyn yn rhy siŵr ohono'i hun o lawer, a byddai disgwyl yn ofer amdani'n gwneud byd o les iddo fo. Camodd yn ei blaen. Ond yna oedodd. Roedd arni gymaint o eisiau ei weld eto. A be os oedd Enid yn iawn, a bod ganddo ddiddordeb yn Gwen Penybryn? Roedd honno'n cael ei weld bob dydd ac Ann druan yn lwcus os oedd hi'n ei weld unwaith yr wythnos. A pha ddrwg fyddai mewn pum munud bach o gusanu? Pam fyddai Duw wedi creu'r weithred o gusanu oni bai ei fod am i bobl gyflawni'r weithred honno bob hyn a hyn? Sylweddolodd fod ei gwefusau wedi agor fymryn dim ond wrth feddwl am y peth, ac aeth rhyw wefr ryfedd drwy ei chorff.

Trodd am y beudy.

Roedd o yno, yn y cysgodion, yn smocio cetyn.

'Mi ddoist,' gwenodd.

'Dim ond am bum munud.'

Ond pan ddechreuodd o chwarae efo'i gwallt hi eto, a syllu'n ddwfn i'w llygaid, a chusanu ei gwar a phob modfedd o'i hwyneb, roedd hi'n gwybod na fyddai pum munud yn ddigon. Gadawodd iddo gyffwrdd ei chorff drwy ei dillad, a phan roddodd hi i eistedd ar das o wair a dechrau tynnu ei siercin a'i grys fel ei bod hi'n gallu gweld perffeithrwydd ei gorff drwy'r golau oren oedd yn treiddio drwy hollt yn y wal, allai hi ddim yn ei byw â rheoli'r cryndod a redai drwy bob modfedd ohoni. Pan afaelodd o yn ei dwylo a'u rhoi ar ei groen llyfn, perffaith, allai hi ddim peidio ag archwilio pob modfedd ohono, a'i gusanu. A phan ddechreuodd o agor ei bodis, roedd ei phen yn troi a rhannau dirgel oddi mewn iddi'n mynd yn rhyfeddol, arallfydol o gynnes. A phan roddodd o'i wefusau ar ei bronnau noeth, a gwneud rhywbeth, wyddai hi ddim beth yn union, gyda'i dafod, allai hi ddim peidio â griddfan gyda phleser.

Roedd hyn yn nefolaidd; roedd hyn yn well nag unrhyw beth roedd hi wedi ei brofi erioed o'r blaen. Sut gallai rhywbeth oedd yn teimlo mor berffaith fod yn bechod? Roedd hi'n ei garu o, ac roedd o'n ei charu hi, felly doedd dim posib ei fod yn bechod, nag oedd? Pan godd ei ben i wenu arni, cwpanodd ei wyneb yn ei dwy law a'i gusanu gyda'r fath angerdd, roedd hi'n teimlo'n feddw.

Roedd o'n mwmian ei henw, yn ochneidio, yn meddwi arni. Ond pan ddechreuodd o godi ei sgert ac ymbalfalu dan ei phais, tynnodd ei hun yn ôl.

'Na, Elis.'

'O, Ann, ty'd 'laen… wna i'm mynd yn rhy bell, dwi'n addo.'

'Elis! Na! A ph'un bynnag, pum munud ddeudis i, a sbia, mae'r haul wedi hen fynd. Tynna dy law o fan'na'r munud 'ma.'

'O, Ann… sy raid i mi?'

'Oes!'

'Ond —'

'Rŵan!'

Ufuddhaodd Elis gyda gwên. Doedd o ddim am ei phechu, roedd hynny'n sicr; roedd o eisiau mwy o hyn gyda hon. Cusanodd hi eto cyn pwyso'n ôl i sbio arni'n iawn. Gallai weld cnawd noeth ei bronnau o hyd yn y golau gwan, cnawd lliw'r hufen ar ddesgil o laeth, cnawd hufen merch brydferth, benfelen. Gwenodd. Roedd bod yng nghwmni hon yn gwneud iddo eisiau bod yn fardd.

'"Mae 'nghariad i'n Fenws,"' canodd yn ei chlust, '"mae 'nghariad i'n fain. Mae 'nghariad i'n dlysach na blodau y drain."'

'O, Elis… rho'r gorau iddi…'

'"Fy 'nghariad yw'r lana,"' parhaodd i ganu gyda gwên, '"… a'r wynna'n y sir. Nid canmol yr ydwyf, ond dwedyd y gwir…" Mae'r gân yna'n dy siwtio di i'r dim, Ann Llety'r Goegen.' A dechreuodd gau ei bodis iddi, yn araf a gofalus, gan fwynhau pob eiliad.

Bu hithau'n canu'r gân honno iddi ei hun yr holl ffordd yn ôl i'r dref, a phan aeth i'w gwely y noson honno, aeth i gysgu gyda gwên, heb feddwl unwaith am uffern na dyffryn wylofain, na Gwen Penybryn.

Roedd hi'n dal i ganu wrth sgubo'r lloriau drannoeth. Cododd Mrs Hughes, y cogydd, ei haeliau wrth blicio'r tatws.

'Rhywun yn hapus iawn bore 'ma… be 'di'r rheswm, sgwn i?'

'Cysgu'n dda wnes i, Mrs Hughes,' gwenodd Ann.

'O, felly?' gwenodd Mrs Hughes, oedd yn gallu cofio'n iawn beth arferai wneud iddi hithau wenu a chanu fel yna erstalwm.

Ond yn nes ymlaen, pan ddaeth Mrs Price yn ôl o ryw berwyl yn y dref, gofyn iddi roi'r gorau i'w chanu wnaeth honno.

'Ti'n rhoi cur pen i mi, Ann. A tydi morwyn ddim i fod i dynnu sylw ati ei hun fel yna. Ymdoddi i'r cefndir rwyt ti i fod i'w wneud, fel bod dy gyflogwyr prin yn sylwi dy fod ti yna.'

'O, ddrwg iawn gen i, Meistres,' meddai Ann, oedd yn rhy hapus ei byd i ddal dig y tro hwn.

'Fel mae'n digwydd, mae Mr Price am i ti alw yn y siop heddiw, i ti gael gweld pa fath o ddyletswyddau fydd – neu fyddai – gen ti yno. Ond yn gynta, dwi fod i roi 'chydig o wersi i ti ar sut i ymddwyn. Dim canu dros y lle yn y siop, i gychwyn!'

'O, fyswn i'm yn breuddwydio gwneud hynny, Meistres.'

'Yn bwysicach na dim – glendid. Gad i mi weld dy ewinedd di. Naci, eich ewinedd *chi*. Mae Mr Price yn deud y dylid galw'r staff yn "chi", felly "chi" fyddi di o hyn allan, Ann Lewis. Tyrd – dewch – i mi weld eich ewinedd chi, 'ta.'

Gwingodd Ann wrth i Mrs Price astudio ei dwylo.

'Rydach chi'n cnoi'ch gwinedd!' meddai Mrs Price gyda braw.

'Ydw, mae arna i ofn.' Roedd hi wedi methu'n lân â rhoi'r gorau i'w cnoi ers ei bod yn blentyn, er i'w mam fynnu rhoi blaenau ei bysedd mewn rhyw hen stwff brown, drewllyd y byddai'n ei alw'n 'alws'. 'Achws' fyddai o i Ann, am fod blas y peth yn wirioneddol afiach, a byddai'n rhwbio'r rhan fwyaf ohono dros ei dillad, ac yn y diwedd cafodd ei mam lond bol o orfod eu sgwrio. Felly doedd ei hewinedd mo'r pethau deliaf dan haul.

'Mi fydd raid i chi roi'r gorau iddi ar unwaith, Ann! Allwch chi byth â gweithio mewn *drapers* gyda gwinedd fel'na, siŵr! Ddim hyd yn oed yn y cefn! Dwi'n synnu bod Mr Price ddim wedi sylwi. Mae o'n talu sylw i bob manylyn fel arfer.'

'Be? Os na wna i roi'r gorau iddi, cha i ddim gweithio yn y siop?'

'Wel na chewch, siŵr! Ac mae'n amlwg nad ydan ni'n rhoi digon o waith i chi, os oes gynnoch chi amser i gnoi'ch ewinedd fel yna!'

'Mi ro i'r gorau iddi – rŵan, Meistres. Wna i'm cnoi fy ngwinedd byth eto, Meistres, dwi'n addo, cris croes tân poeth!'

'Hm. Wel… gawn ni weld. Mi gymrith sbel i winedd fel'na dyfu'n iawn.'

'Mi edrycha i ar eu holau nhw, dwi'n addo. Ac… maen nhw'n lân, o leia, tydyn?'

Edrychodd Mrs Price i lawr ei thrwyn arni.

'Hm. Mi welais waeth, mae'n siŵr. Rŵan, gad i mi weld dy wddw di… drapia! Eich gwddw *chi*!'

Wedi cael araith am ofalu i olchi o dan ei gên yn drylwyr, a chadw'i gwallt yn lân a thaclus, a sut i gerdded yn urddasol, a sut i gyfarch a ffarwelio, a sut i beidio â chwerthin yn uchel 'fel rhyw hen asyn', a sut i roi ei llaw dros ei cheg os oedd arni angen pesychu neu os oedd hi'n methu ymatal rhag chwerthin yn gyhoeddus, roedd Ann wedi cael llond bol.

'Wnest ti 'rioed – wnaethoch chi 'rioed rowlio eich llygaid rŵan?' meddai Mrs Price wrthi'n syn.

'Be? Fi? Naddo, Meistres, wir!'

Rhythodd Mrs Price arni'n amheus. Mi fyddai wedi gallu taeru iddi weld y llygaid llo bach yna'n rhowlio, ond doedd hi ddim yn berffaith siŵr chwaith. Un peth roedd hi'n berffaith sicr ohono oedd ei bod hi'n anodd cymryd at y ferch ifanc hon.

Roedd rhywbeth yn rhy hyderus, 'ylwch fi' amdani, a rhywbeth slei hefyd.

'Iawn, dyna ddigon o hynna am heddiw,' meddai.

'Ga i fynd i'r siop rŵan felly?' gofynnodd Ann yn obeithiol.

'Pan fyddwch chi wedi gorffen fan hyn. Ydach chi wedi gwagio bob po dan gwely eto? Naddo, ro'n i wedi amau… a chofiwch eu bod nhw angen eu sgwrio'n drwyadl hefyd. Wedyn gewch chi sgwrio sosbenni i Mrs Hughes, ac mae angen glanhau'r stof yn arw, ond gewch chi wneud hynny ar ôl dod yn ôl o'r siop. Iawn, i ffwrdd â chi.'

Dyna'i rhoi hi yn ei lle, meddyliodd, gan wylio'r forwyn yn dringo'r grisiau gyda'i hysgwyddau ddim cweit mor syth ag oedden nhw'n gynharach.

'Allwn i fod wedi gwneud y sosbenni 'na,' meddai Mrs Hughes wrth wylio Ann yn eu sgwrio am ei bywyd. 'Be wyt ti wedi'i neud i bechu Mrs Price, Ann?'

'Dwi'm yn hollol siŵr. Cnoi 'ngwinedd dwi'n meddwl. Mae angen gwinedd taclus i weithio yn y siop, medda hi.'

'Ond welith neb mo'not ti'n gwnïo yn y cefn… a ph'un bynnag, neith sgwrio sosbenni ddim llawer o les iddyn nhw!'

'Na, ond 'sa fiw i mi ddeud hynny wrthi! Pen lawr a chau 'ngheg ydi'r peth calla, decini.'

'Ia. Fel'na mae honna weithie, wsti. Codi'r ochor anghywir o'r gwely nath hi, dyna i gyd, a phan fydd rhywun pifish yn gweld bod rhywun arall yn hapus eu byd, mae hynny'n eu gneud nhw hyd yn oed yn fwy pifish, tydi?'

Gwenodd Ann. Roedd hi'n hoffi cwmni Mrs Hughes yn arw, ond byddai'n falch o dreulio mwy o amser yn y siop efo Mr Price na fan hyn efo'i wraig wenwynllyd. Roedd y gnawes yn codi'r ochr anghywir o'r gwely yn llawer rhy aml.

Brysiodd am y dref y munud roedd hi wedi gorffen y sosbenni. Wrth droi i fyny Sgwâr Springfield am y siop, gwelodd Gwen Penybryn yn mynd i mewn i siop Hughes y Cigydd gyda'i basged ar ei braich – a bonet hyfryd ar ei phen. Roedd hi'n edrych yn bictiwr – o'r cefn. O diar, meddyliodd yn syth, roedd hi'n mynd yn fwy a mwy o ast yn ddiweddar.

Tybed ai Elis Edward oedd wedi dod â Gwen i'r dref ar y drol? Edrychodd i lawr y sgwâr, ond welodd hi mo geffyl a throl Penybryn yn unlle. Aeth yn ei blaen am siop Mr Price, gan sicrhau ei hun bod ei sgidiau'n lân a'i gwallt yn daclus.

Oedodd wrth y drws. Tybed a ddylai gnocio cyn mynd i mewn? Na, dyna pam roedd cloch ar gefn drws y siop, siŵr iawn. Rhoddodd ei llaw ar y glicied, a gwthio.

Y sglein a'i trawodd gyntaf: cownteri pren hir yn sgleinio fel pe bai rhywun wedi bod yn eu polisio am oriau, a'r silffoedd yr un fath; sglein y cannoedd o rubanau a grogai gyda rheseidiau o fenig oddi ar ffyn uwchben y cownteri; a'r sglein oedd ar y dynion y tu ôl i'r cownteri, fel pe baen nhw newydd gael eu sgwrio.

Daeth Mr Price allan o'i swyddfa gyda gwên fawr, yna prysurodd i'w chyflwyno i'r merched eraill: Elin Jones a Sarah Roberts, dwy wraig briod oedd yn gweithio yno ers i'r siop agor gyntaf – nhw oedd yn gwneud y trwsio a'r gwnïo yn y cefn, lle byddai Ann yn eu cynorthwyo – ac yna'r ddau ddyn oedd wrth y cownteri: Mr Lloyd a Mr Roberts, y ddau'n ganol oed ac yn gyndyn o wenu, sylwodd Ann. Ond roedden nhw'n ddigon cwrtais efo hi, a'r merched yn annwyl iawn. Yna sylwodd Ann fod bol eithaf amlwg gan Elin Jones. Go brin y byddai hi'n gallu dal ati i fod ar ei thraed drwy'r dydd yn hir iawn, felly. Ond wedi'r cwbl, eistedd fyddai rhywun i wnïo, meddyliodd. Dysgodd yn o sydyn fod cryn dipyn o waith corfforol yn y cefn, er hynny. Cafodd ei dysgu pa ddefnyddiau oedd yn cael eu cadw ymhle, sut i'w trin a sut i'w cadw'n daclus, rhai i'w lapio'n ofalus, eraill i'w rhowlio, a sut i fesur yn gywir, er mai swydd y dynion oedd hynny mewn gwirionedd, gan fod ymennydd dyn yn well nag un merch am fesur, ond roedd gan Mr Lloyd a Mr Roberts gwsmeriaid erbyn hynny. Felly Elin Jones ddangosodd iddi sut i dorri'r defnydd, ond byddai'n rhaid i Ann ymarfer ar ddarnau o ddefnydd rhad cyn cael mentro torri unrhyw beth drud. Dangoswyd iddi hefyd ble roedd yr hetiau i gyd, y menig, y sioliau, y rhubanau a'r botymau ac ati, heb anghofio'r ambarelau, a bod y pris wedi ei ysgrifennu'n daclus ar ddarn bychan o gerdyn ar gyfer pob dim.

'Mae gan Ann ysgrifen hyfryd iawn,' cyhoeddodd Mr Price, 'felly dyna un swydd y gallech chi ei gwneud y prynhawn yma, Ann: prisio'r nwyddau newydd gyrhaeddodd ddiwedd y bore. Wnewch chi ofalu amdani os gwelwch yn dda, Sarah Roberts?'

Ni sylwodd Ann fod Mr Roberts wedi gwgu pan soniodd Mr Price mai hi fyddai'n ysgrifennu'r prisiau ar y nwyddau newydd. Fo fyddai'n gwneud hynny fel arfer, ond doedd ei olwg ddim wedi bod cystal ers tro, a'i ysgrifen yn dioddef o'r herwydd. Roedd Mr Price wedi sylwi ar y dirywiad, ond wedi bod yn rhy glên i gyfeirio at y peth – hyd yma.

Ddywedodd neb yr un gair am ewinedd Ann chwaith; efallai mai bod yn glên oedden nhw, ond gofalodd beidio â gadael yr un ewin yn agos at ei cheg drwy'r prynhawn.

Wedi gofalu bod Ann a'r merched wedi gorffen eu gwaith gwnïo am y dydd a glanhau a thwtio a thaenu a sgubo llwch lli gwlyb dros y llawr, clodd Mr Price ddrws y siop am chwech ar y dot, cyn troi at Ann a gwenu arni.

'Wnaethoch chi fwynhau eich diwrnod cynta 'te, Ann?'

'Do diolch, syr, yn arw!'

'Rydw i'n falch iawn o glywed eich bod chi wedi eich plesio,' meddai Mr Price wrth i'r ddau ddechrau cyd-gerdded am adref. 'Ac mi ges innau fy mhlesio gynnoch chi. Mi gewch chi ddod i mewn bob prynhawn yr wythnos yma, er mwyn i chi gael dod i arfer yn raddol, ac er mwyn i Mrs Price ddod o hyd i ryw forwyn fach i rannu eich dyletswyddau chi yn y tŷ.'

Am eiliad, bu bron i Ann droelli yn ei hunfan fel hogan fach chwech oed. Calliodd a sadio'i hun mewn pryd, diolch byth.

'O, diolch, Mr Price!' meddai. 'Wir i chi, dwi mor hynod o ddiolchgar i chi am bob dim!'

Gwenodd Mr Price arni. Roedd hi mor braf gweld rhywun yn gwenu arno fel yna, yn enwedig rhywun mor ifanc a llawn bywyd, a'i llygaid yn sgleinio arno. Fo oedd wedi rhoi'r sglein yna yn ei llygaid. Mor braf oedd gweld rhywun yn ei wir werthfawrogi, meddyliodd. A diolchodd i Dduw am roi iddo'r modd a'r gallu i wella bywydau ei weithwyr. Dyna'r oedd arian a busnes yn ei roi i ddyn – pŵer. Y gallu i wneud gwahaniaeth, nid yn unig iddo'i hun a'i dylwyth, ond i bobl fel Ann Lewis.

Fe fyddai ei phrydferthwch, ei hynawsedd a'i gwên yn gaffaeliad i'r siop, yn sicr. Byddai'n drueni ei chadw yn y cefn yn unig, a dweud y gwir. Ac oedd, roedd o'n mwynhau ei chwmni ar y ffordd adref fel hyn. Roedd hi'n parablu braidd ar hyn o bryd, ond roedd hynny i'w ddisgwyl. Ifanc oedd hi, ac newydd gael gwybod ei bod wedi ei blesio yn y siop. Byddent yn cyd-gerdded yn dawelach o yfory ymlaen, a nag oedd, doedd dim o'i le mewn gŵr parchus fel fo yn cyd-gerdded ag un o'i staff yn ôl a 'mlaen o'r gwaith. Braf oedd sylwi bod pobl yn fwy parod hyd yn oed nag arfer i wenu arno a'i gyfarch wrth basio.

Doedd Mrs Price ddim yn gwenu rhyw lawer pan gyhoeddodd wrthi y byddai Ann yn dechrau gweithio o ddifri yn y siop o hyn allan, ac y byddai'n llawn amser ymhen rhyw bythefnos arall. Ond fyddai hi byth yn meiddio anghytuno gyda'i benderfyniad, wrth reswm. Buan y deuai o hyd i forwyn fach wledig arall i wneud y dyletswyddau na allai Ann eu gwneud o gwmpas y tŷ bellach. Roedd y werin yn baglu dros ei gilydd am swyddi y dyddiau yma.

Yr eiliad roedd y teulu wedi gorffen eu swper a'r clirio wedi ei wneud, cafodd Ann adael y tŷ i gyfarfod ei ffrindiau ar y Marian. Roedd Jonnet yn prysur weu sanau tra arhosai amdani ar y wal wrth yr afon, ond doedd dim golwg o Catherine na Meri.

'Wedi methu cael caniatâd i adael gwaith eto, debyg,' meddai Jonnet.

'Wel, dim ond am rhyw hanner awr ddylwn inne fod allan heno,' meddai Ann. 'Dydyn nhw ddim yn rhy hapus 'mod i'n gadael y tŷ gyda'r nos, ac mi fyddai Tada yn flin iawn efo fi.'

'Iechyd, mae pawb angen hoe ar ddiwedd dydd, siŵr,' meddai Jonnet, gan glecio'i gweill fel y gwynt. 'Rydan ni i gyd yn slafio o fore gwyn tan nos, dim byd ond gwaith, gwaith a mwy o waith…'

'Ond does 'na neb yn dy orfodi di i weu chwaith, Jonnet!' gwenodd Ann.

'Be? O, nag oes. Ond rwbath i mi ydi hyn, yndê. Ffordd o neud ambell geiniog ac ymlacio yr un pryd.'

'Dallt yn iawn!' chwarddodd Ann wrth ddangos ei gwlân a'i gweill hithau.

Roedd merched yr ardal i gyd yn gweu ers eu bod yn ifanc iawn, ac yn gallu cerdded a gweu yr un pryd heb golli pwyth. Byddai pawb wedi gweu ar eu ffordd i'r capel – ac yn ystod y gwasanaeth hefyd – oni bai ei bod hi'n rheol na châi neb godi bys i wneud dim o'r fath ar y Sul.

'Ond dwi'n dal ddim isio aros allan yn rhy hir,' meddai Ann wrth osod ei phen ôl hithau ar y wal. 'Dwi'm isio eu pechu nhw achos dwi wedi dechre gweithio yn y siop o'r diwedd!'

'Go dda chdi,' meddai Jonnet wrth i'r ddwy weu yn brysur, 'dipyn gwell na gweithio mewn popty, decini.'

'O'n i'n meddwl dy fod ti'n hapus yno?' meddai Ann.

'Be? Yn gorfod codi ganol nos, tra mae pawb call yn dal i gysgu, a chwysu chwartia drwy'r dydd, a hynny am nesa peth i ddim?'

'Ond dyna hanes y rhan fwya ohonon ni, yndê?' Ceisiodd

Ann beidio â theimlo'n flin efo Jonnet am ddifetha ei hwyliau da.

'Ia, ond mae rhai'n gorfod chwysu mwy na'i gilydd, tydyn? Nid pawb sy'n ddigon lwcus i gael gwaith mewn siop *drapers* grand.'

Felly cenfigen oedd hyn ar ran Jonnet. Sylweddolai Ann fod hynny'n berffaith naturiol, ond eto, roedd hi'n siomedig na allai ei ffrind deimlo'n falch drosti.

'Ond ti'n cael tipyn o fara am ddim, dwyt?' meddai.

'Dim ond y darnau sydd wedi gor-grasu – naci, llosgi o ddifri fel arfer!' meddai Jonnet fel saeth. 'A faint fyddi di'n ei ennill, sgwn i? Mi fyddi di'n gallu fforddio prynu pethau del yn y ffair rŵan, debyg.'

'Go brin, Jonnet. Pum swllt yr wythnos ga i pan fydda i yno'n llawn amser.'

'Pum swllt! Dim ond tri ydw i'n ei gael!'

'Yr un faint â fi ar hyn o bryd, felly,' meddai Ann gan deimlo'n hynod annifyr, gan ei bod yn cael tri a hanner mewn gwirionedd. 'Ac mae Mr Price wedi rhoi'r swydd i mi am 'mod i'n gallu gwnïo'n daclus – ac yn gallu sgwennu a gwneud syms…'

'Mi fyswn inna'n gallu sgwennu'n iawn taswn i wedi cael y cyfle i ddysgu,' meddai Jonnet yn sych.

'Pam na est ti i'r Ysgol Sul, 'ta?'

'Fysa Tada wedi 'mlingo i taswn i wedi mynd at bobol capel, siŵr!'

'Wel, pam na ddysgi di rŵan, 'ta? Mi wna i dy helpu di os tisio.'

Edrychodd Jonnet arni gyda gwên.

'Fysat ti? O ddifri?'

'Byswn siŵr! Ond mi fysa'n rhaid i ti weithio'n galed a 'marfer gyda'r nosau.'

Ystyriodd Jonnet hyn am rai eiliadau yna crychu ei thrwyn.

'O, Duw, diolch am gynnig, ond… dwi'n rhy hen i ddysgu rŵan. A ph'un bynnag, mi ga i fwy o gyflog cyn bo hir, siawns. Ac os ga i ŵr go handi, mi fydda i'n iawn, yn bydda? Sôn am bobol go handi, yli, mae un o dy gyd-weithwyr di draw fan'cw,' meddai, gan amneidio ei phen at y Bont Fawr, lle roedd criw o ddynion ifainc yn cerdded yn swnllyd tuag at y Marian, a Wiliam Jones yn eu mysg.

'Wiliam? Weles i mo'no fo pnawn 'ma. Roedd o wedi mynd i Bermo i nôl ryw ddefnydd mae'n debyg.'

'Hogyn del ydi o, yndê?'

'Ydi o?' meddai Ann yn ddi-hid. 'Wel, dydi o'm yn hyll,' meddai wedyn, wrth graffu arno'n cerdded tuag atyn nhw. 'Pam? Wyt ti wedi cymryd ato fo, Jonnet?'

'Wel, fyswn i'm yn gwrthod diflannu am ryw bum munud bach i'r cysgodion efo fo ar noson ffair…' gwenodd Jonnet.

'Jonnet!' meddai Ann a'i llygaid fel soseri. Doedd hi'n dal ddim wedi arfer efo gonestrwydd plaen y ferch hon. Ond doedd hi ddim wedi bod yn un o griw yr Ysgol Sul, nag oedd.

'Be sy arnat ti'n sbio arna i fel'na, Ann Lewis?' chwarddodd Jonnet. 'Mae gen i syniad go lew be sy'n digwydd rhyngot ti a'r Elis Edward 'na, cofia! Nid adrodd y salmau i'ch gilydd fyddwch chi yn y drol yna, naci? Ac ar y Sabath, o bob diwrnod!'

Gwyddai Ann ei bod wedi cochi'n syth bìn, ond doedd fiw iddi ddweud gair ymhellach gan fod Wiliam a'i ffrindiau o fewn clyw erbyn hyn, ac yn cerdded tuag atyn nhw.

'Noswaith dda, ferched glandeg!' meddai Wiliam, yn gocyn i gyd.

'Noswaith dda i tithau, Wiliam Jones,' meddai Jonnet, heb roi'r gorau i weu. 'A pha ddrygau ydach chi fechgyn wedi bod yn eu gneud, sgwn i?'

'Drygau? Ni?' chwarddodd Wiliam. 'Fyddwn ni byth

yn gneud drygau… oni bai fod 'na ferched glandeg awydd ein harwain ar gyfeiliorn, wrth gwrs…' ychwanegodd, gan lygadu'r ddwy yn slei i gyfeiliant chwerthin ei gyfeillion.

'Ti'n y lle anghywir ar gyfer merched sydd mor hawdd â hynna,' meddai Jonnet. 'Os gychwynnwch chi gerdded rŵan, ddylech chi gyrraedd y Bala cyn hanner nos.'

'Dwyt ti 'rioed yn awgrymu bod merched y Bala yn llac eu moesau, Jonnet Rees?' meddai Wiliam, gan godi ei law at ei frest, fel petai wedi ei synnu'n fawr. 'A Jac fan hyn yn hogyn o'r dre honno?'

'O Landderfel a deud y gwir,' meddai Jac gyda gwên swil.

'Ac ydi honiad ein cyfeilles yn wir, yn dy farn di, Jac?' gofynnodd Wiliam.

'Fyswn i'm yn gwbod, wir…' meddai Jac, wrth i'w glustiau droi'n fflamgoch.

'Mae gan Jac ei safonau, dach chi'n gweld, ferched,' meddai Wiliam. 'Dyna pam ei fod o wedi dod i Ddolgelle; wedi clywed bod y merched yn dlysach fan hyn, yn do Jac? A be ydi dy farn di am y ddwy yma tybed?'

'Ym… wel, maen nhw'n dlws ryfeddol,' meddai Jac druan, a'i fochau wedi troi yr un lliw â'i glustiau bellach.

'Diolch yn fawr i ti, Jac,' gwenodd Jonnet. 'Mae bechgyn Llandderfel yn amlwg wedi cael eu magu i fod yn fonheddig. Hwyrach y dylet ti ddysgu ambell beth i'r Wiliam Jones yma.'

'Ha!' chwarddodd Wiliam. 'A hwyrach y dylet ti ddysgu ambell wers gan Ann fan hyn, sydd jest yn gwenu'n dawel wrth wau, ac yn cadw ei cheg ar gau!'

'Wel, tase pawb fatha Ann, fysa 'na'm sgwrs i'w chael, na fysa!' saethodd Jonnet yn ôl.

'Hei! Wnewch chi roi'r gore i siarad amdana i fel taswn i ddim yma?' meddai Ann, gan roi'r gorau i wau.

'Dow! Mae ganddi dafod!' gwenodd Wiliam. 'A thafod

ddel ydi hi hefyd, yndê hogia? Braf fysa teimlo'r dafod fach binc yna yn dy glust di, yndê Jac?'

Trodd bochau cochion Jac yn biws.

'Wiliam! Dyna ddigon o hynna! Sgen ti'm cywilydd?' meddai Ann, oedd hefyd wedi troi'n binc ac wedi ailddechrau clecian ei gweill.

'Nag oes. Dim ond canmol dy dafod di o'n i!' gwenodd Wiliam gyda winc.

'Wel, mi gei di goblyn o bryd o dafod gen i os ddali di ati i siarad fel yna,' meddai Ann, oedd ddim yn hoffi pobl yn wincio arni fel arfer, ond roedd hi'n cael trafferth peidio â gwenu y tro hwn.

'Ha! Clyfar iawn, Ann. Dach chi'n gweld, hogia? Mae hi'n un sydyn hefyd!' meddai Wiliam. 'Digon yn ei phen hi – eith hi'n bell.'

'Mae 'nhad yn deud bod isio cadw draw o ferched clyfar,' meddai un o'r bechgyn eraill, un tal a digon main. 'Hen betha anodd eu trin, medda fo.'

'Dyna pam 'mod i'n esgus 'mod i'n dwp,' meddai Jonnet gyda gwên fach.

'Ha! Esgus? Felly dwyt ti'm yn dwp o bell ffordd, nag wyt?' meddai Wiliam gan droi ati i'w hastudio'n fanylach. Doedd hi ddim yn bishyn fel Ann, ond doedd hi ddim yn hyll chwaith. Cyrls tywyll digon del o dan y cap yna.

'Dwi'm yn gallu sgwennu a darllen fatha Ann,' meddai Jonnet, 'ond nac'dw, dwi'm yn dwp. Wnest ti'm sylwi?'

Cyn i Wiliam gael cyfle i ymateb, 'Mae 'nhad yn deud mai gwastraff amser ydi dysgu merched sut i sgwennu a darllen,' meddai'r hogyn main.

'Ia, ond Now, ti isio i dy wraig fedru darllen y Beibl, dwyt?' meddai Jac o Landderfel.

'Duwcs, tydi'r person yn gallu gneud hynny?' meddai Jonnet.

'Yn hollol,' meddai Now. 'Fyswn i'm isio i 'ngwraig i ddysgu meddwl drosti ei hun. Y dyn sydd i fod i neud y meddwl, a'r ferch i ufuddhau. "Eithr y wraig a grëwyd er mwyn y gŵr." A dyna fo. Cofiwch y sarff yn Eden.'

'Isio bod yn weinidog wyt ti, ia Now?' gofynnodd Ann.

'Doedd gynnon ni mo'r pres,' meddai Now'n bigog. 'Oedd raid i mi ddod â chyflog i mewn, yn doedd.'

'Hidia di befo. Mi fyddi di'n chwip o flaenor yn y Traws 'na ryw ddiwrnod,' gwenodd Wiliam. 'Yn y cyfamser, gweithio yn y gwaith gwlân mae o a Jac, ferched. Felly peidiwch â mynd yn rhy agos atyn nhw…'

''Den ni wedi newid o'n dillad gwaith!' protestiodd Jac.

'Ond dach chi'n dal i ddrewi, mae arna i ofn! Beryg bod ogla'r holl grwyn wedi pydru yn treiddio i mewn i'ch croen a'ch gwalltiau chi.'

'Peidiwch â chymryd sylw ohono fo,' meddai Jonnet, gan godi ei gwau i wneud yn siŵr bod ei phwythau yn ei phlesio, 'dach chi'n ogleuo'n iawn o fan'ma. A ph'un bynnag, mae pawb yn y dre 'ma wedi hen arfer efo'r drewdod bellach.'

'O ia, nes bydd yr haul yn taro o ddifri ganol ha'. Does 'na neb yn gallu ei ddiodde fo wedyn!' chwarddodd Wiliam, gan wneud ystum taflu i fyny.

'Dibynnu pa ffordd mae'r gwynt yn chwythu…' meddai Jonnet, gan ei astudio. Roedd yr Wiliam yma'n dipyn o gês, ond roedd 'na rywbeth plentynnaidd amdano weithiau. Dipyn o waith tyfu i fyny ar hwn, meddyliodd, ond nefi, mae o'n beth del.

'Ond mae'n waith sy'n talu'n dda, tydi,' meddai Ann, 'neu fysa 'na'm cymaint wedi dod yma i weithio efo'r gwlân, na fysa?'

'Wel, 'dio'm yn wych, ac mae'n hen waith digon budur, ond dyna'r gora gawn ni yn y parthau hyn,' meddai Now. 'A wyddoch chi be? Maen nhw'n deud bod bron i fil a hanner ohonon ni'n gweithio yn y gwaith gwlân fan hyn rŵan.'

'Ond y perchnogion sy'n gneud y pres, yndê,' meddai Jac. 'I'r pant y rhed y dŵr, fel erioed.'

'A'r werin yn cael eu sathru dan draed. Bechod na fysen ni'n debycach i'r Ffrancwyr, yn torri pennau'r byddigions i ffwrdd!' meddai Wiliam.

'O, chwarae teg, dydi'r bobol fawr ddim yn ddrwg i gyd, a dydyn nhw'm i gyd yn ddrwg chwaith,' meddai Now. 'A ph'un bynnag, maen nhw wedi pasio'r ddeddf newydd 'na rŵan, yn do, bod mwy o bobol gyffredin yn cael fotio.'

'Pobol gyffredin!' wfftiodd Wiliam. 'Dim ond pobol sy'n berchen darn go fawr o dir! Y meistri tir sy'n dal i reoli pob dim, siŵr! Mae'r peth yn drewi!'

'O, gwranda arnat ti dy hun, Wiliam,' meddai Ann. 'Isio bod yn ryw Ddic Penderyn arall wyt ti, ia? Cael ei grogi oedd hanes hwnnw, cofia!'

'Sut mae hogan fatha ti yn gwbod am hanes hwnnw?' gofynnodd Now.

'Fi ddeudodd wrthi,' meddai Wiliam. 'Mae 'nghefnder i'n gweithio yn y sowth, yn y gwaith glo ym Merthyr Tudful, ac mae o'n sgwennu ata i bob hyn a hyn efo'r hanesion i gyd.'

'Ia, ti ddeudodd wrtha i gynta,' meddai Ann, 'ond mae'r stori'n dew dros Gymru ers y cychwyn, a dwi wedi clywed dynion yn canu baledi amdano fo'n y ffair.'

'O? Felly pwy oedd y Dic Penderyn 'ma?' gofynnodd Jac.

'Argol, dach chi'n gwbod dim tua Llandderfel, nac'dach?' meddai Wiliam. 'Fyddi di'm yn gwrando ar ganeuon baledwyr yn ffair y Bala, Jac?'

'Na fydda. Sgen i'm mynedd efo'u lol nhw. Celwydd a hel clecs ydi'r rhan fwya ohono fo. Ond deud wrtha i am y boi Penderyn 'ma 'ta.'

'Glöwr oedd o,' eglurodd Wiliam, 'un o'r miloedd oedd yn gweithio i ryw William Crawshay, ac roedd y diawl hwnnw wedi trio rhoi llai o gyflog iddyn nhw, a nhwtha'n diodde digon fel roedd hi. Felly ddwy flynedd yn ôl rŵan, mi naethon nhw brotestio, ond aeth petha'n flêr, ac mi gafodd pobol eu lladd, yn cynnwys un o'r milwyr —'

'Naci, Wiliam, chafodd hwnnw mo'i ladd, dim ond ei frifo'n ddrwg,' meddai Ann. 'Ti'n gor-ddeud fel arfer!'

Rhowliodd Wiliam ei lygaid.

'Iawn, cael ei frifo nath y milwr,' meddai, 'ond dwyt ti'm fod i ymosod ar filwr, nag wyt? A Dic druan gafodd y bai. Roedd pawb yn gwybod ei fod o'n ddieuog, ond roedd y bobol fawr tua Llundain 'na yn benderfynol o neud esiampl ohono fo, ac mi gafodd ei grogi, y creadur.'

'Ia, ond does 'na'm byd fel'na'n mynd i ddigwydd fan hyn, nag oes,' meddai Ann. 'Mae petha'n wahanol yn y sowth.'

'Awgrymu ein bod ni'n rhy llywaeth yn y gogledd wyt ti? Wel, dydi petha ddim yn rhy dda yn y chwareli yn ochrau Blaenau a Bethesda chwaith, glywes i,' meddai Wiliam. 'Synnwn i daten na —'

'O, hisht, dwi 'di blino ar yr holl siarad *politics* 'ma,' meddai Jonnet, gan ollwng ei hun oddi ar y wal. 'Ty'd, Ann, petha dynion ydi hyn i gyd, a ddaw Catherine a Meri ddim bellach.'

Roedd Ann wedi bod yn mwynhau'r sgwrs, ond roedd ei hamser yn dod i ben a feiddiai hi ddim aros efo'r dynion hyn ar ei phen ei hun beth bynnag, felly neidiodd hithau ar ei thraed hefyd.

'Hwyrach welwn ni chi'n y ffair ddiwedd y mis, hogia?' meddai Jonnet gyda gwên llawn dannedd.

'Siŵr o neud,' meddai'r dynion, fel un.

'A welai di'n y gwaith fory, Ann,' meddai Wiliam, ond dim ond codi llaw arno wnaeth Ann.

Gwyliodd y dynion y ddwy'n cerdded i gyfeiriad yr eglwys.

'Hogan ddel,' meddai Jac.

'Ydi,' meddai Wiliam. 'Rhy dda o beth coblyn i rywun fatha ti.'

'Ond ti'n meddwl dy fod ti'n ddigon da, wyt?' meddai Now.

'Gwbod, fachgien, gwbod,' gwenodd Wiliam. 'Mi fydd honna'n wraig i mi ryw ddiwrnod, gewch chi weld.'

'Wel, sgen i'm gobaith caneri o fachu Wiliam Jones yn y ffair, nagoes,' meddai Jonnet wrth Ann unwaith roedden nhw'n bell o glyw yr hogia.

'Pam wyt ti'n deud hynny?'

'Wedi cymryd coblyn o ffansi atat ti mae o, yndê?'

'Paid â bod yn wirion. Dim ond tynnu arna i mae o.'

'Hy. Tynnu arnat ti, wir. Mi fedar unrhyw ffŵl weld mai ysu am dynnu amdanat ti mae o.'

'Jonnet! Paid â siarad fel'na! A does gen i ddim llwchyn o ddiddordeb ynddo fo!'

'Nag oes. Mae dy ben di'n rhy llawn o'r Elis Edward 'na tydi? A ti'n dal yn ddigon dwl i feddwl bod 'na obaith y cei di briodi hwnnw, wyt?'

'Pam fyddwn i'n ddwl i feddwl hynny?' meddai Ann yn bigog. Roedd hi wir wedi cael digon ar Jonnet heno.

'Ann fach… mi ddysgi di rywbryd. Dim ond gobeithio na wnei di losgi dy fysedd cyn dysgu dy wers, dyna i gyd.'

'Dwyt ti prin yn nabod Elis Edward, felly sut fedri di fod mor siŵr nad oes gen i obaith o'i briodi o?'

Rhoddodd Jonnet y gorau i wau ac edrych i fyw ei llygaid.

'Dwi wedi ei weld o, ac wedi clywed sut un ydi o. A dwi'n nabod ei deip o. Dwi'n deud wrthat ti, mi fysat ti'n gallach o'r hanner i anghofio amdano fo a throi dy sylw at Wiliam.'

'Wel, dy farn di ydi hynny. Ond dwi'n nabod Elis, yn ei nabod o'n dda iawn fel mae'n digwydd – a dwi —'

'Yn dda iawn, wyt ti? Pa mor dda yn union, Ann? Dach chi 'rioed wedi —?'

'Naddo! Naddo siŵr!'

Cochodd Ann wrth i Jonnet graffu arni. Collodd bwyth yn ei gwau.

'Ond dach chi wedi cusanu, yn do?'

'Wel… do.' Cododd y pwyth yn ei ôl.

'Nes bod dy ben di'n troi?'

'Do…'

'A phan ddechreuodd ei ddwylo fo grwydro, doeddet ti methu rhoi stop arno fo?'

'Wel, roedd hi'n anodd, dwi'n cyfadde, ond mi wnes i lwyddo, cyn i bethe fynd yn rhy bell, ac mae o'n fy mharchu i.'

'Digon i sôn am briodi?'

'Wel, na, ddim eto.'

Ysgydwodd Jonnet ei phen yn araf.

'O, Ann… bydd yn ofalus, dyna'r cwbwl dwi'n ei ddeud. Hwyrach dy fod ti'n gweithio mewn siop ddillad grand rŵan, ond merch i dyddynnwr wyt ti 'run fath, yndê?'

Edrychodd Ann ar ei thraed yn fud.

'Hwyrach dy fod ti'n glyfar mewn rhai ffyrdd, Ann,' meddai Jonnet, 'ond mae gen ti gryn dipyn i'w ddysgu am ddynion – wel, rhai ohonyn nhw. Paid â phoeni – edrycha i a'r genod ar dy ôl di. A ti newydd golli pwyth eto.'

5

P AN WELODD HI Elis Edward eto y bore Sul canlynol, gwnaeth Ann ei gorau glas i gadw gwell trefn arni ei hun, ond roedd y llygaid yna mor hudol, a chlywed ei lais yn ddigon i wneud iddi doddi fel talp o fenyn ar lechen ganol haf.

Roedd hi yn ei freichiau eto ymhen dim.

Ystyriodd grybwyll geiriau Enid am Gwen Penybryn wrtho, ond roedd popeth mor berffaith, ei wefusau ar ei gwar, ei fysedd yn gwneud i'w chorff grynu gyda phleser a'i phen yn troi; roedden nhw ill dau mor hapus, mor fodlon eu byd gyda'i gilydd, a byddai'n ffŵl i chwalu pethau drwy swnian arno fel rhyw ferch fach biwis, anaeddfed.

Na, calla dawo, meddyliodd, a griddfan wrth iddo symud ei wefusau'n araf i lawr o'i gwar. Allai hi ddim dychmygu Gwen yn griddfan fel'na; roedd honno'n llawer gormod o lygoden. Merch fel hi roedd Elis ei hangen. Roedd ei chorff yn ysu am adael iddo grwydro ymhellach, yn dyheu amdano, ond na, llwyddodd i'w ddwrdio mewn pryd – yn ysgafn a chwareus i ddechrau, ac yn fwy taer pan oedd hi'n dechrau ymddangos na fyddai o'n gallu rheoli ei hun.

Ochneidiodd Elis i mewn i'w gwallt.

'Ann Lewis, ti'n mynd i'n lladd i fel hyn.'

'Mae 'nghorff inne'n sgrechian tu mewn, creda di fi,' sibrydodd Ann, 'ond allwn ni ddim, na fedrwn?'

'Dwn i'm. Mae'n groes i natur gorfod rhoi stop ar bethau a finna mor... sbia, teimla fi, Ann... ty'd â dy law yma...'

'Na wna i, wir. Dwi'n gallu dy deimlo di'n iawn fel mae hi, diolch!'

'O, Ann...'

'Dwi'm isio plentyn llwyn a pherth, Elis.'

'Nag wyt siŵr. Dwi'n dallt.'

Ond yn amlwg, doedd o ddim yn dallt, meddyliodd Ann. Roedd hi newydd roi'r cyfle perffaith iddo sôn am briodas! Am y ffordd amlwg o'u galluogi i wneud yr hyn roedden nhw ill dau'n dyheu am ei wneud, heb boeni am greu plentyn siawns! Rhoddodd gynnig arall arni:

'Fyddai fiw i mi gael plentyn siawns. Dwi'n ddynes barchus sy'n gweithio mewn siop *drapers* rŵan, cofia – ac mae 'nhad yn flaenor.'

'Ydi, dwi'n gwbod. A dwi'm yn meddwl i mi 'rioed gyfarfod merch i flaenor Methodist sydd mor dlws a hudolus â ti, Ann Lewis.'

Doedd y sgwrs ddim yn mynd y ffordd y dylai. Ac roedd o'n rhoi'r wên ddrwg 'na iddi eto, gwên roedd hi'n amhosib peidio ag ymateb iddi.

'Ti'n un drwg, Elis Edward,' gwenodd.

'Yndw. A dy fai di ydi hynny! Ty'd, un sws fach arall cyn mynd…'

'Gyda llaw,' meddai Elis wrth iddyn nhw gerdded yn ôl at y drol. 'Ro'n i isio dy holi di'n gynta, cyn deud dim wrth dy dad…'

Llamodd calon Ann. Dyma ni, roedd ei breuddwyd am ddod yn wir!

'… ond mae isio i chi neud rhywbeth am Tom. Mae o wedi dechre mynd yn beryg.'

Stopiodd Ann yn stond. Roedd hi'n flin am fwy nag un rheswm rŵan. Y siom, ie, ond i honni bod Tom, y bachgen anwylaf, mwyaf diniwed yn y byd, yn beryg?

'Be ti'n feddwl "peryg"?' gofynnodd fel cyllell.

'Ia, paid â gwylltio rŵan; dwi'n dod 'mlaen yn dda efo Tom erioed, ti'n gwbod hynny. Ond ddydd Llun dwytha, ro'n i'n torri coed pan deimlais i garreg yn taro 'nghefn i, wedyn un arall ar gefn fy mhen. Cerrig bach oedden nhw, ond roedden nhw'n brifo! Mi drois i weld pwy oedd yn eu taflu nhw, ond allwn i weld neb. Es i 'nôl at y torri coed a chlywed carreg arall yn hedfan heibio 'nghlust i – carreg fwy tro 'ma. Wel, ro'n i wedi gwylltio rŵan, a dyma fi'n rhedeg i'r cyfeiriad ro'n i'n meddwl bod y cerrig wedi dod ohono – o'r berllan yn rhywle. Unwaith eto, weles i neb. Ond mi wnes i ddod o hyd i hon…'

Tynnodd chwisl bren o'i boced. Syllodd Ann arni.

'Iawn, mae'n debyg i chwisl Tom,' meddai ar ôl rhai eiliadau, 'ond mae 'na ugeiniau o fechgyn y plwy yma'n gallu gneud chwislau yn union yr un fath.'

'Ond defnyddio collen neu onnen mae'r rhan fwya. Un 'sgawen ydi hon, ac un 'sgawen sydd – neu oedd – gan Tom. Dwi'n cofio trafod y peth efo fo adeg cneifio llynedd.'

'Mi fysa'n ddigon hawdd i rywun arall wneud un 'sgawen hefyd, siŵr! A ph'un bynnag, fyddai Tom byth yn taflu cerrig at neb, heb sôn amdanat ti.' Trodd Ann y chwisl rhwng ei bysedd yn pendroni, yna cododd ei phen yn sydyn. 'Wnest ti wneud neu ddeud rhywbeth i'w frifo fo?'

'Fi? Naddo siŵr!'

'Yn ddamweiniol?'

'Wel, naddo. Hyd y gwn i,' ychwanegodd. 'Alla i ddim meddwl… o, aros di funud,' meddai wrth i rywbeth wawrio arno. 'Nos Sul dwytha, ar fy ffordd yn ôl o'r beudy ar ôl bod efo ti… ro'n i'n meddwl mai rhywbeth fel gwenci neu garlwm oedd yn gwichian y tu ôl i mi. Tybed? Mae o'n gallu gneud y synau rhyfedda efo'r chwisl 'na.'

Gwelwodd Ann.

'A ti'n meddwl ei fod o wedi 'ngweld i'n dod o'r beudy?'

'Dwn i'm. Dim ond rhywbeth nath fy nharo i rŵan ydi o.'

'Fo nath fy nanfon i at Benybryn. Ond wnes i ei yrru o adre.'

'Ond ydi hi'n bosib ei fod o wedi penderfynu dy ddilyn di 'run fath?'

Caeodd Ann ei llygaid. O na... doedd o ddim wedi bod yn sbecian arnyn nhw gobeithio. Roedd yn amlwg bod yr un peth wedi taro Elis. Teimlai fel cyfogi mwyaf sydyn.

'Na, fyddai o ddim wedi'n gweld ni,' meddai Elis yn sydyn, 'ddim heb i ni ei weld o. A ph'un bynnag, roedd hi reit dywyll i mewn yn fan'na, yn doedd?' Roedd o'n cofio'n iawn iddo edmygu ei bronnau noethion a'i chnawd lliw hufen, ond doedd o ddim am grybwyll hynny wrthi rŵan, siŵr. Oedd, roedd y diawl bach wedi eu gweld nhw, yn bendant.

'Ga i'r chwisl 'na gen ti?' gofynnodd Ann iddo. 'Mi ga i air efo fo heddiw, ac os mai Tom oedd wrthi, chei di mo dy blagio eto, dwi'n addo.'

Cytunodd Elis. Byddai'n llawer haws iddi hi ddelio efo hurtyn fel Tom beth bynnag. Roedd hi wedi arfer efo fo ac yn gwybod sut i'w drin. Tueddu i osgoi'r bachgen fyddai Elis, a bod yn onest.

Aeth llygaid Tom i bob cyfeiriad pan ddangosodd Ann y chwisl iddo.

'Gad i ni fynd am dro bach, ia? I weld os ddown ni o hyd i wyau adar bach, ia?' meddai Ann wrtho a'i lywio i ffwrdd o'r bwthyn a gweddill y teulu.

Roedd o'n gyndyn, ond fe ddaeth, yn fud am unwaith.

Doedd o erioed wedi gallu dweud celwydd, a gwyddai Ann hynny'n iawn. Aeth yn ei blaen yn yr un llais cyfeillgar, heb arwydd o gerydd ynddo:

'Fuest ti'n taflu cerrig at Elis, gwas Penybryn?'

Nodiodd ei ben.

'Ond Tom, ti'n gwbod nad wyt ti i fod i daflu cerrig at neb. Mi allet ti frifo rhywun yn o ddrwg, hyd yn oed efo cerrig bychain.'

Roedd Tom yn cnoi ei wefus yn arw erbyn hyn, ac wedi cau ei lygaid.

'Pam wnest ti daflu cerrig ato fo, Tom?'

Ysgydwodd Tom ei ben yn wyllt. Doedd o ddim eisiau ateb. Doedd o ddim eisiau dweud. Doedd o ddim am i Ann wybod ei fod o wedi gweld Elis yn gwneud pethau drwg iddi.

'Wnest ti 'nilyn i at y beudy, Tom?'

Stopiodd yr ysgwyd pen. Roedd o eisiau ysgwyd ei ben, ond roedd ei ben yn gwrthod yn lân â symud o ochr i ochr.

Oedodd Ann i geisio penderfynu pa gwestiwn fyddai orau i'w ofyn nesaf. Yna, mewn llais gyda gwên ynddo, gofynnodd:

'Welest ti fi efo Elis, yn do Tom?'

Allai o ddim ysgwyd ei ben, allai o ddim edrych arni. Roedd ei draed yn dawnsio, ei gorff i gyd yn sgrechian 'Rheda!' ond allai o ddim symud. Rhoddodd Ann ei braich am ei ysgwydd yn garedig a gosod ei llaw arall dan ei ên, gan droi ei ben yn araf i'w hwynebu.

'Edrycha arna i, Tom,' meddai mewn llais oedd yn gwneud i Tom feddwl am bwdin bara menyn.

Agorodd ei lygaid yn fawr i syllu i fyw ei llygaid gwyrddion hi.

'Dim ond chwarae oedd Elis a fi,' meddai Ann wrtho, a'i llygaid yn chwerthin. 'Chwarae rhyw gêm mae pobol yn neud pan maen nhw wedi priodi neu isio priodi. Dyna i gyd. Ond doeddet ti'm i fod i 'nilyn i a doeddet ti'm i fod i'n gwylio ni, Tom. Ddim chwarae plant ydi chwarae fel'na. Dim ond pobol sy'n chwarae fel'na, pan maen nhw'n ddigon hen.'

'Ac wedi priodi,' meddai Tom gan rythu i fyw ei llygaid.

'Neu'n paratoi i briodi...' gwenodd Ann.

'Elis a ti? Priodi?'

'Wel, dyna dwi'n ei obeithio. Ond paid â deud gair wrth neb am hynna eto, ddim nes dwi'n barod i ddeud, iawn? Cyfrinach rhyngot ti a fi?'

'Ac Elis.'

'Na, dim ond ti a fi am rŵan. Paid â deud gair wrth Elis – eto. Iawn?'

Nodiodd Tom ei ben, yna, yn sydyn, dechreuodd ei draed a'i lygaid ddawnsio eto.

'Ga i ddeud wrth y gwenyn? Ga i? Ga i?'

'Y gwenyn? Cei siŵr, gei di ddeud be fynni di wrth rheiny!'

Yn y capel rai oriau'n ddiweddarach, allai Ann ddim peidio â gwenu. Roedd hi wedi llwyddo'n rhyfeddol i ddelio gyda Tom: fyddai o ddim yn taflu cerrig at Elis eto. Doedd hi ddim mor siŵr a fyddai o'n gallu cau ei geg am y 'briodas', ond roedd ei ddarbwyllo bod rhywbeth yn gyfrinach rhyngddyn nhw ill dau wedi gweithio bob tro hyd yma.

Roedd hi'n dal i wenu ar y ffordd yn ôl i'r dref gyda'r nos, er nad oedd Elis wedi cynnig ei chyfarfod yn y beudy y tro hwn. Ond yn ara deg mae dal iâr, meddyliodd. Roedd o wedi dweud pethau mor annwyl wrthi, ac wedi edrych arni gyda llygaid oedd yn berwi â chariad – a chariad oedd o, roedd hi'n eithaf siŵr o hynny. Oedd, roedd 'na nwyd yno hefyd, wrth reswm – dyn oedd o, wedi'r cwbl – ond roedd o'n fwy na dim ond nwyd.

Byddai wedi hoffi gallu trafod y peth gyda'i chwiorydd, eu holi sut mae merch i fod i wybod be'n union sy'n mynd drwy feddwl dyn, ond mi fyddai Enid yn siŵr o wybod mai sôn am Elis roedd hi ac wedi rhoi llond pen iddi eto, a ph'un bynnag, doedd honno'n amlwg ddim wedi cael llawer o hwyl ar fachu unrhyw un call. Byddai Mari wedi gallu rhoi gwell cyngor iddi, ond roedd hi'n amhosib cael gair tawel gyda hi, gan fod Enid neu Robat Hafod Las yn ei chysgod yn dragwyddol. Roedd ei phen hi'n llawn o America beth bynnag.

Tybed a fyddai Elis yn ystyried hwylio i America gyda

hithau? Roedd o wedi swnio'n eithaf eiddigeddus o Robat a Mari, wedi'r cwbl.

'Hwylio i ben draw'r byd i wneud eu ffortiwn… ei mentro hi go iawn!' meddai, cyn ychwanegu'n freuddwydiol: 'Dewr ydyn nhw, yndê? Ond dwi'n meddwl y byddai gen i ormod o hiraeth, 'sti. Roedd gadael Llwyngwril i ddod i fan hyn yn ddigon anodd i mi! Na, hogyn ei filltir sgwâr ydw i, yn rhy hoff o'r hyn dwi'n ei nabod. Mi fyswn i'n marw o hiraeth, debyg.'

Yna roedd o wedi dechrau canu'n ysgafn:

'Dwedwch fawrion o wybodaeth,

O ba beth y gwnaethpwyd hiraeth;

A pha ddefnydd a roed ynddo

Na ddarfyddo wrth ei wisgo.'

Yna, tra oedd yn rhedeg ei fysedd yn ysgafn dros ddefnydd meddal ei phais:

'Derfydd aur a derfydd arian,

Derfydd melfed, derfydd sidan;

Derfydd pob dilledyn helaeth,

Eto er hyn ni dderfydd hiraeth.'

Gallai Ann fod wedi gwrando arno drwy'r dydd. Canai'r gân iddi ei hun rŵan, wrth gerdded i lawr y rhiw serth o Tabor am y dref, a'i gweill yn clecian wrth iddi wau. A hithau bron yn ganol Mai, dim ond rŵan roedd yr haul yn machlud, a hynny'n odidog, felly oedodd am ennyd i rythu ar y rhyfeddod o binc a phiws ac oren o'i blaen.

Dwi mor lwcus, meddyliodd. Yn dal i fedru teimlo ôl bysedd a gwefusau'r dyn roedd hi'n ei garu ar ei chorff, wedi cael swydd dda mewn siop *drapers*, a Mr Price wedi ei chanmol i'r cymylau, yn ôl ei gefnder yn y capel.

Chwarae teg, roedd hi wedi dysgu ble roedd bob dim yn hynod gyflym, doedd hi ddim wedi gwneud camgymeriad wrth fesur y defnyddiau eto, ddim hyd yn oed gyda Mr Lloyd a Mr Roberts yn cadw llygaid barcud arni a'i gwneud braidd yn nerfus, ac roedd pawb wedi eu plesio gyda'r ffordd y byddai hi'n ysgrifennu pob dim i lawr yn y llyfr gwaith gwnïo mor gywir a thaclus. Roedd hyd yn oed Sarah Roberts wedi canmol ei hysgrifen, a doedd honno ddim yn gallu darllen! Roedd Mr Price wedi gofyn iddi roi cynnig ar ysgrifennu ambell *bill of sale*, ac roedd y cyfan wedi bod yn berffaith ganddi, heb unrhyw gylchoedd inc blêr gan ei bod mor ofalus, a phan glywodd ei hysgrifen yn cael ei chanmol gan wraig Syr Robert Vaughan, o bawb, roedd hi wedi gorfod brwydro i beidio â dawnsio yn y fan a'r lle – sef cefn y siop, yn anffodus. Chafodd hi mo'i chyflwyno i Mrs Vaughan fel perchennog yr ysgrifen ond doedd Mr Price ddim wedi stopio gwenu arni drwy'r dydd wedi hynny!

Roedd ei theulu wedi gwenu hefyd pan adroddodd yr hanes hwnnw wrthyn nhw cyn mynd i'r capel, ond tawedog fu Enid, sylwodd. Roedd honno'n mynd yn fwy a mwy blin a chwerw bob dydd. Ond rhyngddi hi a'i photes; doedd Ann ddim am adael i wyneb tin ei chwaer fawr effeithio'r un gronyn ar ei hwyliau da.

Roedd Mr Lloyd a Mr Roberts wedi dysgu ambell air o Saesneg iddi dros un amser cinio, fel 'if you please', 'thank you very much, Madam', 'good morning, Sir' a 'good afternoon to you', heb sôn am enwau'r holl ddefnyddiau gwahanol fel 'twill', 'worsted', 'hessian', 'cretonne' a 'chintz'.

Dechreuodd ymarfer y geiriau Saesneg yn uchel wrthi'i hun wrth gerdded.

'Good morning, Sir, thank you very much. Oh, good afternoon, Mrs Vaughan...'

'Nefi, ti 'rioed yn disgwyl cael dy wadd am de pnawn i'r Nannau?' chwarddodd llais y tu ôl iddi.

Stopiodd Ann yn stond.

'Wiliam Jones! Ers pryd wyt ti'n fy nilyn i?'

'O... gad i mi weld. Ers tua... "Derfydd aur a derfydd arian"', gwenodd, gan gamu'n ôl yn sydyn i osgoi cael cefn llaw ganddi. 'Hei! O'n i ar fin deud dy fod ti'n swynol iawn hefyd!'

'Wiliam, cer o 'ngolwg i, wnei di?'

Dechreuodd Ann frasgamu i lawr y rhiw. Ond chwerthin a cherdded wrth ei hochr wnaeth Wiliam, heb orfod gwneud camau breision o gwbl, gan fod coesau Ann gymaint byrrach na'i goesau o.

'Waeth i ti heb a bod yn flin efo fi a hithau'n ddydd Sul,' meddai wrthi. 'A ph'un bynnag, mae unrhyw ferch ifanc i fod yn ddiolchgar o gael cwmni dyn ifanc cyhyrog fel fi a hithau'n tywyllu.'

'Dwi'n gallu edrych ar f'ôl fy hun yn iawn, diolch yn fawr,' meddai Ann.

'Dwi'n amau dim. Ond Ann... glywest ti am Lisi'r Wern, do?'

'Lisi? Chwaer Dic a Tomi? Be amdani?'

'Wedi dod o hyd iddi ym mhen draw'r Marian bore 'ma, yn gleisie a gwaed drosti. Rhywun wedi ymosod arni, mae'n debyg.'

'Be?' Rhewodd Ann. Roedd hi'n nabod Lisi – wedi ei helpu i ddysgu darllen yn yr Ysgol Sul erstalwm; merch hwyliog, llawn bywyd, rhyw dair blynedd yn iau na hi.

'Mae'n dal yn fyw, ond mewn coblyn o stad. Does ganddi'm syniad pwy wnaeth, os oedd o'n foi lleol neu rywun yn aros yn y Ship neu'r Angel, neu'n drempyn hyd yn oed, ond roedd o'n fawr – ac ogla cwrw mawr arno fo mae'n debyg.'

'O, na, Lisi druan!'

'Felly rhag ofn fod y dihiryn yn dal o gwmpas, mi wna i gadw cwmni i ti bob cam i Fryn Teg.' Gwenodd Wiliam yn swil arni a'i hannog i ddechrau cerdded eto.

'Wel... diolch i ti, Wiliam. Ond mi fyddan nhw'n siŵr o'i ddal o, yn byddan?'

'Gobeithio. Ond does ganddyn nhw fawr o wybodaeth amdano fo, nag oes?'

'Ond mi wnân nhw, dwi'n siŵr. Mae gen i ffydd yn yr

awdurdodau. Mi fydd o yn y carchar yn Bodlondeb cyn pen dim, siawns.'

'Wel, mae 'na ddigon o le iddo fo yno,' meddai Wiliam. 'Cwyno maen nhw bod y lle'n wag, wsti. Mae'n amlwg ein bod ni i gyd yn rhy onest yn y rhan yma o Feirionnydd!'

'Ond mi geith hwn ei grogi yno'n siŵr! Ac ynta wedi ymosod ar Lisi druan!'

'Dwi'm yn siŵr am hynny; maen nhw wedi newid y gyfraith yn ddiweddar, a chei di mo dy grogi am ddwyn ceffylau na thorri mewn i dŷ rhywun bellach. Gyrru pobol dros y môr maen nhw rŵan. A wnaeth o mo'i lladd hi, naddo?'

'Naddo, ond… mae'n siŵr mai dyna roedd o wedi meddwl ei wneud, yndê?'

'Does wybod.' Petrusodd Wiliam a thaflu cipolwg ar wyneb Ann yn y gwyll cyn mynd yn ei flaen: 'Mi fyddwn i wedi meddwl mai… wel, mai ei threisio hi oedd ar ei feddwl o.' Brysiodd i egluro: 'Hogan ddel ar ei phen ei hun, ac yntau wedi cael llond bol o gwrw… ond dwi'm yn gwbod os lwyddodd o. Dwi'm yn meddwl ei bod hi ei hun yn gwbod be ddigwyddodd.'

'Ond maen nhw'n dal i grogi pobol am dreisio, tydyn?'

'Wel, ydyn, dwi'n meddwl, os oes 'na brawf. Ond mi allai o ddeud ei bod hi wedi cytuno, wedi bod yn fwy na hapus i… wsti.'

Sythodd Ann, a methu â chadw ei llais rhag codi'n uchel.

'Ac mi fysen nhw'n credu hen labwst meddw yn hytrach na hogan fach ddiniwed fel Lisi'r Wern?'

Roedd ei llais yn amlwg wedi dychryn aderyn mewn coeden gerllaw. Clywodd y ddau ei adenydd yn fflapian mewn braw yn y dail.

'Dwi'm yn siŵr, mae'n dibynnu pwy mae o'n nabod, tydi? Tase fo'n un o feibion y teuluoedd mawr pwysig, fel Nannau neu'r Llwyn, dwi'n eitha siŵr na châi o ei restio hyd yn oed.'

'Ond mae hynna'n ofnadwy!'

'Pwy ddywedodd fod bywyd yn deg, Ann?'

'Ond mae'r gyfraith i fod yn deg!'

'Ydi, ond dydi hi ddim. Tydi pobol yn cael eu gyrru dros y môr am y petha lleia rŵan? Am ddwyn iâr neu swejen, cofia!'

'Ia, ydi, mae hynna'n swnio braidd yn llym, ond mae'n rhaid gosod cosb go gref am ddwyn, neu mi fydd pawb yn dwyn oddi ar bawb.'

'Digon gwir, am wn i,' meddai Wiliam yn fyfyriol. 'Mi fysat ti'n disgwyl i'r Deg Gorchymyn fod yn ddigon, yn bysat? Ond nid pawb sy wedi bod yn ddigon lwcus i fynd i'r Ysgol Sul fatha ti a fi, wsti, ac nid pawb sy'n ddigon lwcus i fod â bwyd yn eu boliau. Mae 'na bobol sy'n gorfod dwyn er mwyn cadw eu hunain a'u plant yn fyw wyddost ti, Ann.'

'Does 'na neb yn *gorfod* dwyn, siŵr!' wfftiodd Ann. 'Mae cardota'n well na dwyn os ydi hi mor ddrwg â hynny arnyn nhw.'

'Dydi bywyd ddim cweit mor syml â hynna, Ann...'

'Gwranda arnat ti'n siarad fel rhyw hen ŵr a titha'r un oed â fi! Ydi, mae bywyd yn syml, Wiliam! Mae'r Deg Gorchymyn yn syml, a dim ond i rywun gadw at y Deg Gorchymyn, mi fydd pob dim yn iawn. A dwi'n dal isio gweld pwy bynnag ymosododd ar Lisi yn cael ei grogi, dim bwys pwy ydi o!'

'Dim ond un dyn sydd wedi'i grogi yn Nolgellau mewn dros ddeugain mlynedd, Ann fach. Mae 'na ddigon o gambihafio a dwyn fel y gwyddost ti'n iawn, ond 'chydig iawn sy'n cael eu dal. A ph'un bynnag, wyt ti wir yn gallu deud, â dy law ar dy galon, dy fod ti'n gallu cadw at y degfed gorchymyn?'

'Na chwennych dŷ dy gymydog?'

'Ia, na dim sy'n eiddo i'th gymydog. Dwi'n bendant yn cael trafferth efo honna. Pan fydda i'n mynd â pharseli i dai crand, dwi'n ei chael hi'n drybeilig o anodd i beidio â chwennych bob dim sy gennyn nhw, o'r dodrefn crand 'na i'r ceffylau anhygoel, i'r dilladach fatha crys sy'n costio mwy na wna i ei ennill mewn ugain mlynedd. Ty'd 'laen, waeth i ti gyfadde ddim, dwyt titha ddim yn teimlo rhyw genfigen yn berwi pan fyddi di'n lapio ffrog neu het neu fenig crand na fyddi di'n gallu eu fforddio byth, i ryw ferch sy ddim gwell na ti mewn gwirionedd?'

Ystyriodd Ann hyn am rai eiliadau cyn ateb.

'Iawn, ydw, dwi'n teimlo'n eiddigeddus, ond dwi'n gwbod mai dim ond rhywbeth dros dro ydi o, achos mi fydd fy ngŵr i'n prynu pethe felly i mi ryw dro.'

Cododd Wiliam ei aeliau.

'Dy ŵr? Be? Oes 'na rywun wedi gofyn i ti ei briodi o?'

Rhowliodd Ann ei llygaid mewn dicter. Doedd hi ddim wedi bwriadu i'r sgwrs ddilyn y trywydd yma, drapia.

'Nag oes, ddim eto. Ond mi neith,' meddai gyda gwên sych.

'Ti mor hyderus â hynny?'

'Ydw. A dydi o ddim o —'

'Ydw i'n ei nabod o?' gofynnodd ar ei thraws.

'Fel ro'n i ar fin deud, dydi o ddim o dy fusnes di, Wiliam Jones.'

'Ond dwyt ti ddim i weld yn canlyn efo neb.'

'Dim o dy fusnes di, ddeudis i!' meddai Ann, gan fartsio yn ei blaen.

'Ond taswn i'n mynd i ofyn i rywun fy mhriodi i,' meddai Wiliam, 'mi fyswn i'n gofalu 'mod i'n mynd â hi i bob man efo fi, yn ei chyflwyno i fy nheulu a fy ffrindiau, yn dangos i bawb pa mor falch o'n i ohoni.'

Diolch byth, roedden nhw bron â chyrraedd y Stryd Fawr, felly trodd Ann ar ei sawdl a dweud mor urddasol ag y gallai:

'Mi fydda i'n iawn o fan hyn, diolch, Wiliam Jones.'

'O. Dyna fo 'ta. Yli… dim ond poeni amdanat ti ydw i, Ann.'

'Does 'na'm angen i ti boeni amdana i, dwi'n dy sicrhau di. Nos da, a diolch am gerdded efo fi. Mi welai di yn y siop fory mae'n siŵr.'

Ac i ffwrdd â hi, a'i thrwyn fymryn gormod yn yr awyr.

Pwy bynnag ydi o, meddyliodd Wiliam, mae o'n ffŵl. Bron cymaint o ffŵl â hithau. A thithau hefyd, y pen llo, meddai wrtho'i hun, cyn cicio carreg ar draws y ffordd a throi am adref.

6

'DYDYN NHW BYTH wedi dod o hyd i'r dyn ymosododd ar Lisi'r Wern,' meddai Jonnet wrth y merched bythefnos yn ddiweddarach wrth iddyn nhw gerdded yn hamddenol drwy'r sgwâr ar ôl gorffen eu gwaith, yn gwau, sgwrsio a gwylio'r byd yn mynd heibio.

'Ydach chi wedi clywed sut mae hi bellach?' gofynnodd Ann.

'Dal yn ei gwely,' meddai Catherine, 'yn crio a chrynu am yn ail, a dydi ei mam hi fawr gwell.'

'Y sioc mae'n siŵr,' meddai Meri. 'Druan â nhw.'

'Ond mi glywais i rai'n deud mai chwarae'n troi'n chwerw oedd o,' meddai Catherine.

'Be ti'n feddwl?' gofynnodd Ann yn syth.

'Wel, mai chwarae o gwmpas efo ryw ddyn oedd hi; fuodd hi 'rioed yn beth swil iawn, naddo?'

Syllodd Ann arni'n hurt.

'Naddo, fyswn i'm yn ei galw hi'n swil, ond be'n union wyt ti'n drio'i awgrymu?'

'Nid y fi sy'n awgrymu, dim ond deud be glywais i bobol eraill yn ei ddeud ydw i.'

'A be oeddan nhw'n ddeud?' gofynnodd Jonnet yn syth.

'Mai hi nath arwain y dyn ar gyfeiliorn, yn ymddwyn fel rhyw hoeden fach, a phan nath hi newid ei meddwl ar y funud ola, ei fod o, fel y bysa unrhyw ddyn, wedi gwylltio a rhoi cweir iddi.'

'Be? Pwy ddeudodd ffasiwn beth?' gofynnodd Ann, gan deimlo'r gwaed yn codi.

'Wel, pobol…'

'Pa bobol?'

'Dwi'm yn cofio'n union rŵan... ym... y merched yn y tŷ golchi.'

'Mae'n ddrwg gen i, Ann, ond dwi wedi clywed yr un peth gan bobol sy'n dod i'r becws,' meddai Jonnet. 'A does 'na byth fwg heb dân...'

'Be? Fysa Lisi byth...' Yna cofiodd Ann yr effaith roedd Elis Edward yn ei chael arni hi. Tybed a fyddai Lisi wedi cael ei hudo gan y dyn yma yn yr un modd? Ac yna wedi dychryn pan aeth pethau braidd yn rhy bell? Ond hyd yn oed os mai dyna ddigwyddodd, doedd gan neb yr hawl i'w churo a'i cholbio fel yna! 'Dwi'm yn dallt,' meddai. 'O'n i'n meddwl bod neb wedi gweld y dyn ymosododd arni. Felly sut gall neb ddeud ei bod hi wedi bod yn "chwarae o gwmpas" efo fo a'i "arwain ar gyfeiliorn"?'

'Be wn i?' meddai Catherine. 'Dim ond deud be mae pobol eraill yn ei ddeud o'n i.'

'Ond dydi o ddim yn gneud synnwyr, nac'di?' meddai Ann.

'Nac'di, dydi o ddim,' meddai Meri, gan glecian ei gweill heb orfod edrych a oedd hi'n gwneud camgymeriad neu'n gollwng pwyth. 'Ond merch ydi hi, yndê? Mae pobol yn siŵr o ddeud pethe hyll amdani yn hwyr neu'n hwyrach.'

'Ydyn nhw?' meddai'r tair arall. Doedd Meri ddim y fwyaf peniog o blith plant dynion gan amlaf.

'O ydyn, oherwydd Adda ac Efa a'r sarff yn Eden. Dyna fyddai Nain wastad yn ei ddeud. Diolch i Efa a'i gwendid am afal, os oes 'na ryw ddrwg yn rhywle, y ferch gaiff y bai bob tro.'

Dim ond sŵn y gweill oedd i'w glywed am rai eiliadau wrth iddyn nhw i gyd bendroni. Ann oedd y gyntaf i benderfynu ei bod wedi meddwl digon.

'Ond y peth ydi, ar Efa oedd y bai, yndê?' meddai. 'Dyna mae'n ddeud yn y Beibl.'

'Naci, dwi'n meddwl mai'r neidar oedd ar fai,' meddai Meri,

'yn twyllo a themtio Efa. Hen bethau felly ydyn nhw, yndê? Gas gen i nhw.'

Edrychodd y tair arall ar ei gilydd, a hanner gwenu.

'Na, ti'n iawn, Ann,' meddai Catherine. 'Mae merched yn cael eu temtio'n haws na dynion, dyna pam ein bod ni'n wannach ac yn haws ein harwain ar gyfeiliorn – dyna'n esgus i o leia!'

'Ond mi gafodd Adda ei demtio hefyd, yn do,' meddai Jonnet, 'a byta'r afal, yr un fath â hi'n union.'

'Ia, do, ond Efa gafodd ei themtio'n gynta,' meddai Ann. 'Roedd Adda'n ddyn da, yn byw'n hapus braf yng ngardd Eden nes i Efa gyrraedd.'

'A dyna pam ein bod ni'n cael y bai am bob dim,' meddai Meri gyda gwên hapus, a'i gweill yn clic-clecian.

'Ond roedd fy mrodyr i wastad yn cael eu temtio'n llawer haws na fi,' meddai Jonnet. 'Mi fydden nhw'n gyrru Mam yn wirion pan oedd hi'n trio gneud cacen neu gyfleth. Mi fydden nhw'n dwyn llwyaid neu lond llaw dragwyddol – a 'fale drws nesa – ac maen nhw'n dal i neud os gawn nhw hanner cyfle. Dwi'n llawer iawn callach na nhw. Felly dwi'm yn meddwl ei bod hi'n deg i neb ddeud bod pob un ferch yn y byd yr un fath ag Efa.'

'Ond os ydi o'n y Beibl, Jonnet…' protestiodd Ann.

'… mae o'n efengyl, yndi?' gwenodd Jonnet.

'Ei di i uffern am ddeud pethe fel yna, Jonnet,' meddai Ann, wedi ei hysgwyd braidd. Onid oedd hithau wedi bod yn meddwl pethau digon tebyg yn y siop heddiw? Ai cabledd oedd hynny hefyd? O diar, roedd hyn yn gwneud i'w phen hi frifo. Efallai ei bod yn wir nad oedd lle ym mhen merch i'w meddyliau symud llawer wedi'r cwbl.

Daeth ochenaid o gyfeiriad Catherine, diolch byth:

'O, rhowch y gorau iddi!' meddai honno. 'Nid y Sabath ydi hi, a sôn am Lisi'r Wern oedden ni, yndê? Ac un peth dwi'n ei wbod sy'n efengyl ydi bod Lisi'n un arw am dynnu sylw dynion, a dyna fo.'

'Wrth gwrs ei bod hi'n tynnu sylw dynion – mae hi'n hogan dlws,' meddai Ann.

'Mi roedd hi'n hogan dlws, oedd,' meddai Catherine yn swta, 'ond dydi hi ddim rŵan.'

Roedd Ann ar fin cega ar Catherine am ddweud ffasiwn beth pan benderfynodd Meri, oedd yn edrych dros ochr y Bont Fawr ar y brithyll mawr tew yn y pwll oddi tani, ofyn (i neb yn arbennig):

'Dach chi'n meddwl mai dyna pam oedden nhw'n mynd ar ôl gwrachod?'

'Y? Be sy a wnelo hynny â Lisi'r Wern?' chwarddodd Catherine.

'Mae hon yn dal yng ngardd Eden,' meddai Jonnet.

'Na, maen nhw'n deud bod gwrachod yn gallu troi eu hunain yn ferched ifanc tlws i hudo dynion, tydyn?' meddai Meri.

'Wel, erstalwm hwyrach!' chwarddodd Jonnet, cyn sythu ac ychwanegu: 'Dwyt ti 'rioed yn trio awgrymu mai gwrach ydi Lisi'r Wern?'

'Nac'dw siŵr. Dim ond ailadrodd be 'dan ni gyd wedi ei glywed o gwmpas y tân yn blant: bod gwrachod yn gallu hudo dynion.'

'Hen gred baganaidd,' meddai Ann. 'Mae 'nhad yn mynd yn benwan os bydd unrhyw un ohonon ni'n cyfeirio at wrachod.'

'Dwyt ti'm yn coelio ynddyn nhw felly?' gofynnodd Jonnet gyda diddordeb.

'Wel, dwi'n credu bod 'na ambell wrach wen sy'n gwbod sut i drin planhigion ac ati, fel Siani Ffisig, ond gwrachod yn troi eu hunain i fod yn ferched ifanc prydferth? Nac'dw.'

'Dach chi wedi 'ngholli i rŵan,' meddai Catherine, gan roi'r gorau i wau am eiliad. 'Be sydd a wnelo hyn â'r ffaith bod Lisi'r Wern yn dlws – neu'n arfer bod?'

'Wel, meddwl o'n i,' eglurodd Meri'n bwyllog, 'sgwn i os oedd ambell hogan ddel wedi cael ei chyhuddo o fod yn wrach dim ond am ei bod hi'n ddel? Rhywun fatha ti, Ann – mi rwyt ti'n goblyn o dlws, yn enwedig efo'r gwallt melyn 'na. A dwi wedi sylwi mai sbio arnat ti fydd dynion pan fyddwn ni'n eu pasio nhw, a dydyn nhw prin yn sylwi ar y gweddill ohonon ni.'

'Paid â bod yn wirion!' chwarddodd Ann, gan deimlo'i bochau'n troi'n binc, a gweld bod aeliau Jonnet a Catherine wedi codi a'u gwefusau wedi meinio rhyw fymryn. 'Does 'na neb yn sbio arna i, siŵr!'

'Oes, mae 'na, Ann,' meddai Meri, 'ond mae dy ben di'n rhy llawn o un dyn arbennig i sylwi.'

'O, twt, a taw â dy lol!' chwarddodd Ann, oedd, tase hi'n onest, yn sicr wedi sylwi mai arni hi y byddai llygaid dynion wrth iddyn nhw eu pasio yn y stryd, ond roedd hi hefyd wedi clywed digon o bregethu gan ei thad am falchder a gwagedd i geisio anwybyddu'r peth – yn ofer, wrth gwrs. Pa ferch dlos sydd ddim yn gwbl ymwybodol o'r ffaith ei bod hi'n dlws?

Allai hi ddim peidio â theimlo braidd yn annifyr o weld nad oedd Catherine na Jonnet wedi chwerthin gyda hi. Cenfigen cwbl ddealladwy, meddyliodd.

'Ond o ddifri, Meri,' meddai hi'n frysiog. 'Synnwn i daten nad wyt ti'n iawn. Mae'n siŵr bod pobol erstalwm wedi pigo ar ferched dim ond am eu bod nhw'n dlws. Sgwn i faint gafodd eu rhoi yn y Gadair Goch?'

Edrychodd i lawr i'r dŵr, lle roedd y brithyll tewion i'w gweld yn glir rhwng y cerrig, gan ddychmygu merched yn cael eu trochi dros eu pennau ynddo, yn sgrechian a strancio, a thorf fawr yn eu gwylio'n dioddef, rhai gydag arswyd o weld rhywun yn cael ei drin mor ofnadwy, a rhai'n mwynhau pob eiliad.

'Wel, dwi'n falch eu bod nhw wedi rhoi'r gorau i'r Gadair Goch…' meddai Ann ar ôl sbel.

Trodd Catherine ati.

'Pam? Wyt ti'n wrach?'

'Be? Paid â bod yn wirion!'

'O? Meddwl dy fod ti'n ddigon del i gael dy feio am witsio rhywun wyt ti felly, ia?'

'Naci siŵr!' meddai Ann, gan deimlo'i hun yn gwrido. 'Dim ond deud… 'mod i'n falch bod pobol wedi callio, dyna i gyd.' Ymbalfalodd am fwy o eiriau am fod llygaid Catherine yn dal i rythu'n amheus arni. 'Hen arfer creulon oedd o, yndê? Meddylia weld dy nain yn cael ei chlymu yn y gadair a'i gollwng i'r dŵr 'na nes ei bod hi bron â boddi!'

'Ia, ond fysa fy nain i ddim yn cael ei chyhuddo'n y lle cynta,' meddai Catherine, 'achos doedd hi'm yn wrach. Gwrachod go iawn oedd yn cael eu rhoi yn y Gadair Goch, siŵr.'

'Naci, ddim bob tro,' meddai Ann. 'Roedd 'na rai'n boddi ac roedd hynny'n profi nad gwrachod oedden nhw wedi'r cwbwl, ond roedden nhw wedi cael eu lladd 'run fath, doedden?'

'Sut ti'n gwbod hyn i gyd?' holodd Catherine.

'Fatha pawb, ia ddim? Achos o'n i'n gwrando ar straeon Nain a Taid erstalwm,' eglurodd Ann.

'Ia, finna 'run fath. Bob tro ro'n i'n dod at y Bont Fawr, deud gwir,' meddai Jonnet. 'Ges i lond bol o'r straeon!'

Roedd hen ŵr yn pysgota o dan y bont ac wedi bod yn gwrando ar eu sgwrs.

'Hei! Siarad am y Gadair Goch ydach chi, ferched?' galwodd arnyn nhw.

'Ia. Pam? Dach chi'n cofio gweld merched yn cael eu trochi ynddi?' galwodd Jonnet yn ôl.

'Nac'dw i! Dwi ddim mor hen â hynna, y jaden fach ddigywilydd!' chwarddodd yr hen foi. 'Glywes i rywun yn canu baled am y Gadair Goch yn y ffair rywdro, ond does gen i ddim co sut roedd hi'n mynd chwaith. Plentyn o'n i, ac roedd hi braidd yn goch! Mi lusgodd fy mam i oddi yno yn o handi!'

'Be? Baled goch am y Gadair Goch?' chwarddodd Jonnet. 'Da!'

'Hei! Dwi'n meddwl eich bod chi wedi bachu rhywbeth!' meddai Meri.

Roedd genwair y gŵr wedi dechrau tynnu, ac anghofiodd bob dim am y sgwrs er mwyn canolbwyntio ar ddal y brithyll mawr sgleiniog.

'Wel, mae rhywun yn mynd i gael chwip o swper,' meddai Jonnet yn llawn eiddigedd. 'Dwi'n llwgu.'

'Sgwn i,' meddai Meri, oedd wedi dechrau gwau eto, 'os ydi eneidiau'r gwrachod a'r rhai gafodd eu boddi ar gam yn dal yma, yn dal dig?'

'Paid â deud pethau fel'na!' meddai Catherine, gan droi'n ôl am y Marian. 'Ti'n codi ofn arna i.'

'Be? Sgen ti ofn ysbrydion?' gofynnodd Jonnet.

'Wel oes siŵr! Weles i un yn y fynwent pan o'n i'n iau a fues i'n sâl am bythefnos.'

'Ysbryd? Go iawn?' meddai Ann. 'Sut ti'n gwbod mai ysbryd oedd o?'

'Am mai hen wreigen mewn coban hir, wen welais i, a doedd ganddi'm traed; roedd hi jest yn hofran uwchben un o'r beddi, a'i gwallt yn hir a gwyn fel rhyw nadroedd arian yn tyfu allan o'i phen hi.'

'Dyna fo! Ddeudes i'n do! Ysbryd gwrach!' meddai Meri.

'O, ty'd 'laen, Catherine!' chwarddodd Ann. 'Ti'n eu palu nhw rŵan!'

'Nac'dw i wir,' meddai Catherine heb arlliw o wên. 'Mae 'na ysbryd yn nhŷ Taid a Nain hefyd; ysbryd plentyn gafodd ei gau yn y garat a'i lwgu i farwolaeth dros gan mlynedd yn ôl. Ti'n gallu ei glywed o'n crafu a chrafangu'r waliau…'

Rhythodd y tair arall arni'n fud. Roedden nhw i gyd wedi hen roi'r gorau i wau.

'Llygod?' cynigiodd Ann ar ôl sbel.

'Naci, ti'n gallu ei glywed o'n wylofain hefyd. Ac unwaith, mi welodd Dodo Bet ddiferion o waed yn rhedeg i lawr wal y gegin. Go iawn, rŵan.'

'O! Rho'r gorau iddi, bendith tad!' meddai Meri. 'Neu fydda i ddim yn gallu cysgu winc heno. Mae'n ddigon anodd fel mae hi efo dwy forwyn arall yn yr un gwely, un yn chwyrnu fel rhyw hen arth a'r llall yn crensian ei dannedd drwy'r nos.'

'Llyngyr sy ar honno felly,' meddai Jonnet. 'Ydi hi'n cosi ei phen ôl hefyd?'

'Mae hi'n cosi a chrafu bob dim drwy'r nos, drapia hi.'

Dechreuodd y tair arall chwerthin, ac allai Meri ddim peidio ag ymuno efo nhw. Roedd 'na goblyn o hwyl i'w gael efo'r rhain, meddyliodd Ann, hyd yn oed os byddai ambell beth y byddai Jonnet neu Catherine yn ei ddweud yn dân ar ei chroen weithiau. Rywsut, aeth helynt Lisi'r Wern allan o'i meddwl yn llwyr.

'Ti'n dal i gael hwyl arni yn siop Mr Price?' gofynnodd Catherine, wedi iddi fedru rhoi'r gorau i chwerthin.

'Ydw, cofia. Er, ges i goblyn o drafferth wrth drio rhowlio rhyw ddefnydd gwirion oedd jest ddim yn fodlon cael ei rowlio'n daclus heddiw. Ac wedyn mi fu'n rhaid i Wiliam a finna ddal defnydd llenni i fyny am hydoedd, nes bod fy mreichiau i bron â disgyn i ffwrdd, tra oedd Mrs Jones y Llwyn yn trio penderfynu pa un oedd orau ganddi.'

'A sut mae Wiliam?' holodd Jonnet.

'Yr un fath ag arfer,' atebodd Ann. 'Yn glên ac yn boen am yn ail.'

'Mi fydd o yn y ffair, mae'n siŵr?' gofynnodd Catherine gyda winc i gyfeiriad Jonnet.

'O, yn bendant. Mi fydd o'n chwilio am rywun i brynu rhuban newydd iddi... nid o safon cystal â'n rhubanau ni yn y siop, wrth gwrs, ond rhuban 'run fath.'

'Mi fydd raid i ti gael bonet newydd i dynnu ei sylw o, Jonnet,' meddai Catherine.

'Hy! Bonet newydd? Efo be? Briwsion bara?'

'Ty'd â dy gap yma,' meddai Ann, 'dwi'n siŵr y gallwn ni neud iddo edrych cystal â bonet.'

'Hwn! Dwi'n amau'n fawr,' wfftiodd Jonnet, ond gan ei dynnu er hynny.

'Be am 'chydig o flodau wedi eu pwytho ar yr ymyl fan hyn?' cynigiodd Ann. 'Fel rhain, yli,' meddai gan blygu i godi llond llaw o lygaid y dydd, 'wedi eu gosod fan hyn, neu fel yna…'

'O, del!' meddai Meri.

'Ond mi fydd raid i ti eu hel a'u pwytho i'w lle ar y diwrnod, cofia,' meddai Catherine. 'Ti'm isio blodau wedi gwywo'n grimp ar dy ben, nag oes?'

'Argol, nag oes, fwy nag ydw i isio i ddyn wywo'n grimp ar unrhyw ddarn ohona i!' chwarddodd Jonnet.

'O, Jonnet, dwyt ti ddim ffit, cofia,' meddai Meri, a'i bochau'n fflamgoch.

Roedden nhw'n dal i chwerthin pan glywson nhw'r gog yn canu o'r coed trwchus yr ochr draw i afon Wnion.

'Hei! Am y tro cynta erioed, roedd gen i bres yn fy mhoced pan glywes i hi gynta eleni!' meddai Catherine. 'Felly mi wnes i ysgwyd fy nwy geiniog i wneud yn siŵr 'mod i'n gyfoethog am weddill y flwyddyn.'

'Ydi o wedi gweithio?' gofynnodd Ann.

'Ddim eto.'

'Darn o fara oedd yn fy mhoced i,' meddai Jonnet. 'Sgwn i be fydd hynny'n ei olygu?'

'Y byddi di'n priodi pobydd bara!' meddai Meri. 'Fydd yn dy fwydo di'n dda am weddill dy oes nes dy fod ti fel hocsied!'

'Wel, doedd gen i'm ffaden beni,' meddai Ann. 'Ro'n i newydd roi'r cwbwl oedd gen i i'r casgliad yn y capel.'

'Fedra i ddim deall pobol sy'n mynnu bod yn Fethodists,' meddai Catherine. 'Tase'r rheiny'n cael eu ffordd, fyddai 'na ddim ffeiriau na chanu na dawnsio na dim, a meddylia diflas fyddai bywyd wedyn.'

'Ond ti'n dal i ddawnsio a chanu dwyt, Ann?' meddai Meri.

'Nefi, yndw! Ond byth o flaen 'nhad, dyna i gyd, a dim ond canu emynau yn ei ŵydd o, wrth gwrs.'

'Sôn am ganu,' meddai Jonnet, 'mae 'na rywun wrthi rŵan.' Trodd ei phen a dal ei chlust i'r ochr fel ci. 'Oes, draw fan acw, ym Mhlas Isa. Mae'n swnio fel tase 'na griw da yno. Dowch, genod!'

'Y Golden Lion ydi'i enw o rŵan, Jonnet,' meddai Catherine, gan frasgamu ar ei hôl.

'Hy. Plas Isa fuodd o 'rioed, a dwi'm am newid i neb.'

Sylwodd Meri fod Ann yn petruso.

'Ofn mynd i dafarn gan dy fod ti'n Fethodist?' gofynnodd iddi'n dawel.

'Fyddai 'nhad ddim yn hapus.'

'Ond chaiff o'm gwbod, na chaiff!'

'Wyddost ti byth. Ti'n gwbod fel mae pobol yn siarad... a ph'un bynnag, fyswn i ddim yn gallu ymlacio yno.'

'Mi neith gwydraid bach o jin dy helpu di i ymlacio'n syth! Ty'd! Nath mymryn o jin ddim drwg i neb!'

Doedd Ann ddim yn siŵr am hynny, ond dilynodd Meri er hynny, oherwydd chwilfrydedd yn fwy na dim.

Roedd y dafarn yn llawn o fwg a dynion yn eu dillad gwaith, yn weithwyr fferm a gweithwyr gwlân (roedd modd arogli'r rheiny cyn eu gweld) ac ambell gigydd gyda'u breichiau cryfion yn amlwg dan lewys crysau oedd wedi eu rhowlio'n ôl i'r penelin. Eisteddai merched bochgoch yma ac acw, ambell un ar lin ei gŵr neu ei chariad, ac roedd pawb yn morio canu hen ganeuon i gyfeiliant y gŵr a'i delyn wrth y lle tân. 'Dacw 'nghariad i lawr yn y berllan' oedd dan sylw pan gerddon nhw i mewn, a'r 'Ffal-di-rwdl idl-al' yn gôr hyfryd, er gwaetha'r ffaith fod ambell un wedi yfed mymryn mwy nag y dylai'n barod, a'r nodau ddim cweit yn berffaith o'r herwydd.

Ymunodd y merched yn y canu'n syth, a throdd rhai o'r dynion i wenu a wincio arnyn nhw. Yna canodd y telynor bennill nad oedd Ann wedi ei chlywed o'r blaen:

'Mae rhai mannau ar y mynydd, tw rym-di ro rym-di radl idl-al,

Ag sydd llawer gwell na'i gilydd, tw rym-di ro rym-di radl idl-al,

A llefydd nad oes neb yn gwybod, felly hwythau y genethod!'

Chwarddodd pawb a phesychodd rhai'n ddagreuol wrth ganu'r gytgan, ond trodd Meri at Ann gan hanner gweiddi yn ei chlust:

'Dwi'm yn dallt. Pam oedd honna mor ddigri?'

Cododd Ann ei hysgwyddau, ond yn sgil ei phrofiadau gydag Elis Edward roedd ganddi syniad go lew. Yna rhoddodd rhywun lond gwydr o gwrw yn ei llaw. Edrychodd i gyfeiriad y bar lle roedd Jonnet yn chwerthin a sgwrsio gyda dyn oedd fymryn yn sigledig.

'Mae o wedi mynnu prynu diod i ni i gyd!' gwaeddodd.

Gwenodd Ann ar y dyn, a chododd hwnnw ei fawd arni, cyn troi'n ôl i rythu'n hapus ar fronnau Jonnet.

Yn sydyn, gwnaeth rhywbeth i Ann droi i gyfeiriad pen draw'r bar. Yno, gwelodd bâr o lygaid yn gwenu arni. Elis Edward! Aeth gwefr gynnes drwyddi, a gallai deimlo'i chalon yn curo'n wyllt. Roedd ei chorff neu ei hisymwybod, neu Duw, efallai, wedi dweud wrthi ei fod o yno cyn iddi ei weld. Roedd hynny'n brawf o rywbeth, yn doedd? Yna llamodd ei chalon eto: roedd o'n symud tuag ati, yn gwthio'i ffordd drwy'r holl gyrff, nes sefyll o'i blaen, yn wên o glust i glust.

'Wel, Ann Llety'r Goegen! Do'n i ddim yn disgwyl eich gweld chi fan hyn!'

Chi? meddyliodd Ann. Pam ei fod o'n ei galw'n chi? Tynnu arni, mae'n rhaid, felly penderfynodd chwarae'r un gêm.

'Dw inna'n synnu eich gweld chithau yma, Elis Edward. Neu oes 'na dalwrn ceiliogod ar y Marian heno?'

'Ddim ers tro, yn anffodus,' gwenodd, 'diolch i ryw bobol fusneslyd, gul sy'n mynnu difetha hwyl pawb... Ond dwi'n gweld nad ydech chi'n un o'r rheiny, a chithau mewn tafarn. Dwi'n cymryd nad ydi'ch tad yn gwbod lle rydach chi heno?'

'Nac ydi o wir, a dwi'n mawr obeithio na chaiff o, na fy mrawd, wbod chwaith,' gwenodd Ann yn ôl.

'O, ddyweda i'r un gair, peidiwch chi â phoeni, Miss Lewis. Dwi'n un da am gadw cyfrinachau. Ac mae'n rhaid i mi ddeud, mae'n dda calon gen i weld eich bod yn gweld y byd drwy lygaid pur wahanol i rai o'ch tylwyth.'

'Rydach chi wedi 'ngholli i rŵan, Elis Edward.'

'Wel, edrychwch o'ch cwmpas, Miss Lewis: pwy yn ei iawn bwyll allai gredu bod unrhyw beth o'i le ar ganu ac yfed a chymdeithasu mewn lle fel hyn?'

Trodd Ann i edrych ar yr wynebau bochgoch yn cyd-ganu'n uchel, ar y telynor yn canu â'i lygaid ar gau gyda phleser, ac ar y llond llaw o ferched oedd â sglein yn eu llygaid, yn mwynhau ambell law gariadus ar wasg neu ar foch. Doedd neb yn feddw, neb yn cwffio, a phawb yn edrych yn fodlon eu byd.

'Ond rydych chi'n gwybod cystal â fi y gall chwarae droi'n chwerw wedi gormod o gwrw,' meddai wrtho.

'Gormod o ddim nid yw dda,' cytunodd yntau'n serchog.

'A dwi'n siŵr y byddai plant llwglyd ambell un o'r dynion acw yn llawer hapusach o gael llond bol o swper heno yn hytrach na thad meddw,' ychwanegodd Ann.

'O, rydach chi yn llygad eich lle, Miss Lewis,' meddai Elis. 'Dyna pam ei bod hi'n bwysig i ddyn allu ennill digon i fwynhau ei hun gyda'r nosau.'

'Nefi, yndi,' cytunodd dyn oedd wedi bod yn yfed jin wrth

ei ymyl ac yn amlwg wedi bod yn gwrando ar eu sgwrs. 'Fues i mewn noson lawen yng Nghwm Eithin wsnos dwytha, ew, noson dda, ac oedd 'na foi wedi sgwennu cerdd am ddodrefn tŷ. Ia, dodrefn tŷ o bob dim! Sut oedd hi'n mynd hefyd, dwa? O ia… rhestru pethe fel hyn:

"Padell fawr a phadell fechan,
Crochan pres neu efydd cadarn,
Piser, budde, hidil, curnen,
Rhaid i'w cael cyn byw'n ddiangen…"

'O, a:

"Llech, a grafell, a phren pobi,
Mit llaeth sur, a gordd i gorddi,
Noe i gweirio yr ymenyn,
A photie pridd i ddal yr enwyn…"

'Llwyth o benillion fel'na yn rhestru'r cant a mil o bethau sydd eu hangen mewn tŷ y dyddie yma, a chyngor i gariadon:

"Ni all dyn na dynes heini
Fyw ar gariad a chusanu…"

'Da, yndê! A doeth.'

'Ia, doeth iawn,' cytunodd Elis, gan roi gwên fach i Ann.

Gwenodd hithau'n ôl, yn deall yn iawn nad oedd o'n cytuno â'r dyn yma na'r bardd, siŵr.

'Ond,' gofynnodd Ann i'r dyn, ond gan edrych ar Elis, 'be ydi diben cael llond tŷ o badelli a photie pridd heb gariad a chusanu?'

'Wel ia, mae hynny hefyd,' meddai'r dyn, 'ond mae pobol yn newid, wsti. Roedd y wraig acw a minnau'n meddwl y byd o'n gilydd – i ddechre. Mi fyddai hi'n maddau pob dim i mi. Ond rŵan, dwi'n difaru na fyswn i wedi gwrando ar hoff ddihareb fy nhad: "Gorau gwraig, gwraig heb dafod."'

'Wedi dod yma i ddianc rhag ei thafod hi ydach chi?' chwarddodd Elis.

'Ia, roedd gen i andros o gur pen ar ei hôl hi!'

Roedd y ddau ddyn yn chwerthin fel hen gyfeillion ar hyn ond allai Ann ddim gweld llawer o ddigrifwch yn y peth. Gwyddai'n iawn mai calla dawo, ond allai hi ddim peidio:

'Ond onid rhoi pryd o dafod i chi am eich bod chi yma'n y lle cynta mae hi, ac nid adre ar yr aelwyd efo hi a'r plant?' gofynnodd – ond yn ddigon clên yn ei barn hi.

Rhythodd y dyn arni, ac yna ar ei botel jin.

'Mae 'nghur pen i wedi dod yn ei ôl mwya sydyn,' meddai.

Roedd Ann wedi disgwyl i Elis dynnu ei choes neu ddweud rhywbeth ffraeth, ond y cwbl wnaeth o oedd codi ei aeliau arni, ac yna syllu i mewn i'w gwrw fel pe bai gwirioneddau mawr bywyd yn ei waelod.

Dyna pryd y daeth Meri ati:

'Ann! Mae'r telynor yn gofyn wnawn ni ganu deuawd – roedd o wedi clywed ein lleisiau ni yn ystod "Dacw 'nghariad"! Wnei di?'

'Gneith siŵr,' meddai Elis. 'Mae ganddi lais canu hyfryd.'

Gallai Ann deimlo ei bochau'n dechrau llosgi. Er bod ei chorff ar dân eisiau aros wrth ymyl Elis, gadawodd i Meri ei thynnu'n ôl at y lleill. Byddai ei chlywed yn canu deuawd efo Meri (oedd â llais soprano hyfryd) yn siŵr o roi rheswm arall iddo weld bod deunydd partner perffaith ynddi mewn sawl ffordd.

'Be am "Suo Gân"?' gofynnodd y telynor. '"Huna blentyn ar fy mynwes,"' canodd gan dynnu'r tannau yr un pryd. 'Dach chi'n gwbod honna, debyg?'

Nodiodd y ddwy'n swil; roedden nhw'n nabod y gân yn iawn ers y crud, wrth reswm, ac wedi ei chanu eu hunain droeon i suo chwiorydd, brodyr a chymdogion bach i gysgu.

Pesychodd Meri i glirio'i llwnc, yna dechreuodd y telynor chwarae'r cyflwyniad iddyn nhw, gan roi gwên a nòd, ac yna, yn sydyn, roedd y ddwy'n canu, Ann yn eithaf tawel ond yn

gryf, a llais Meri, er ei fod yn grynedig i ddechrau, yn setlo nes
ei fod i'w glywed yn berffaith glir dros y sgwrsio yn y dafarn.

'Huna blentyn ar fy mynwes,

Clyd a chynnes ydyw hon…'

Peidiodd y sgwrsio a throdd pawb i edrych ar y ddwy â'u
llygaid yn sgleinio.

'… breichiau mam sy'n dynn amdanat,

Cariad mam sy dan fy mron…'

Pan darodd Meri y nodyn uchel, caeodd y telynor ei lygaid
gyda phleser:

'Ni chaiff dim amharu'th gyntun,

Ni wna undyn â thi gam…'

A phan orffennodd y ddwy ganu, ffrwydrodd y dafarn gyda
bloeddiadau a chymeradwyo. Trodd Meri'n biws, ond roedd
hi'n berffaith amlwg ei bod yn mwynhau'r sylw'n arw. Gwenodd
Ann wrth weld ei chyfeilles yn cael yr holl ganmoliaeth, a
chwiliodd am wyneb Elis Edward. Roedd hi wedi ei weld yn eu
gwylio ar y dechrau, ond bu bron iddi anghofio ei geiriau yn
y broses felly roedd hi wedi canolbwyntio ar wynebau Jonnet
a Catherine wedyn, y ddwy'n gwenu fel dwy giât lydan. Ond
welai hi mo Elis yn unlle rŵan.

'Dowch, mae'r hogia 'ma isio gair efo'r merched efo lleisiau
eos!' chwarddodd Catherine, gan eu sodro o flaen criw o ddynion
swnllyd, dynion nad oedd gan Ann lwchyn o ddiddordeb
ynddyn nhw. Roedd Meri'n boenus o swil efo nhw, a phrin yn
gallu agor ei cheg i ddweud gair call wrthyn nhw, felly atebodd
Ann eu cwestiynau'n dawel am gryn ugain munud; yfodd ei
chwrw'n araf a gwrthod cynnig i'w ail-lenwi, ac yna sibrydodd
yng nghlust Meri ei bod am fynd adref.

'Chei di'm mynd adre ar dy ben dy hun! Ddim yn y
tywyllwch, ddim ar ôl be ddigwyddodd i Lisi'r Wern!' meddai
honno. 'Ddo i efo ti, sa well i mi beidio aros yn rhy hwyr hefyd,
neu ga i 'mlingo'n fyw.'

Rhoddodd ei braich ym mraich Ann a symud tuag at y drws.

'Dach chi'm yn mynd rŵan! Ond mae hi mor dda yma!' meddai Catherine. 'A drychwch, mae Jonnet yn edrych fel tase hi wedi bachu!'

Roedd honno bron drwyn yn drwyn gyda'r dyn sigledig oedd wedi prynu cwrw iddyn nhw i gyd, ac roedd o hyd yn oed yn fwy sigledig bellach. Efallai mai dyna pam roedd o'n gorfod cydio mor dynn o amgylch Jonnet, rhag ofn iddo ddisgyn, meddyliodd Ann.

'Mae croeso i ti aros os lici di, Meri,' meddai Ann, 'mi fydda i'n iawn ar fy mhen fy hun.'

'Ddim ffiars o beryg! Dwi'n dod efo ti a dyna fo!' meddai Meri, oedd ddim am gael ei gadael mewn tafarn efo'r ddwy arall, a bod yn onest.

Doedd Ann ddim eisiau ei chwmni hi; roedd hi'n lled-obeithio y byddai Elis Edward yn disgwyl amdani yn y cysgodion yn rhywle. Ond allai hi ddim gwrthod, nid â'r dyn ymosododd ar Lisi'r Wern byth wedi cael ei ddal. Felly gadawodd i Meri ddod efo hi am y drws a'r awyr iach.

Roedden nhw wedi bod yn cerdded am bum munud (a dim golwg o neb yn disgwyl yn y cysgodion) cyn i Meri ofyn:

'Pwy oedd y pishyn 'na oeddet ti'n gneud llygaid llo arno fo?'

'Be? Do'n i'm yn…'

'Oeddet tad. Ty'd 'laen, pwy ydi o?'

'O… ryw foi sy'n gweithio wrth ymyl fy nghartre i.'

'Ryw foi…'

'Ia.'

'Wela i. 'Dio'n briod neu rywbeth, yndi?'

'Nac'di siŵr! Be ti'n drio…?'

'Ond y fo ydi'r dyn sy'n dy wneud di'n ddall i bawb arall, ia?'

'Naci. Does 'na neb yn —'

'O, ty'd 'laen, wna i'm deud wrth neb! Mi wnest ti oleuo i gyd, fel cannwyll yn union, pan welest ti o.'

Allai Ann ddim peidio â chwerthin.

'Dwi ddim mor dwp â dach chi'n feddwl ydw i!' chwarddodd Meri. 'Ond pam nath o adael ar ganol ein deuawd ni, dwed?' gofynnodd wedyn.

'Be? Welest ti o'n mynd?'

'Do.'

'O. Wel, mae o'n ddyn prysur.'

'Tydyn nhw i gyd?'

Wedi cerdded mewn tawelwch am sbel, gofynnodd Ann:

'Oeddet ti'n meddwl ei fod o'n bishyn felly?'

'O, o'n. Smart iawn, wir.'

Gwenodd Ann. Roedd clywed bod ei ffrind yn hoffi ei olwg o hefyd yn rhoi pleser mawr iddi.

'Ond bechod ei fod o wedi gorfod mynd mor sydyn, yndê?' ychwanegodd Meri. 'Chest ti fawr o gyfle i sgwrsio efo fo na'i gyflwyno i ni, naddo?'

'Naddo, mae o'n ddyn reit breifat. Ond pan does 'na ddim ond fi a fo, mae o'n huawdl iawn…!'

'Ydi, debyg,' chwarddodd Meri'n ysgafn gyda hi.

'Yn sibrwd geiriau sydd… sydd fel barddoniaeth yn fy nghlust i.'

'Fel barddoniaeth? O… braf iawn.' Oedodd Meri cyn ychwanegu'n ofalus: 'Gwranda, mi ddysgodd fy nain y bennill yma i mi rywdro:

"Geiriau mwyn gan fab a gerais,

Geiriau mwyn gan fab a glywais;

Geiriau mwyn ŷnt dda dros amser,

Ond y fath a siomodd lawer."'

Stopiodd Ann yn stond i sbio arni.

'A be mae hynna i fod i feddwl?'

'Wel, dim ond y dylet ti gymryd geiriau ambell ddyn efo tipyn o halen, dyna i gyd.'

'Gwranda, Meri, mae o'n fy ngharu i! Dwyt ti ddim wedi gweld y ffordd mae o'n sbio arna i, naddo, y ffordd mae o'n fy nhrin i, dwyt ti'm wedi bod yno i glywed y pethau mae o'n eu sibrwd yn fy nghlust i!'

'Naddo, wn i. Ond doedd o'm yn gneud hynny heno, nag oedd?'

'Wel, fyddai o ddim, na fyddai! Ddim o flaen pawb! Mae gynno fo ormod o feddwl o fy enw da i!'

Ochneidiodd Meri.

'Iawn, mae'n siŵr mai dyna be oedd, ti'n iawn. Ddim isio dy weld ti'n cael dy frifo ydw i, dyna i gyd.'

'Neith o mo 'mrifo i, siŵr!'

'Na neith, decini. Ti sy'n ei nabod o ore, mae'n siŵr.'

'Ia!'

Bu'r ddwy'n dawel am sbel eto, wrth i Ann gorddi ac i Meri bendroni.

Yna, allai Meri ddim peidio:

'Ond ti'n gwbod pwy fysa byth yn dy frifo di a fysa'n dy briodi di fory nesa, dwyt?' meddai. 'Wiliam.'

'Ond dwi'm isio Wiliam, nag oes! Yli, diolch am y bregeth, Meri, ond mi fydda i'n iawn o fan hyn, diolch. Nos dawch.'

Gwyliodd Meri hi'n brysio am giât haearn Bryn Teg; arhosodd nes clywed gwich y giât yn agor a chau eto, yna trodd a brysio am adref ei hunan. Roedd hi wedi ceisio rhwystro ugeiniau o wyfynod rhag llosgi eu hunain ar ei channwyll frwyn dros y blynyddoedd. Rhyfedd o fyd: roedd rhai creaduriaid fel petaen nhw'n mynnu taflu eu hunain i'r tân, fel petai o'n rhan o'u natur nhw ers y cychwyn.

Wel, rhyngddi hi a'i photes, meddyliodd.

7

S GUBO LLAWR Y siop roedd Ann pan ddaeth Gwen Penybryn i mewn efo'i mam un prynhawn. Gwenodd Gwen yn swil arni a dweud 'Pnawn da, Ann,' cyn dilyn ei mam at y cownter lle roedd Mr Roberts yn disgwyl amdanynt yn edrych fel petai rhywun wedi stwffio polyn i lawr cefn ei grys. Eisiau prynu het newydd i Gwen oedden nhw, felly aeth Mr Roberts â nhw at yr adran hetiau a dechrau tynnu rhai o'u bocsys.

'Ann, ewch i nôl y rhai newydd o'r cefn,' meddai, ac ufuddhaodd Ann yn syth, gan sgubo'r pentwr bychan o lwch efo hi, rhag ofn i rywun sathru ynddo a'i gorfodi i sgubo'r cyfan eto.

Daeth yn ei hôl efo llond ei breichiau o hetiau oedd wedi cyrraedd y bore blaenorol. Roedd hi wedi treulio oes yn ysgrifennu'r prisiau'n daclus ar labeli a gosod rheiny'n daclus arnyn nhw wedyn, gan eu hedmygu'n arw, yn enwedig yr un oedd yn costio dwybunt a chweugain. Un binc efo rhuban llydan pinc cwbl hyfryd oedd honno, a thusw o rosod pinc golau fel petaen nhw'n tyfu am i fyny o'r plethwaith o ruban ar y cefn. Roedd hi wedi cael ei themtio i'w gwisgo ac ar fin gwneud hynny'n slei cyn i Mr Roberts besychu'n uchel y tu ôl iddi a dweud:

'Miss Lewis? Dwi ddim yn meddwl y byddai Mr Price yn hapus iawn petai ei staff yn rhoi hetiau newydd sbon ar eu pennau budron, ydach chi? A dwi ddim yn meddwl y byddai'r cwsmeriaid yn rhy hapus chwaith.'

Rhoddodd y gorau i ddatod rhuban ei chap bach gwyn ei hun yn syth a rhoi'r het binc hyfryd yn ôl yn y bocs â'i bochau'n llosgi.

Roedd ei bochau'n binc eto rŵan wrth iddi osod y bocsys yn ofalus ar y cownter o flaen Gwen a'i mam. Fiw iddi ollwng un ohonyn nhw neu wneud unrhyw beth o'i le, neu mi fyddai Mr Roberts yn siŵr o'i cheryddu o'u blaenau nhw a byddai hynny'n dân ar ei chroen. Ond wnaeth hi ddim byd o'i le, diolch byth.

'O! Mam! Sbiwch ar hon!' meddai Gwen yr eiliad y gwelodd hi'r het binc. 'Yn tydi hi'n hyfryd? Ac mi fyddai'n mynd yn berffaith efo fy ffrog werdd i.'

'Yr un efo'r ysgwyddau *pelerine-fichu*? Dwi'n ei chofio hi'n iawn,' meddai Mr Roberts â'i lais fel triog, 'ac mae'n rhaid i mi gytuno y byddai'n gweddu i'r dim. Gadewch i ni weld sut mae'n ffitio.'

Roedd hi'n ffitio'n dda, wrth gwrs, ond ym marn Ann doedd y lliw ddim yn gweddu iddi; roedd yn gwneud i'w chroen gwelw edrych hyd yn oed yn fwy gwelw, bron yn sâl. Ond roedd Gwen wrth ei bodd, a'i mam a Mr Roberts yn clwcian o'i chwmpas hi fel dwy hen iâr ar ddodwy.

Gwelwodd mam Gwen pan welodd y pris.

'O, Gwen. Mae hi'n goblyn o ddrud. Dwy bunt a chweugain mewn difri!'

'Ond yn werth bob ceiniog, mi alla i eich sicrhau chi,' gwenodd Mr Roberts. 'Edrychwch ar y gwaith sydd wedi mynd i mewn iddi, ac mae'r rhosod yma'n berffaith, ylwch, bron na fyddech chi'n taeru mai rhosod go iawn oedden nhw.'

'Ond dwy bunt a chweugain...' petrusodd gwraig Penybryn.

'Mae hi braidd yn ddrud, dwi'n cyfadde,' meddai Gwen yn glên i gyd, 'ond mae hi mor ddel. Yr het ddelia i mi ei gweld erioed. Mi fyswn i'n edrych cyn smartied â lêdis Nannau yn hon. Ac roedd Nhad am i mi gael het grand, dyna ddywedodd o, yndê Mam?'

'Ie, ond dwi'm yn siŵr os oedd o wedi pasa gwario cymaint â hyn chwaith.'

Gweddïodd Ann yn dawel bach mai'r fam fyddai'n ennill y

dydd. Doedd hi wir ddim am weld Gwen Penybryn yn ei lordio hi o gwmpas y lle mewn het mor ddel, het fyddai'n gweddu gymaint gwell iddi hi ei hun.

Ond gadawodd y ddwy y siop efo'r het binc, a Gwen yn gwenu o glust i glust, wedi mynnu ei gwisgo'n syth. Aeth Ann yn ei hôl i'r cefn efo'r hetiau eraill, yn berwi.

'Pwy sy wedi dwyn dy uwd di?' holodd Sarah Roberts, o weld y geg hwyaden oedd gan Ann.

'Neb.'

'Mae 'na rywun neu rywbeth wedi dy groesi di, mae hynny'n berffaith amlwg,' chwarddodd Elin Jones, oedd ar ganol rhoi hem ar sgert. 'Mr Roberts wedi bod yn deud y drefn eto, yndi o?'

'Nac'di. Mi wnes i bob dim yn iawn, a chau 'ngheg.'

'Ti'n dechre dysgu felly,' gwenodd Sarah Roberts. 'Y dynion sy'n delio efo'r cwsmeriaid, a gwenu a chadw'n dawel fyddwn ni os byddwn ni'n cael ein galw i'r blaen.'

'Ond dydi hynna ddim yn gneud synnwyr i mi,' protestiodd Ann. 'Mae synnwyr cyffredin yn deud bod merched yn deall merched yn well.'

'Ond y dynion sy'n gwbod y termau crand i gyd, fel *fichu* – be bynnag ydi o – a pethe fel… Be oedd lliw'r ffrog 'na gawson ni ddoe eto? O ia, *cherry red*. Fyswn i byth yn gallu cofio'r geiriau yna i gyd.'

'Ond mi fyswn i!'

'Dwed ti…' gwenodd Elin Jones gan ddal llygad Sarah. 'Lliw neis oedd y *cherry red* 'na hefyd, yndê? Tydyn nhw'n gallu gneud y lliwiau a'r patrymau rhyfedda y dyddie yma?'

'Ew, ydyn; gymaint mwy llachar a thrawiadol bob blwyddyn. Dwn i'm sut maen nhw'n gallu creu'r ffasiwn liwiau, wir.'

'Maen nhw dipyn mwy diddorol na'r holl ffrogiau gwyn 'na fydden ni'n eu gwerthu pan ddechreuais i weithio yma gynta. A baeddu ar ddim fyddai'r rheiny, yndê?'

'Dach chi'n gweld? Dim ond merched fyddai'n meddwl am bethau felly!' meddai Ann. 'Mi fetia i sofren nad oes yr un o'r ddau ddyn yna wedi golchi unrhyw ddilledyn erioed, ond mi fydden ni'n gallu cynghori'r cwsmeriaid am bethau felly, yn bydden?'

'Ann fach, gwranda,' meddai Sarah Roberts, gan roi ei gwaith gwnïo i lawr am eiliad. 'Mi fyddai'n rheitiach i ti gadw dy feddyliau i ti dy hun. Dwn i'm be fyddai Mr Price yn ei ddeud tase fo'n gwbod bod gen ti ffasiwn syniadau. Dwi wedi deud wrthat ti o'r blaen: dyma'r drefn a dyna fo, a dwi'n synnu na chest ti dy ddysgu mai lle merch ydi gadael unrhyw drafod fel yna i'r dynion. Codi helynt wnei di, felly cymer air o gyngor gan Elin a finne, a chadw'r geg chwaden 'na ar gau. Rŵan, helpa ni efo'r hemio 'ma.'

Roedd Jonnet, Meri a Catherine yn disgwyl amdani wedi i'r siop gau.

'Wyt ti awydd mynd am dro sydyn rownd dre?' gofynnodd Jonnet.

'Iawn, welan nhw mo 'ngholli i ym Mryn Teg am ryw ugain munud, siawns,' atebodd Ann. 'A dwi'n haeddu hoe fach, ches i'm diwrnod rhy dda heddiw. Gwnïo hems yn nhywyllwch y cefn 'na drwy'r pnawn nes bod fy llygaid i'n groes.'

'Ond mi werthoch chi het a hanner i Gwen Penybryn, yn do?' meddai Jonnet. 'Ddoth hi a'i mam i mewn i nôl blawd pnawn 'ma, yn grand i gyd. Bonet bachu dyn os weles i un erioed!'

'O, cau hi,' meddai Ann.

'Wwww! Mi rwyt ti'n bifish heddiw!' chwarddodd Catherine. 'Be oedd mor arbennig am y bonet 'ma, 'ta?'

'Het oedd hi, nid bonet,' meddai Ann. 'Un ddrud hefyd.'

'Golwg ddrud arni,' cytunodd Jonnet, 'yn binc tlws i gyd, a rhosod go iawn yn y cefn.'

113

'Doedden nhw'm yn rhai go iawn, siŵr,' meddai Ann, 'rhai o ryw fath o ddefnydd oedden nhw, rhyw fath o sidan.'

'Sgwn i pam fod Gwen Penybryn isio het fel yna?' meddai Catherine yn ddiniwed.

'Wel… amlwg, tydi?' meddai Jonnet, gan droi at Ann.

'Ydi?' meddai Catherine, hyd yn oed yn fwy diniwed.

'Ydi siŵr. Het i dynnu sylw ydi honna, het i fachu, a 'dan ni gyd yn gwbod pwy mae Gwen Penybryn isio'i fachu. Y boi del 'na oedd ym Mhlas Isa y noson o'r blaen.'

Gallai Ann deimlo eu llygaid arni. Felly roedd pawb o'i chyfeillion yn gwybod ei hanes, yn amlwg.

'Ylwch, rhowch y gorau iddi,' meddai. 'Nid syrthio mewn cariad efo het fydd o, siŵr iawn, ond y person sy'n ei gwisgo hi.'

'Ia, dwi'n cytuno efo ti'n fan'na,' meddai Jonnet. 'Er, dwi'n nabod ambell ddyn sydd wedi priodi rêl hen het!'

Chwarddodd y pedair, ond doedd Catherine ddim am adael llonydd i'r pwnc. Cerddodd yn ei blaen rai camau cyn dweud:

'Ond mae be ti'n ei wisgo yn tynnu sylw dyn, tydi? Yn dangos faint o bres mae dy deulu'n gallu'i wario arnat ti…'

'O, yndi,' cytunodd Jonnet eto. 'Mae o, yn bendant. Ti'n iawn fan'na, Catherine. Yn anffodus. Ac roedd Gwen yn edrych yn bictiwr yn ei het binc, rhaid i mi gyfadde,' ychwanegodd. 'Mi fydd Elis Edward yn siŵr o sylwi, mae arna i ofn.'

'O, bechod na fydde gen ti het fel'na, yndê Ann?' meddai Catherine. 'Ond roedd hi'n un ddrud, oedd?'

'Oedd,' meddai Ann yn swta.

'Faint?' gofynnodd Meri.

'Dwy bunt a chweugain.'

'Dwy bunt a chweugain?' meddai'r tair mewn syndod.

'Nefi, wyddwn i 'rioed eu bod nhw mor gefnog â hynny ym Mhenybryn,' meddai Meri gan ysgwyd ei phen mewn anghrediniaeth.

Aeth y pedair yn eu blaenau mewn tawelwch am ychydig,

nes i Catherine oedi wrth ffenest siop London House, oedd yn llawn o'r nwyddau diweddaraf i ddod o Lundain, gan gynnwys ambell het.

'Rhain yn ddigon plaen, tydyn?' meddai. 'Ddim patsh ar be sy'n eich siop chi.'

'Mae'n siŵr bod gynnyn nhw fwy o ddewis yn y cefn,' meddai Ann.

'Fel sy gynnoch chi, dwi'n cymryd. Oes 'na lot yn cael eu cadw yn y cefn, oes?'

'Ew, oes. Bocseidiau ar ben bocseidiau.'

'Anodd cadw trefn arnyn nhw i gyd, mae'n rhaid.'

'Wel, mae 'na ryw fath o drefn: y rhai duon i gyd ar un ochr, y rhai glas a gwyrdd efo'i gilydd ac ati, wedyn pan fydd cwsmer yn dod mewn yn gofyn am het goch neu rywbeth, ti'n gwbod lle i ddechre chwilio.'

'Oes 'na rai'n mynd ar goll weithie?' gofynnodd Catherine.

'Be ti'n feddwl "ar goll"?'

'Wel, jest... methu dod o hyd iddyn nhw am ryw reswm.'

'Ddim hyd y gwn i, ond dim ond newydd ddechre gweithio yno ydw i, yndê?'

'Ond mi fysa'n ddigon hawdd i het fynd ar goll ynghanol rheina i gyd, bysa?' gofynnodd Jonnet, gan osgoi llygaid Catherine.

'Wel, bysa, am wn i. Pam?'

Gwenodd Jonnet arni a'i llygaid yn sgleinio.

'Dim ond meddwl o'n i,' eglurodd Jonnet. 'Achos dwi'n gwbod 'mod i'n cael bara sy wedi gor-grasu am ddim gynnyn nhw yn y popty acw, ond hen flas afiach sy ar hwnnw, yndê, a... peidiwch â deud wrth neb, ond mi fydda i'n bachu ambell dorth fach feddal neu sgonsen fach berffaith o'r cefn acw weithie a mynd â hi adre efo fi de, a does 'na neb ddim callach, byth.'

'Jonnet!' ebychodd Meri. 'Fyddi di, go iawn?'

Nodiodd Jonnet ei phen gyda gwên ddireidus.

'Wel, bacha un i finna hefyd tro nesa!' chwarddodd Catherine. 'Dwi wedi cael fy nhemtio lawer gwaith i fachu rhywbeth o lofft y feistres acw, ond mae'r jaden yn gwbod yn iawn be sydd i fod yn lle, ac mi fyddai hi'n sylwi'n syth, drapia hi.'

'O, allwn i byth ddwyn,' meddai Meri.

'Paid â malu!' meddai Catherine. 'Wyt ti wedi anghofio'r lwmp o gaws 'na wnest ti ei fachu o bantri dy feistres di, a rhoi'r bai ar y gath?'

Cochodd Meri'n syth. Oedd, roedd hi wedi llwyddo i anghofio am yr achlysur hwnnw.

'Ti'n rhy driw i'r Deg Gorchymyn mae'n siŵr, dwyt?' meddai Jonnet wrth Ann. 'Hogan capel fatha chdi. Na ladrata, 'de?'

Gan na chafodd ymateb o gwbl gan Ann, aeth yn ei blaen: 'Dwyt ti 'rioed wedi dwyn unrhyw beth yn dy fyw, mae'n siŵr, naddo? Ofn i Dduw dy daro di efo mellten, mae'n siŵr... ond does 'na'r un fellten wedi 'nharo i eto.'

'Jonnet,' meddai Ann yn y diwedd, 'naddo, dwi 'rioed wedi dwyn unrhyw beth a dwi'm yn pasa chwaith. Nid yn gymaint am fod gen i ofn i Dduw fy nharo i lawr – dwi wedi sylweddoli bellach nad ydi hynny wedi digwydd i unrhyw ladron y ffordd yma – ond... dydi o jest ddim yn iawn, nac'di?'

'Dydi Mr Jones ddim callach bod ambell dorth yn diflannu,' atebodd Jonnet, 'mae gynno fo gant a mil ohonyn nhw, ac mae o'n gneud hen ddigon o bres. Tydw i ddim.'

'Ac mae Mr Price, dy fòs di, yn nofio mewn pres, tydi Ann?' ychwanegodd Catherine.

'Un o'r dynion mwya cefnog yn dre, meddan nhw,' cytunodd Meri.

'Ac yn mynd yn fwy a mwy cefnog. I'r pant y rhed y dŵr bob tro, a ninnau, y gweithwyr, yn crafu byw,' meddai Catherine.

'Go brin y byddai o'n gweld colli rhyw het fach,' meddai Jonnet.

Bu tawelwch am rai eiliadau wrth i eiriau Jonnet hofran yn yr awyr. Rhythodd Ann arni'n gegagored, cyn troi i edrych ar wynebau'r ddwy arall.

'Be? Dach chi'n trio awgrymu y dylwn i ddwyn o'r siop?' meddai mewn anghrediniaeth.

Wnaeth neb wadu hynny.

'Allwn i byth!' meddai Ann. 'Mae Mr Price wedi bod yn tu hwnt o garedig efo fi, ac allwn i'm byw yn fy nghroen taswn i'n dwyn unrhyw beth gynno fo!'

'Iawn, mae o i fyny i chdi,' meddai Jonnet, 'dim ond deud oedden ni… bod gynno fo ddigon o hetiau yn y cefn 'na.'

'Ia, os wyt ti'n fodlon gweld Gwen Penybryn yn gallu'i lordio hi o gwmpas y lle yn yr het ddelia 'rioed, a chditha ddim, wel dyna fo, dy ddewis di ydi hynny,' meddai Catherine.

'Ac mae'n siŵr dy fod ti'n iawn am Elis Edward,' meddai Jonnet. 'Nid yr het fydd yn tynnu ei sylw o, debyg iawn. Iawn, well i mi fynd am adre rŵan dwi'n meddwl, tra mae'r dorth fach yma'n dal yn gynnes…'

Agorodd Catherine, Meri ac Ann eu cegau fel pysgod wrth iddi ddangos torth fechan ym mhoced ei ffedog.

'Jonnet!' chwarddodd Catherine. 'Dwyt ti'm ffit!'

'Dim ond edrych ar ôl fy hun,' gwenodd Jonnet, 'achos neith neb arall yn yr hen fyd 'ma. Hwyl i chi rŵan, genod.'

Roedd pen Ann yn troi yr holl ffordd yn ôl i'w llofft fach dywyll yng ngarat Bryn Teg. Allai hi ddim credu bod Jonnet yn gallu dwyn fel yna, heb deimlo unrhyw fath o euogrwydd. Iawn, doedd hi ddim wedi bod yn gwbl onest pan ddywedodd nad oedd hi erioed wedi dwyn unrhyw beth ei hun. Roedd hi wedi bachu botwm bach del oddi ar stondin yn y ffair flynyddoedd yn ôl, pan oedd hi tua wyth oed, ond roedd o wedi bod yn llosgi yn ei phoced yr holl ffordd adref, a hithau'n siŵr bod Duw ac Iesu

Grist wedi ei gweld yn ei fachu ac yn siŵr o'i droi'n fflamau yn ei phoced a'i gyrru hi ar ei phen i uffern. Oherwydd hynny, roedd wedi ei ollwng i dwll yn y wal cyn cyrraedd y tŷ a byth wedi meiddio dwyn unrhyw beth wedyn.

Er mai cig a llysiau roedd y teulu Price yn ei gael i swper, cawl digon diflas oedd yn ei disgwyl hi yn y gegin, a darn o fara sych. Darn o dorth echdoe, os nad y diwrnod cynt, ac roedd hi'n gwybod yn iawn bod y teulu wedi cael bara ffres, meddal. Mae'n siŵr bod hyn wedi bod yn digwydd ers y dechrau, ond heno oedd y tro cyntaf iddi lawn sylweddoli hynny, ac er bod y bara'n troi'n feddal yn ei chawl, roedd o'n hel yn lwmp yn ei cheg hi.

Bu'n troi a throsi am yn hir cyn llwyddo i gysgu yn y gwely bach roedd hi bellach yn gorfod ei rannu efo'r forwyn newydd. Pendroni pam nad oedd Duw wedi cosbi Jonnet am ddwyn yr holl fara oedd yn ei chadw'n effro. Tybed oedd o'n derbyn ei bod hi'n iawn i bobl dlawd 'edrych ar ôl eu hunain' weithiau wedi'r cwbl? Pan syrthiodd i gysgu yn y diwedd, cafodd freuddwyd am yr het binc: Gwen Penybryn yn dawnsio mewn cae o flodau gyda'r het am ei phen, a'i chwerthin fel nodwyddau, a phetalau rhosod yn disgyn o'r awyr drosti fel cawod o eira, ac Elis Edward yn cerdded tuag ati, yn gwenu, ac yn sathru ar y petalau nes eu bod yn slwtsh yn y baw.

8

ROEDD ELIN JONES adre'n sâl a Sarah Roberts wedi picio i'r tŷ bach, felly doedd neb yn y cefn i weld Ann yn llygadu'r hetiau ar fore'r ffair. Bachodd ar ei chyfle a rhoi un goch hyfryd efo pluen ddu ynddi ar ei phen, a brysio at hen ddrych oedd ddim yn ddigon crand i fod ym mlaen y siop. Gwenodd wrth wneud bwa efo'r rhuban coch o dan ei gên. Oedd, roedd hi'n bictiwr ynddi. Edmygodd ei hun am rai eiliadau, yn dychmygu'r fflach yn llygaid Elis Edward petai o'n ei gweld yn gwisgo'r fath het yn y ffair.

'Del tu hwnt,' meddai llais y tu ôl iddi.

Wiliam. Trodd Ann ar ei hunion gan frysio i agor y rhuban. Ers pryd roedd o wedi bod yn sefyll yn fan'na?

'Paid â phoeni, ddeuda i'm gair wrth neb,' meddai Wiliam gyda gwên. 'Mae'n siŵr ei fod o'n anodd i ti, tydi, yn gweld merched yr un oed â ti'n gallu prynu hetiau fel yna a thitha ddim.'

Brysiodd Ann i roi'r het yn ôl yn ei bocs cyn ei ateb.

'Do'n i methu peidio,' meddai. 'Dim ond i weld sut fyddai o'n edrych.'

'Wel, o'm rhan i, mae'r het yna wedi ei gneud i ti,' meddai Wiliam. 'Ac mi fyswn i wrth fy modd yn gallu prynu un fel'na i ti ryw ddiwrnod.'

Sythodd Ann. Trodd i edrych arno, heb yngan gair.

'O ddifri, Ann,' meddai Wiliam ar ôl rhai eiliadau, a hynny gyda gwên nerfus. 'Mi fyswn i'n gweithio o fore gwyn tan nos i fedru prynu het fel'na i ti, taset ti'n… wel, taset ti'n gariad i mi.'

Gwenodd Ann yn ôl arno. Roedd o mor annwyl, bechod. Ond mor ifanc ei ffordd.

'Diolch i ti, Wiliam, dwi'n siŵr y byset ti. Mi wnei di gariad – a gŵr – da iawn i rywun, pan ddaw'r amser.'

Caeodd Wiliam ei lygaid am eiliad. Doedd o ddim yn dwp; roedd o wedi deall yr hyn roedd hi'n ei ddweud wrtho'n iawn. Roedd ei gorff wedi deall hefyd, a'i du mewn yn dal i deimlo'r gic. Felly doedd ganddi ddim llwchyn o ddiddordeb ynddo fo. Y blydi Elis Edward 'na, decini.

Ond doedd Wiliam ddim yn un am roi'r ffidil yn y to yn hawdd ac roedd o ar fin rhoi cynnig arall arni a gofyn iddi ei gyfarfod yn y ffair yn ddiweddarach pan ddaeth Sarah Roberts i mewn drwy'r drws cefn.

'Be dach chi'ch dau'n neud yn dili-dalian yn fan'na? Ty'd, mae angen i ni orffen y leinings 'ma erbyn amser cinio'n ddiffael, Ann, tân dani!'

Wyddai'r un o'r tri bod eu cyflogwr wedi clywed hyn i gyd o'i swyddfa yn y cefn. Roedd ei ddrws yn gilagored ac roedd wedi gweld Ann yn edmygu ei hun yn y drych, ac roedd wedi gorfod cytuno gyda Wiliam: oedd, roedd yr hogan wedi edrych yn ddel tu hwnt yn yr het goch. Doedd o ddim am roi cerydd iddi gan ei fod yn eithaf siŵr y byddai hi wedi beichio crio o'i flaen, ac allai o ddim dioddef gweld merched yn eu dagrau.

Allai o ddim beio Wiliam druan am fentro'i lwc efo hi chwaith; roedd hi'n ferch arbennig. A dweud y gwir, roedd hi'n ei atgoffa o Dorothy, y ferch y bu o mewn cariad dros ei ben a'i glustiau gyda hi yn ei arddegau. Melyn oedd gwallt honno hefyd, a chanddi groen llyfn ac iach fel afal, nes i'w hiechyd hi ddirywio mor ofnadwy. Y dwymyn gafodd hi yn ôl y meddyg. Gwyddai'n iawn mai Dorothy fyddai ei wraig heddiw pe bai hi wedi cael byw. Roedd Elizabeth yn ddynes smart tu hwnt, wrth gwrs, ac yn fam dda i'w feibion, ond un braidd yn galed oedd hi, fyddai byth yn dangos unrhyw fath o bleser yn ystod yr adegau prin pan fyddai Mr Price yn teimlo'r anghenion hynny y bydd dyn yn eu teimlo weithiau. Wyddai o ddim a oedd pob merch felly, yn gorwedd yno'n stiff fel procar a'i llygaid wedi eu cau'n dynn drwy'r cyfan, ond roedd o wedi gweld gwragedd ei gyfeillion yn cyffwrdd â'u gwŷr yn gariadus, rhyw law fach ar fraich weithiau, neu fysedd yn cyffwrdd boch yn ysgafn. Fyddai Elizabeth byth, byth yn ei gyffwrdd felly. Wel, ddim ar ôl priodi, o leiaf, ond roedd Dorothy wedi bod yn gariad i gyd. Ac roedd rhywbeth yn dweud wrtho mai merch debyg oedd Ann Lewis.

Ddiwedd y prynhawn, a Sarah Roberts ac Ann wrthi'n twtio eu gwaith gwnïo am y diwrnod, aeth atyn nhw gyda gwên.

'Ann, ga i air efo chi, os gwelwch chi'n dda?'

Cochodd Ann yn syth. Doedd Wiliam ddim wedi agor ei hen geg, doedd bosib? Rhoddodd Sarah edrychiad 'Be ti 'di neud rŵan?' iddi cyn brysio drwy'r drws am ei chartref, a dilynodd Ann ei chyflogwr i'w swyddfa â'i cheg yn sych.

'Peidiwch â phoeni, Ann, does dim rhaid i chi edrych arna i fel yna!' gwenodd Mr Price. 'Meddwl ro'n i... mae gen i ambell het fan hyn sydd wedi cael ei hambygio rywsut neu'i gilydd. Edrychwch, fel hon, sydd â rhwyg go ddrwg ynddi,' meddai gan ddangos het frown â'i chantel bron â dod i ffwrdd. 'Mae modd eu trwsio, wrth gwrs, ond allwn i byth eu gwerthu yn y siop. *Damaged goods*, dach chi'n gweld. Ond yn hytrach na'u taflu, meddwl ro'n i tybed fyddech chi'n hoffi dewis un ohonyn nhw i chi gael gwneud fel a fynnoch chi efo hi?'

Rhythodd Ann arno'n gegagored. Allai hi ddim credu ei chlustiau.

'Be? I mi?'

'Ie, dewiswch chi pa un fyddech chi'n hoffi ei hachub; dwi'n gwbod bod eich sgiliau fel gwniadwraig yn siŵr o wneud iddi edrych bron fel newydd. Hon?' meddai, gan ddal yr un frown i fyny. 'Neu hon?'

Rhythodd Ann ar yr het ddu. Roedd hi'n ddelach o beth

coblyn na'r un frown, ond roedd 'na andros o waith trwsio arni.

'Wel, yr un ddu dwi'n ei hoffi,' meddai'n araf. 'Ond ydach chi'n siŵr, Mr Price? Be ddeudith Sarah ac Elin?'

Tase ganddo dair het yn ei ddwylo, fyddai dim problem, wrth gwrs, ond dim ond dwy oedd ganddo.

'Does dim angen iddyn nhw wbod, nag oes?' gwenodd Mr Price. 'A deud y gwir, gwell peidio gadael i neb wbod o ble cawsoch chi hi, rhag ofn i mi gael fy nghyhuddo o ddangos ffafriaeth, yndê.'

Nodiodd Ann ei phen yn araf. Roedd hi wrth ei bodd ar un llaw, ond â theimlad trwm yng ngwaelod ei stumog ar y llaw arall. Felly roedd o'n dangos ffafriaeth. Roedd o'n ei hoffi hi, yn hapus efo'i gwaith hi, ond roedd y ddwy arall wedi bod yn gweithio iddo gymaint hirach na hi. Ond byddai'n ffŵl i grybwyll hynny wrtho.

'O, Mr Price, dwi'n wirioneddol ddiolchgar i chi, wir rŵan.'

'Gadewch i ni weld sut mae'n eich siwtio, ia?' meddai'r gŵr busnes, gan osod yr het ar ben y ferch ifanc a chlymu'r hyn oedd yn weddill o'r rhuban o dan ei gên. Gan fod cyn lleied o ruban, roedd ei fysedd yn anorfod yn cyffwrdd croen ei gwddf, a gyrrai pob cyffyrddiad wefr drwy ei gorff, gan wneud i rannau eraill ohono styrian. Gollyngodd y rhuban yn anfoddog a phwyso'n ei ôl i edrych ar wyneb Ann a'i llygaid mawr gwyrdd. Gwenodd.

'Mae'n eich siwtio i'r dim, Ann. Tlws dros ben, a dwi'n ffyddiog y llwyddwch chi i drwsio'r rhannau sydd angen sylw. Ond gwell ei rhoi yn eich ffedog am y tro, dwi'n meddwl. A chofiwch – dim gair wrth neb. Ein cyfrinach ni fydd hi. Rŵan, dach chi am gerdded adre efo fi?'

'O, diolch, Mr Price, ond dwi wedi trefnu i gyfarfod fy ffrindiau rŵan – mae'n ddiwrnod ffair, tydi?'

'O, ydi, wrth gwrs. Wel, ewch chi, 'ta. Mi wna i ofalu bod pob dim ar glo.'

Gwyliodd hi'n gadael y siop ac yn hanner sgipio i lawr y stryd. Roedd 'na rywbeth hynod amdani, rhywbeth hynod... gorfforol, oedd yn gwneud i'w ddwylo chwysu a'i lwnc sychu. Oedodd am eiliad, ac yna aeth yn ei ôl i'w swyddfa a chau'r drws.

Roedd y sgwâr yn orlawn o bobl ac anifeiliaid oedd wedi dod o bellteroedd ar gyfer y ffair, ac Ann fwy neu lai'n gorfod gwthio'i hun drwy'r dorf. Gallai fod wedi mynd drwy'r cefnau i gyrraedd y Bont Fawr, wrth gwrs, ond roedd hi ar dân eisiau gweld pwy a beth oedd yn y sgwâr. Clywai ffermwyr yn bargeinio dros ddefaid, gwartheg a cheffylau; bu'n rhaid iddi neidio i'r ochr pan redodd hwch rydd drwy'r dorf a bachgen ifanc yn bytheirio ar ei hôl; chwarddodd pan welodd stalwyn yn rhoi coblyn o gic i stondin fferins efo'i goes ôl nes bod rheiny'n hedfan drwy'r awyr; gwelodd ddynion – a merched – oedd yn amlwg wedi bod yn y tafarndai drwy'r dydd, eu llygaid yn sgleinio os nad yn graciau cochion i gyd, a'u lleisiau hyd yn oed yn uwch na rhai pawb arall.

Un o'r lleisiau cliriaf oedd eiddo'r baledwr dall o Ferthyr Tudful, Dic Dywyll, yn canu am grogi Dic Penderyn:

'Holl drigolion de a dwyrain,
Gorllewin, gogledd, dewch i'r unman,
Rhyw hanes dwys yw hon i 'styried
Yn awr y gwir yn glir cewch glywed.

Casglodd naw mil yn lled afrywiog
I sefyll allan am fwy o gyflog,
Rhai heb waith a'r lleill yn cwynfan
A'r bwyd yn ddrud a chyflog fechan...'

Gwrandawodd Ann arno am sbel, ond roedd hi'n hen gyfarwydd â'r stori bellach a doedd hi ddim am i stori mor drist ddifetha'i hwyliau heno. Cafodd gip sydyn ar Mari ei chwaer, fraich ym mraich efo Robat Hafod Las ac yn chwerthin ar ddyn doniol iawn ei olwg â mwnci'n gwneud campau ar ei ysgwyddau. Gwthiodd ei ffordd tuag atyn nhw a'u cyfarch yn serchog.

'Ti'n meddwl y bydd 'na ffeiriau fel hyn yn America, Mari?' gofynnodd ar ôl gwylio'r mwnci am sbel.

'O, siŵr o fod, rhai hyd yn oed yn fwy, dybiwn i, efo pobol ac anifeiliaid na welson ni eu tebyg erioed!' gwenodd Mari.

'Cwta fis i fynd rŵan,' meddai Robat, 'felly fyddwn ni ddim yn gwario'n ormodol yma heddiw. Mi fyddwn ni angen bob ceiniog draw yna.'

'O, ty'd 'laen, Robat! Mi fedri di brynu rhuban bach i mi o leia?' gwenodd Mari. 'Rhywbeth bach i f'atgoffa o'r henwlad?'

Roedd hi'n berffaith amlwg i Ann y byddai Robat yn siŵr o brynu o leiaf un rhuban iddi. Doedd ganddo feddwl y byd ohoni? Y ffordd roedd o'n sbio arni, yn cydio ynddi fel petai hi'n drysor, yn ei gwarchod rhag cael pwt neu hergwd gan rywun oedd wedi cael peint yn ormod. Chwiliodd Ann (nid am y tro cyntaf) am ben golau Elis Edward yn y dorf, ond doedd dim golwg ohono eto.

'Gwell i mi fynd i gyfarfod fy ffrindiau,' meddai.

'Iawn, mwynha dy hun,' meddai Mari, 'mae'r teulu i gyd yma yn rhywle, dwi'n meddwl bod Tada'n gobeithio gwerthu heffar ac mae Mam wedi dod â llwyth o fenyn i'w werthu. O, ac mae hen ddyn Penybryn yn wael iawn, meddan nhw. Dydyn nhw'm yn disgwyl iddo fo bara'n llawer hirach, bechod.'

Cerddodd Ann yn ei blaen drwy'r dorf gan bendroni. Gwen Penybryn oedd unig etifedd ei thad, ac wedi i hwnnw fynd byddai cryn dipyn o ddynion â diddordeb ynddi. Ond fyddai hi ddim yn ddigon hunanol i ddewis Elis Edward o blith rheiny, doedd bosib?

'Ann! Ann!'

Llais Tom, ei brawd. Roedd o'n neidio i fyny ac i lawr, wedi cynhyrfu'n rhacs o'i gweld hi, a bron â chwalu basged fenyn ei fam wrth ei ochr. Brysiodd tuag atyn nhw, a chael ei chofleidio'n dynn a braidd yn wyllt gan Tom.

'Iawn, gei di 'ngollwng i rŵan!' chwarddodd.

'Ga i fynd efo ti rownd y ffair?' gofynnodd iddi'n syth. 'I weld y paffio? Ei di â fi i weld y paffio? Tom wedi cael llond bol o werthu menyn.'

Edrychodd Ann ar ei mam, gan ymbil yn fud arni. Doedd hi wir ddim eisiau gorfod gofalu am Tom heno. Gwyddai ei bod yn hunanol, ond byddai Tom yn... wel, yn anodd. Roedd hi eisiau cyfarfod ei ffrindiau, a doedd hi ddim wedi sôn wrthyn nhw am Tom. Nid bod ganddi gywilydd ohono – roedd ganddi feddwl y byd ohono, wrth gwrs – ond yn ei le, nid fan hyn, nid heno.

'Na, Tom,' meddai ei mam, 'gad lonydd i Ann am rŵan. Aros di fan hyn efo fi, yli.'

'Ond isio mynd efo Ann!' udodd Tom, gan stampio'i droed fel plentyn chwech oed. 'Isio mynd i weld y paffio!'

'Ond fydda i ddim yn mynd i weld y paffio, 'sti,' meddai Ann yn glên, gan anwesu ei ben. 'Hwyrach eith Tada â chdi toc, yndê Mam?'

'Ia, dwi'n siŵr eith o â thi, Tom,' meddai ei mam, 'ar ôl iddo fo werthu'r heffar.'

Gwyddai'r ddwy'n iawn na fyddai hynny'n debygol, gan fod Griffith Lewis, a fu ar un adeg yn baffiwr ardderchog ei hun, yn credu mai gwaith y diafol oedd ymddygiad o'r fath bellach. Roedd dweud celwydd yn groes i natur y ddwy, ond weithiau dyna'r unig ddewis gyda Tom. Gwenodd Ann yn ddiolchgar ar ei mam, rhoi cusan i'w brawd ar ei foch a dweud y gwelai nhw'n nes ymlaen. Bu'n rhaid i'w mam gydio'n o dynn yng ngarddwrn Tom er hynny, gan ei fod ar dân eisiau dilyn ei chwaer drwy'r dorf.

Brysiodd Ann i gyfeiriad y Bont Fawr, ac o'r diwedd gwelodd Catherine, Meri a Jonnet yn codi llaw arni o waelod y bont.

Anghofiodd bob dim am deimlo'n euog oherwydd Tom yn syth. Roedden nhw ynghanol criw o ddynion a bechgyn oedd yn chwerthin a thynnu coes: rhai o'r gweision fferm oedd newydd lwyddo i gael eu cyflogi, yn amlwg. Roedd y bont yn llawn ohonyn nhw, a'r rhai oedd yn dal i ddisgwyl am addewid o waith yn pwyso â'u cefnau yn erbyn dwy ochr y bont, o un pen i'r llall, a ffermwyr – eu darpar gyflogwyr – yn eu hastudio ac yn sgwrsio efo ambell un wrth basio.

Roedd y criw oedd yn chwerthin efo'i ffrindiau yn amlwg yn teimlo bod lwc o'u plaid ac yn gobeithio bachu merch i roi eisin ar y gacen o gael eu cyflogi am dymor arall, ac roedd Catherine, yn enwedig, yn amlwg â diddordeb mawr yn y llabwst mawr bochgoch oedd yn ceisio rhoi ei freichiau amdani. Yn anffodus, pan gyrhaeddodd Ann, gollyngodd hwnnw Catherine a throi ei sylw ati hi.

Doedd gan Ann ddim llwchyn o ddiddordeb ynddo, wrth gwrs, a gwnaeth ei gorau glas i'w gael i droi ei sylw'n ôl at Catherine. Ond roedd y drwg wedi'i wneud – roedd wyneb honno wedi troi'n fflamgoch a gwthiai'r llabwst i ffwrdd yn flin gan awgrymu y gallai fynd i chwarae efo'i nain.

'Dowch, genod,' meddai Meri'n siriol, gan roi ei braich ym mraich Catherine a'i llusgo i ffwrdd. 'Mae'n hen bryd i ni weld be sydd ar y Marian. Maen nhw'n deud bod 'na ddyn efo arth yno, a dwi isio gweld y stondin baffio.'

Cerddodd Ann gyda Jonnet, y tu ôl i'r ddwy arall.

'Paid â phoeni, wnest ti'm byd o'i le,' meddai Jonnet. 'Ond mae'r hen Catherine yn teimlo'i hoed, 'sti. Mae hi'n wyth ar hugain eleni, a bron â marw isio priodi cyn iddi fynd yn rhy hwyr.'

'Ond dydi hi'm yn rhy hwyr yn wyth ar hugain, yndi?' gofynnodd Ann.

'Nac'di, ond does gynni hi neb, nag oes? Mi fydd yn bachu weithie ond dydyn nhw byth yn dod yn ôl am fwy, bechod.

Dydi o ddim o help nad ydi'r greadures y peth delia grëwyd erioed.'

'Jonnet!' hisiodd Ann. 'Am beth i'w ddeud am dy ffrind!'

''Mond bod yn onest,' meddai Jonnet gan godi ei hysgwyddau. '"Catherine gwyneb pwdin" oedd hogia'r tanws yn ei galw hi, ac roedd hi'n iau bryd hynny. Mae'n hogan ffeind, fyddai'n gwneud gwraig a mam dda, ond beryg mai morwyn fydd hi am weddill ei hoes – ym mhob ystyr y gair!' ychwanegodd gan biffian chwerthin.

'Jonnet!' Ond allai Ann ddim peidio â chwerthin chwaith.

Efallai nad oedd Jonnet na hithau'n credu iddi wneud dim o'i le, ond doedd y ffordd yr edrychai Catherine arni weddill y noson ddim yn argyhoeddi Ann bod honno'n cytuno. Teimlai y byddai Catherine yn fwy na pharod i'w waldio hi'n rhacs, yn union fel y gweision fferm druan oedd yn cael eu chwalu yn y stondin baffio. Roedd sawl un wedi mentro rhoi cynnig ar ddyrnu'r bocsiwr go iawn yn y gobaith o ennill hanner coron, bechgyn ifainc, solat gyda breichiau cyhyrog oedd yn credu, drwy sbectol gwrw, bod y bocsiwr proffesiynol yn edrych yn foi eithaf tila ac oedrannus. Ond roedd gan hwnnw freichiau twyllodrus o hir, ac roedd o'n gallu dawnsio o gwmpas y stondin fechan gan osgoi eu dyrnau pwerus ond trwsgl yn eithaf hawdd.

Doedd Ann ddim yn hoffi gweld yr holl waed yn pistyllio o drwynau, na'r dannedd fyddai weithiau'n hedfan, ond roedd o fel magned er hynny. Byddai Tom wedi bod wrth ei fodd yma, bechod.

'O, nefi wen, sbia pwy sy wrthi rŵan!' ebychodd Jonnet.

Y llabwst mawr bochgoch oedd wedi bod yn mocha efo Catherine ar y bont yn gynharach. Roedd o'n dalach na'r bocsiwr proffesiynol o dipyn, ac yn llawer lletach hefyd. Cynhyrfodd y dorf. Roedd gan hwn obaith, yn sicr!

Cerddai'r ddau baffiwr o gwmpas ei gilydd yn ofalus, eu

dyrnau o flaen eu hwynebau a'r un ohonynt yn fodlon mentro taro'r ergyd gyntaf.

'Tyd 'laen, Siôn!' gwaeddodd un o gyfeillion y llabwst bochgoch. 'Waldia fo!'

Ond roedd Siôn am gymryd ei amser. Roedd ei lygaid wedi eu hoelio ar ei wrthwynebwr, a hwnnw'n ei lygadu yntau yr un mor ofalus. Yn sydyn, camodd Siôn ymlaen gan anelu dwrn cadarn at wyneb y llall, ond roedd hwnnw wedi gweld y dwrn yn dod ac wedi gwyro'n ei ôl a dawnsio i'r ochr gan blannu dwrn cas i asennau Siôn.

Ochneidiodd y dorf wrth weld sawl dwrn arall yn taro corff Siôn. Ond doedd hwnnw ddim fel petai o'n teimlo'r boen, ac roedd yn chwifio'i freichiau un ar ôl y llall yn ceisio dal y paffiwr ysgafndroed yma. Rhuodd y dorf wrth i ddwrn chwith Siôn daro ochr pen y llall o'r diwedd. Roedd honna wedi'i frifo fo! Ond roedd Siôn wedi cael dwrn cas yn ei drwyn yn syth wedyn, nes ei fod wedi baglu'n ei ôl. Aeth y paffiwr proffesiynol ar ei ôl yn syth, ond rywsut roedd Siôn wedi dod ato'i hun yn ddigon da i fedru amddiffyn ei wyneb mewn pryd.

Roedd trwyn Siôn yn gwaedu a migyrnau'r ddau'n amlwg yn goch, ond roedd y ddau'n dal ati'n ddiflino. Trodd Ann i edrych ar Catherine, oedd yn gweiddi nerth ei phen dros Siôn, fel y cannoedd oedd bellach wedi heidio o amgylch y stondin. Ac yn eu mysg, Elis Edward. Syllu ar hwnnw roedd Ann pan glywodd y glec a'r ochenaid gan y dorf. Trodd i edrych eto ar y paffwyr, a dyna lle roedd Siôn druan, ar ei gefn, yn gwbl anymwybodol, a'r paffiwr proffesiynol yn camu fel ceiliog o amgylch y stondin, a'i ddyrnau gwaedlyd yn yr awyr.

'Pfff. Anobeithiol,' wfftiodd Catherine, gan droi i chwilio am rywbeth neu rywun mwy diddorol i'w wylio.

Roedd Ann eisoes wedi dechrau gwthio'i ffordd drwy'r dorf i gyfeiriad Elis Edward. Rhewodd pan welodd o'n cerdded i ffwrdd yn ôl am y dref, a'i fraich am ysgwyddau merch fain oedd yn gwisgo het binc â'r rhosod yn bownsio wrth iddi chwerthin am rywbeth roedd Elis yn amlwg wedi'i ddweud wrthi.

Roedd y boen a deimlai Ann yn ei brest fel cyllell chwilboeth yn ei thrywanu. Roedd hi eisiau sgrechian, eisiau crio, eisiau rhwygo'r het felltith yna oddi ar gorun Gwen Penybryn. Doedd ei thad yn amlwg ddim mor sâl â hynny felly, neu adref wrth erchwyn ei wely fyddai'i lle hi.

'Hei, Ann? Be sy?' meddai llais wrth ei hochr.

Wiliam Jones, wrth gwrs. Doedd hwnnw byth yn bell, nag oedd?

'Dim,' meddai Ann.

'Wel, dwyt ti'm yn edrych fel taset ti'n mwynhau dy hun ryw lawer.'

'O, dim ond wedi diflasu gweld rhyw hogyn gwirion arall yn cael cweir gan y paffiwr 'na ydw i,' meddai Ann gan geisio swnio'n ddi-hid.

'Ia, meddwl mai dim ond bôn braich sydd ei angen maen nhw, yndê. Ond dwi 'di bod yn astudio'r boi 'na'n ofalus, a dawnsio allan o'u cyrraedd nhw mae o, a dal yn ôl nes maen nhw wedi blino baglu ar ei ôl o, a'u llorio nhw yr eiliad maen nhw'n tynnu eu llygaid oddi arno fo.'

'O, felly ti'n meddwl y gallet ti neud yn well, wyt ti?' chwarddodd Ann.

Oedodd Wiliam cyn ateb.

'Dwi'm yn gweld pam lai.'

'Ond sbia arnat ti – ti hanner maint y Siôn 'na! Fysa gen ti'm gobaith mwnci, y lembo!' Doedd Ann ddim wedi bwriadu bod yn greulon, ond roedd hi'n brifo mor ofnadwy tu mewn, a doedd hi ddim yn gallu brifo Elis na Gwen Penybryn. Gallai weld o'i lygaid ei bod wedi clwyfo Wiliam, ond doedd hi'n malio 'run botwm corn am hynny.

'Nid dy faint di sy'n bwysig, Ann, ond be sy gen ti fyny fan'ma,' atebodd yntau hi'n bwyllog gan bwyntio at ei dalcen.

'Dwi'm yn meddwl bod gen ti hawl rhoi peniad iddo fo, Wiliam,' chwarddodd Ann.

'Ddim dyna ro'n i'n —' Ond gwelodd Wiliam ei bod hi'n gwybod hynny'n iawn. Roedd ei stumog yn corddi rŵan; doedd ganddi ddim hawl chwerthin am ei ben fel hyn.

'Iawn, gei di weld, Ann Lewis,' meddai'n chwyrn gan gamu tuag at y stondin baffio a thynnu ei gôt yr un pryd.

Syllodd Ann arno'n hurt. Doedd y penci dwl erioed yn mynd i…? Oedd! Roedd o'n cael gair efo'r dyn mewn het grand oedd yn annog dynion y fro i fentro'u lwc yn erbyn y paffiwr proffesiynol. Yna roedd o wedi rhoi ei gôt i un o'i ffrindiau ac yn camu tuag at y paffiwr, oedd yn eistedd ar stôl yn bwyta pastai.

Allai Ann ddim credu ei llygaid. Brysiodd y merched eraill ati, yr un mor syfrdan.

'Be sy ar ei ben o?' meddai Meri. 'Ydi o wedi meddwi, dwed?'

'Trio profi rhywbeth i rywun mae o…' meddai Jonnet, oedd wedi gweld y sgwrs rhwng Wiliam ac Ann o bell.

'Stopia fo, Ann!' meddai Meri.

'Rhy hwyr,' meddai Catherine.

Roedd Wiliam a'r paffiwr yn cylchu ei gilydd, ac roedd gwên ar wyneb y gŵr profiadol. Fyddai o ddim chwinciad yn llorio'r sbrych bach main yma ac yn mynd yn ôl at ei bastai. Anelodd ddwrn at ben Wiliam, ond llwyddodd hwnnw i ddawnsio'n ei ôl mewn pryd. Digwyddodd yr un peth eto, ac eto, fel bod y dorf oedd wedi ymgasglu yn rhowlio chwerthin a chefnogi'r 'boi bach' yn dwymgalon.

'Mae o reit chwim ar ei draed, tydi?' meddai Meri.

Allai Ann ddim ateb; teimlai mor ofnadwy o euog. Hi oedd wedi corddi Wiliam i fentro gwneud hyn, a gweddïai na fyddai'r paffiwr yn rhy greulon ag o. Doedd pawb wedi clywed am baffwyr oedd wedi marw ar ôl cael coblyn o glec i'w pennau, weithiau'n marw yn y fan a'r lle, weithiau ddiwrnod neu ddau'n ddiweddarach? Bob tro y byddai dwrn yn saethu i gyfeiriad

Wiliam, byddai'n gwasgu ei hewinedd i mewn i gledrau ei dwylo ac yn teimlo'n sâl.

Yn wyrthiol, roedd Wiliam yn llwyddo i daro'r paffiwr yn ei ochr bob hyn a hyn. Dim byd rhy nerthol, ond roedd yn amlwg bod y paffiwr yn gwylltio. Anelodd ddwrn sydyn am glust Wiliam efo'i fraich chwith, ond llwyddodd hwnnw i ostwng ei hun i'w gwrcwd yn sydyn fel mai dim ond crafu top ei ben wnaeth y dwrn, a gan fod hynny wedi gwneud i'r paffiwr golli ei falans fymryn, roedd Wiliam wedi llwyddo i roi dwrn de go galed i ochr asennau ei wrthwynebydd. Roedd y dorf wedi gwirioni'n rhacs a llwyth o fechgyn ifainc yn gwthio'u ffordd i'r blaen i gael gweld yn well.

Aeth y frwydr ymlaen ac ymlaen am funudau a deimlai fel oes, ond yn y diwedd, a'r ddau'n amlwg wedi blino, llwyddodd y gŵr llawer mwy profiadol i roi dwrn de cryf o dan ên Wiliam, fel bod hwnnw'n hedfan am yn ôl ac yn glanio ar y llawr fel sach o datws.

Sgrechiodd Ann a hanner y dorf.

'Ydi o'n symud? Ydi o wedi'i ladd o?' gofynnodd, gan na allai ei weld bellach.

Ond doedd ei ffrindiau ddim yn gallu ei weld chwaith. Gwthiodd Ann ei hun drwy'r dorf a rhewi pan welodd gorff Wiliam yn gwbl lonydd, a gwaed dros ei wyneb. Roedd perchennog y stondin baffio yn pwyso drosto ac yn taflu dŵr i'w wyneb; roedd y paffiwr ei hun yn sefyll drosto ac yn edrych yn boenus. Roedd y dyn ifanc wedi ymladd yn ddewr, chwarae teg.

Diolch i'r drefn, agorodd Wiliam ei lygaid ar ôl sbel, a phesychu a phoeri gwaed. Cafodd help y paffiwr a Jac a Now, ei ffrindiau, i godi ar ei draed a chymeradwyodd y dorf yn uchel. Cymeradwyodd y paffiwr a'r perchennog hefyd.

'Da iawn, grwt!' gwaeddodd y perchennog. 'Roiest ti ffeit dda iddo fe!'

Gyda dagrau yn ei llygaid, brysiodd Ann tuag at Wiliam.

Ceisiodd hwnnw wenu arni, a dyna pryd y gwelodd hi ei fod sawl dant yn brin.

'Ble mae dy ddannedd di?' gofynnodd hi'n hurt.

Ceisiodd yntau ei hateb ond roedd yn amhosib ei ddeall.

'Dwi'n meddwl mai deud ei fod o wedi'u llyncu nhw nath o,' meddai Now Traws. 'Fyddi di'm hanner mor ddel rŵan, y twmffat gwirion. Ty'd, awn ni â chdi at Siani Ffisig yn y Lawnt. Os oes 'na rywun fydd yn gallu dy gael di 'nôl ar dy draed, Siani Ffisig ydi honno.'

Syllodd Ann yn fud arnyn nhw'n cario'u cyfaill am y Lawnt.

'Mi fydd o'n iawn, paid â phoeni,' meddai Meri wrth ei hochr. 'Mae Siani'n un wych am fendio pobol.'

'Ond o'n i'n meddwl mai gwrach oedd hi,' meddai Catherine. 'Fydd o'n fodlon cael ei drin gan wrach?'

'Dydi hi'm yn wrach!' mynnodd Meri. 'Neu... gwrach wen hwyrach, yn hel rhyw ddeiliach cyn i'r wawr dorri a gneud rhyw ffisigs drewllyd efo nhw yn y tŷ bach tywyll 'na – yndê Jonnet?'

'Ia, mi gafodd wared â chwech dafad ges i ar fy nwylo llynedd. Ac os bydd hogan yn ddigon anlwcus i gael clec cyn iddi briodi – ati hi maen nhw'n mynd, meddan nhw.'

Maen nhw wedi anghofio am Wiliam yn barod, meddyliodd Ann.

'Dach chi'n meddwl ddylwn i fynd efo nhw?' gofynnodd.

'Na, fyddan nhw'n ôl toc beth bynnag, dim ond ei adael efo Siani wnawn nhw,' meddai Catherine. 'Ond mi nath o sioe dda ohoni yn do, chwarae teg?'

'Do,' meddai Ann. 'Y ffŵl gwirion iddo fo.'

'Fysa Elis Edward byth yn ddigon gwirion i fentro fel'na, decini,' gwenodd Jonnet.

'Ia, mae hwnnw efo Gwen Penybryn heno, tydi?' meddai Catherine. 'Mi weithiodd yr het binc felly.'

Anadlodd Ann yn ddwfn. Yna cofiodd am yr het ddu yn ei ffedog.

'Dim bwys gen i amdani,' meddai, 'ges i het yn anrheg gan Mr Price heddiw, sbiwch.' Tynnodd yr het allan o'i ffedog a cheisio'i thwtio, gan egluro bod angen 'chydig o waith trwsio arni.

''Chydig?' rhuodd Catherine. 'Mae honna'n rhacs, be s'arnat ti?'

'Mi fysa angen gwyrth i neud i honna edrych hanner cystal â het Gwen,' cytunodd Jonnet.

'Ond mae Ann yn chwip o hogan efo nodwydd ac edau,' meddai Meri. 'Gewch chi weld, mi fydd honna'n *champion* unwaith y bydd hi wedi... ym... gneud rywbeth iddi,' ychwanegodd yn gloff ar ôl gweld gwir stad yr het anffodus.

'Anrheg, wir,' meddai Catherine. 'Mi fyswn i wedi deud wrtho fo i stwffio'i blydi het i fyny'i din.'

'Catherine!' ebychodd pawb.

Roedden nhw'n gwybod ei bod hi'n gallu bod yn fudur ei thafod ond doedd Ann, o leiaf, erioed wedi ei chlywed yn rhegi fel yna o'r blaen. Ond roedd 'na sglein cwrw yn llygaid Catherine, erbyn gweld.

'Be? Dim ond deud y gwir yn blaen ydw i,' meddai Catherine. 'A dwi wedi gwylltio drosot ti, wir, Ann. Meiddio deud bod rhyw garpiau fel'na yn anrheg, wir. Mae o'n dy drin di fel baw isa'r domen, y sbrych iddo fo.'

Syllodd Ann yn ddigalon ar ei het. Doedd hi ddim wedi sylweddoli nes iddyn nhw ddweud, ond oedd, roedd coblyn o stad arni.

'A pryd wyt ti fod i gael amser i weithio arni?' meddai Jonnet. 'Ganol nos efo golau cannwyll frwyn?'

'Mae'n siŵr ei fod o'n chwerthin llond ei fol o weld pa mor ddiolchgar oeddet ti,' meddai Catherine. 'Fel'na mae'r diawlied, yn gneud eu pres drwy sathru'r tlodion yn y baw tra maen nhw'n codi'n uwch ac yn uwch ac yn trio bod fel y byddigion. Ond ti cystal â fo a'i bali gwraig bob tamed! Na, ti'n haeddu het go iawn, het fel un Gwen Penybryn, Ann! Rydan ni gyd!'

'Iesu, ydan!' cytunodd Jonnet.

Cochodd Ann o'i chlywed hithau'n cymryd enw'r Iesu'n ofer fel yna.

'Dowch, awn ni i'r Ship am gwrw at y crach,' meddai Jonnet. 'Does 'na'r un ohonyn nhw ddim tamed gwell na ni go iawn.'

Cytunodd Catherine a Meri gan chwerthin a llusgo Ann efo nhw.

'Ond be am Wiliam?' gofynnodd yn dila.

'Duwcs, 'nawn ni godi'n gwydrau iddo fo,' meddai Catherine. 'Does 'na'm pwynt i ni gyd fod yn ddigalon am ei fod o wedi bod yn ddigon gwirion i gael swaden.'

Roedd y Ship yn orlawn, a phobl drwsiadus iawn yr olwg yn gymysg â gweithwyr gwlân a gweision fferm oedd yn faw i gyd. Ac yn y gornel roedd yr hen delynor welson nhw o'r blaen, yn canu baled boblogaidd Dafydd Ddu Eryri am 'Y Diogyn': 'Ni wnâi ef orchwyl yn y byd, ond diogi hyd y flwyddyn.' Roedd rhai yn cyd-ganu ag o, eraill yn ei anwybyddu'n llwyr ac wedi codi eu lleisiau er mwyn gallu sgwrsio â'i gilydd.

Mewn cornel arall roedd Elis Edward a Gwen Penybryn. Meri welodd nhw gyntaf, a cheisiodd dynnu Ann i'r cyfeiriad arall cyn iddi eu gweld, ond wyddai hi ddim fod gan Ann y gallu i deimlo presenoldeb Elis mewn unrhyw adeilad. Stopiodd Ann yn stond a throi ei phen fel ci oedd bron yn siŵr ei fod wedi arogli cwningen neu gath yn y cyffiniau. Pan welodd hi nhw, gallai deimlo'i gwaed yn berwi bron yn syth, a thon o ddicter pur yn dringo i fyny o'i thraed i'w chorun. Roedd eu pennau mor agos at ei gilydd – ac roedd o'n cydio yn ei llaw hi! Yn mwytho cefn ei llaw hi'n gariadus, ac rŵan roedd yr hen sopen fach wedi rhoi ei phen ar ei ysgwydd!

'Ann, ty'd,' meddai Meri, oedd hefyd wedi gweld y pen bach o rosod pinc yn gorffwyso mor dyner ar yr ysgwydd gadarn.

'Na. Dwi'n mynd i gael gair efo nhw,' meddai Ann. 'Rŵan.'

'Paid, Ann!' meddai Meri. 'Difaru wnei di!'

Ond chlywodd Ann mohoni. Roedd hi eisoes wedi dechrau gwau ei ffordd drwy'r cyrff eraill atyn nhw. Ond cyn iddi eu cyrraedd, roedd Elis wedi codi ar ei draed ac yn helpu Gwen am y drws. Doedd yr het ddim yn gadael iddi weld llawer o'i hwyneb, ond roedd y ferch yn amlwg yn crynu. Roedd hi wedi mynd drwy'r drws pan lwyddodd Ann i fachu llawes Elis a'i orfodi i droi tuag ati.

'Ann!' meddai'n syn, cyn sobri'n syth, ac ychwanegu mewn llais isel: 'Mae'n ddrwg iawn gen i, ond rydan ni newydd gael newyddion drwg. Mae tad Gwen wedi'n gadael ni. Dwi'n mynd â hi adre rŵan. Da boch chi.'

A dyna ni, roedd o wedi mynd, a'i fraich am wasg fain merch ei gyn-gyflogwr. Braich ddylai fod am ei gwasg *hi*, damia fo! Ysai am daflu rhywbeth ato, ac ati hi. Roedd o wedi bod mor oeraidd tuag ati, fel petai o prin yn ei hadnabod – ac yntau'n nabod pob modfedd ohoni, yn nabod ei chorff yn well nag unrhyw un, ac wedi sibrwd pethau mor gariadus yn ei chlust. A dyma ni, mi fyddai o'n sibrwd yng nghlust Gwen Penybryn yr holl ffordd adref rŵan, yn gwasgu ei chorff yn dynn ato.

Pan roddodd Jonnet wydr o gwrw yn ei llaw, yfodd o ar ei thalcen.

9

Erbyn canol Mehefin roedd wyneb Wiliam wedi gwella'n rhyfeddol, a buan roedd pawb wedi dod i arfer efo'r ddau fwlch yn ei ddannedd. Wedi'r cwbl, doedd dim llawer o raen ar ddannedd neb wedi iddyn nhw gyrraedd eu hugeinfed pen-blwydd.

'Mae'n siŵr y byddai'r gof wedi dy frifo di'n llawer iawn mwy nag y gwnaeth y dwrn yna,' gwenodd Ann. 'Mi dynnodd un o fy nannedd cefn i rhyw flwyddyn neu ddwy yn ôl a fues i mewn poen am wythnosau!'

'Beryg dy fod ti'n iawn,' meddai Wiliam, 'ond dwi'n chwibanu bob tro dwi'n trio siarad rŵan. Gwranda arna i!'

Allai Ann ddim peidio â chwerthin. Roedd o'n dweud y gwir, a chwibaniad bychan yn dod o'i geg bob yn ail air.

'Ti'n meddwl y bydda i'n chwibanu am weddill fy oes?' meddai Wiliam yn boenus.

'Go brin,' meddai Ann, er nad oedd ganddi syniad mwnci a oedd hynny'n wir ai peidio.

'Pan fydd gen i bres,' meddai Wiliam, 'mi a' i at ddeintydd go iawn, fel nath Mr Price llynedd. Dannedd Waterloo sydd gynno fo, 'sti.'

'Waterloo? A sut fath o ddannedd ydi'r rheiny?'

'Dannedd milwyr gafodd eu lladd ar faes y gad. Meddylia – mae 'na bobol yn mynd o gwmpas yn tynnu dannedd y meirw, cofia. Wna i byth gwyno am y swydd sy gen i eto.'

Chwarddodd Ann eto, er fod y syniad o bobl yn tynnu dannedd allan o bobl wedi marw yn troi ei stumog.

'Mae'n dda dy weld ti'n chwerthin eto,' meddai Wiliam wrthi. 'Dwyt ti'm wedi bod mewn hwyliau rhy dda ers tro rŵan, naddo?'

'Do tad,' meddai Ann, gan fynd yn ôl at ei gwnïo. Ond doedd hi ddim mewn hwyliau gwych y diwrnod hwnnw, waeth iddi gyfaddef ddim. 'Yr hen Mrs Price 'na sy wedi bod yn gas efo fi ers dyddie, os oes raid i ti gael gwbod,' meddai.

'Pam? Be ti 'di neud iddi?'

'Dim byd! Dwi wedi bod yn crafu 'mhen yn trio meddwl be dwi wedi'i neud iddi. Dwi'm yn malu ei hornaments hi bellach achos Beti, y forwyn fach newydd, sy'n gneud y dystio i gyd rŵan. Ddois i adre braidd yn hwyr noson y ffair, ond wnes i'm smic, dwi'n siŵr. Mi ddeffrais i Beti, wrth reswm, gan 'mod i'n gorfod rhannu gwely efo hi, ond aeth hi'n ôl i gysgu'n syth. Dwi'n gneud fy ngore i gadw allan o ffordd Mrs Price hynny fedra i, ond mae hi'n dal i sbio arna i fatha bwch bob tro mae hi'n fy ngweld i.'

'Os 'dio'n gneud i ti deimlo'n well, mae'n sbio fatha bwch ar bawb.'

'Nac'di tad, mae hi reit glên efo Beti, yn fwy clên na fuodd hi efo fi erioed, beth bynnag.'

'Ia, 'chydig o lygoden ydi Beti, yndê,' meddai Wiliam.

'Wel, fymryn am wn i. Braidd yn swil ydi hi.'

'Gwallt lliw llygoden, siâp wyneb digon tebyg i lygoden a llygaid bach tywyll yn rhy agos at ei gilydd.'

'Paid â bod yn gas, Wiliam,' meddai Ann.

'Tydw i ddim, dim ond deud y gwir. A synnwn i daten nad ydi merch fatha llygoden yn siwtio Mrs Price yn well o gwmpas ei thŷ hi – a'i gŵr hi, o ran hynny...'

'Be ti'n drio'i awgrymu, Wiliam Jones?'

'Dim, Ann, dim byd o gwbl!' meddai Wiliam cyn cydio yn y parseli roedd Ann wedi eu lapio iddo a diflannu drwy'r drws.

Ond doedd Ann ddim yn dwp chwaith. Oedd o'n ceisio awgrymu bod Mrs Price yn genfigennus ohoni? Ond pam? Pam fyddai dynes ariannog fel yna, dynes oedd â thŷ a dillad mor smart, yn genfigennus o hogan dlawd fel hi? Wiliam oedd yn malu awyr fel arfer, siŵr iawn. Ond eto… roedd wyneb y ddynes wedi bod fel taran pan gerddodd Ann i mewn o'r gwaith efo Mr Price y noson o'r blaen. Roedden nhw wedi bod yn siarad yn glên ac yn chwerthin am rywbeth neu'i gilydd, allai hi ddim cofio beth rŵan, pan welson nhw Mrs Price yn agor y drws iddyn nhw uwchben y grisiau llechi. Wrth gwrs, roedd Ann i fod i ddefnyddio'r drws cefn fel gweddill y staff, ond roedd Mr Price newydd ddweud wrthi am beidio â bod mor hurt a defnyddio'r un drws â fo, yn doedd? Cofiai Ann ei bod eisiau cropian dan garreg pan rythodd Mrs Price arni. Roedd Mr Price yn amlwg wedi sylwi ar yr wg ar wyneb ei wraig, achos mi geisiodd egluro'n syth:

'Mae'n ddrwg iawn gen i,' meddai gyda gwên, 'fi oedd yn mynnu bod Ann yn defnyddio'r un drws â mi, dyna i gyd. Dwi'n meddwl bod hynny'n ddigon teg, yn tydi? Os oes aelod o staff yn digwydd cyd-gerdded â ni, wel, mae'n gwneud synnwyr ein bod yn defnyddio'r un drws, yn tydi?'

Y cwbl wnaeth Mrs Price oedd rhythu'n oer arno, cyn rhoi un nòd swta o'i phen; ddywedodd hi'r un gair. Pan gamodd Ann i fyny'r grisiau llechi ac i mewn i'r tŷ ar ôl ei chyflogwr, gallai deimlo llygaid Mrs Price yn trywanu ei chefn.

Mae'n rhaid mai dyna beth oedd: gweld Ann yn defnyddio'r drws hwnnw oedd wedi tynnu blewyn o'i thrwyn hi. Neu… y ffaith ei bod hi a Mr Price yng nghwmni ei gilydd, ac yn chwerthin, yn deall ei gilydd. Allai hi ddim cofio clywed Mr Price yn chwerthin yng nghwmni ei wraig. Fyddai hi ddim yn genfigennus o hynny, doedd bosib?

Doedd Ann ddim wedi gadael y siop yr un pryd â Mr Price ers hynny; nid oherwydd ei bod hi'n ei osgoi o chwaith. Tybed ai Mr Price oedd wedi bod yn aros yn hirach nag Ann er mwyn osgoi gwg ei wraig? Fo oedd y bòs, wrth reswm, ond roedd yr olwg ar wyneb Mrs Price y diwrnod hwnnw wedi bod yn ddigon i fferru gwaed Satan ei hun. Ia, dyna pryd ddechreuodd yr hen sopen fod yn fwy cas nag arfer efo hi.

Roedd Mr Price, ar y llaw arall, wedi parhau i fod yn rhyfeddol o glên ac annwyl efo hi – yn fwy annwyl os rhywbeth. Mae'n siŵr ei fod o fymryn yn siomedig nad oedd hi eto wedi llwyddo i drwsio'r het ddu, ond doedd hi ddim wedi cael cyfle i sbio arni'n iawn ers noson y ffair. Roedd o wedi bod yn gofyn iddi aros fymryn yn hwyrach yn y siop wedi i'r lleill fynd, i wneud rhyw swyddi bach neis fel ysgrifennu mwy o labeli iddo fo am fod ei hysgrifen hi gymaint deliach nag un Mr Roberts; roedd llygaid hwnnw wedi dirywio'n arw yn ddiweddar, bechod.

Wedyn roedd Mr Price wedi bod yn tueddu i bwyso dros ei hysgwydd i wneud yn siŵr ei bod hi'n labelu pob dim yn gywir. Gwyro drosti nes bod ei wyneb yn annifyr o agos at ei hwyneb hi, a dweud y gwir. Roedd hi wedi sylwi bod 'na wynt rhyfedd ar ei anadl o bryd hynny – y dannedd Waterloo, mae'n siŵr!

Chwarddodd a sylweddoli'n syth bod Wiliam yn llygad ei le. Doedd hi ddim wedi chwerthin yn uchel fel yna ers tro. Ond dyna fo, onid oedd cymydog y teulu newydd ymadael â'r fuchedd hon? Roedd disgwyl i bawb, yn ei chynnwys hithau, ymddwyn yn syber a phrudd – am sbel o leiaf.

Hen ŵr Penybryn, druan. Roedd ei thad ac Owen wedi mynd i'r cynhebrwng, wrth gwrs. Dynion yn unig, fel arfer. Doedd hi erioed wedi deall yr arfer hwnnw chwaith. Oedd, roedd angen merched i baratoi'r te claddu, ond nid pawb, siawns? Tybed a fyddai'n rhaid iddi hithau aros adref i goginio petai ei thad neu un o'i brodyr yn marw'n sydyn? Ond wedi dweud hynny, os oedd hi'n ddiwrnod gwlyb a gwyntog fel diwrnod cynhebrwng hen ŵr Penybryn, byddai'n ddigon bodlon cael aros adref yn helpu i baratoi'r te claddu. Roedd Elis Edward wedi dal coblyn o annwyd ar ôl sefyllian cyhyd yn y gwynt a'r glaw, medden nhw. Bechod.

Gobeithio y bydd o wedi ei roi i Gwen, meddyliodd yn

bwdlyd. A bod dolur annwyd mawr hyll yn tyfu ar ei gwefus hi hefyd. Nid ei bod hi wedi eu gweld na chlywed eu bod wedi bod yn llyfu ei gilydd, wrth gwrs. Roedd hi'n gweddïo nad oedden nhw. Byddai'n dal i freuddwydio amdano bob nos, a'r Beti fach 'na'n cwyno – wel, na, nid yn cwyno, fyddai hi ddim yn meiddio, ond yn sôn – bod Ann wedi ei deffro ganol nos yn griddfan a dweud pethau rhyfedd yn ei chwsg. Wnaeth hi ddim gofyn am wybod be'n union oedd y 'pethau rhyfedd' hynny, yn enwedig gan fod bochau Beti'n fflamgoch ar y pryd a'i llygaid wedi eu hoelio ar ei thraed. Y cwbl a wyddai Ann oedd bod ei chorff, ei chalon, pob cornel ohoni yn sgrechian eisiau Elis Edward.

'Ac os na wna i rywbeth yn o sydyn,' meddai wrth y merched ar y Marian y noson honno, 'mi fydd yn rhy hwyr ac mi fydd o'n gneud rhywbeth gwirion fel priodi Gwen Penybryn a finnau'n gneud rhywbeth gwirionach fel torri i mewn i'w siambr hi efo bwyell!'

'Ann! Dwi methu coelio bod hogan capel fatha ti yn siarad fel'na!' gwenodd Jonnet.

'Ia, beryg mai troi at y Beibl ddylet ti a gweddïo bob nos i Dduw dy helpu i'w anghofio fo,' meddai Meri.

'Dwi wedi trio!' protestiodd Ann, nad oedd wedi sylweddoli mai tynnu ei choes roedden nhw. 'Dwi wedi bod yn gweddïo, a dwi wedi bod yn canu emynau yr holl ffordd adre ar y Sul – ac yn ôl wedyn hefyd.'

'Be? Dydi o'n dal ddim wedi "digwydd pasio" i roi lifft i ti ers y cnebrwng?' holodd Catherine.

'Naddo. Mae o wedi bod yn sâl,' eglurodd Ann yn dila.

'Bechod. Sgwn i pwy sy'n tendio arno fo'n ei wely…?' meddai Catherine gyda winc ar y ddwy arall.

'O, gad lonydd iddi,' meddai Jonnet, ''di'm isio meddwl am bethe felly, siŵr.'

'Nac ydi debyg, ddrwg iawn gen i, Ann,' meddai Catherine.

'Ond mi wyt ti'n iawn – mi fydd raid i ti neud rwbath yn o handi, cyn ei bod hi'n rhy hwyr.'

'Bydd, dwi'n gwbod, ond be?'

'Wel, 'dan ni 'di deud o'r blaen, yn do? Mae'n rhaid tynnu ei sylw o, ac mi fyddai dillad neu het newydd smart yn fan cychwyn.'

'Byddai, mae'n siŵr, ond does gen i mo'r pres, nag oes? Ac roeddech chi'n iawn am yr un ddu 'na ges i am ddim – mi fydd yn goblyn o anodd ei thrwsio hi heb iddi fod yn amlwg mai het wedi ei hambygio ydi hi.'

'Wel… mae 'na hen ddigon o rai newydd del yn y siop 'na,' meddai Catherine. 'Ac mi fyddai'n ddigon hawdd i ti fachu un – un i ni gyd, deud gwir. Yn bysa, genod?' ychwanegodd gan droi at Meri a Jonnet.

'Fyswn i ddim yn gwrthod het, rhaid i mi gyfadde,' gwenodd Meri'n swil.

'Os bachu un, pam ddim bachu dwy neu dair, yndê?' meddai Catherine.

'Wel, mi fysa'n well gen i ambarél, deud gwir,' meddai Jonnet. 'Gneud i rywun edrych mor swanc, tydi? A gallu mynd i dy waith yn y glaw heb wlychu'n domen. 'Swn i wrth 'y modd. A sôn am fachu, mae gen i anrhegion bychain i chi,' ychwanegodd, gan dyrchu ym mhoced ei ffedog a thynnu tair sgonsen gynnes allan. 'Un yr un i chi, am eich bod chi'n ffrindie mor driw.'

Bachodd Catherine a Meri y sgons yn syth a chymryd brathiad gan ochneidio gyda phleser.

'Mmmm! Diolch i ti, Jonnet – maen nhw'n fendigedig!' meddai Catherine â'i cheg yn llawn.

Oedodd Ann cyn estyn am y sgonsen olaf. Roedd hon wedi ei dwyn. Yn ôl y drefn, fe ddylai Duw fod wedi taro'r lleill yn gelain yn syth am dderbyn rhywbeth oedd wedi ei ddwyn, a Jonnet am eu dwyn yn y lle cyntaf. Ond roedden nhw i gyd yn chwerthin a gwenu ac ochneidio â phleser. Unwaith eto, roedd gwersi ei phlentyndod yn cael eu profi'n anghywir. Cydiodd yn y sgonsen a'i chodi at ei gwefusau. Roedd arogl hyfryd arni, ac roedd hi mor feddal a chynnes. Claddodd ei dannedd i mewn iddi a chau ei llygaid wrth i'r toes melys doddi yn ei cheg. Gwthiodd y darlun o Efa'n bwyta afal o'i meddwl a chanolbwyntio ar fwynhau'r sgonsen yn araf, gan wenu ar Jonnet. Ew, roedd ganddi ffrindiau da, meddyliodd. Braf fyddai gallu talu'n ôl iddyn nhw. Ond allai hi? Feiddiai hi?

'Pa mor anodd oedd bachu'r rhain, 'ta?' gofynnodd Catherine i Jonnet.

'Digon hawdd, dim ond mater o baratoi ac amseru,' gwenodd Jonnet. 'Gwbod pryd fyddai neb o gwmpas i 'ngweld i, gwbod o ble i'w bachu nhw fel bod neb yn sylwi eu colli nhw, a ble i'w rhoi nhw nes 'mod i'n barod i'w heglu hi o 'na – naci, cerdded o 'na yn ddiniwed a hamddenol, wrth reswm!' chwarddodd wedyn.

'Paratoi ac amseru, ia?' meddai Catherine yn fyfyriol. 'Felly, os fyddwn ni'n paratoi ac amseru'n iawn, mi ddylai fod yn ddigon hawdd i ni gyd gael hetiau – ac ambarél – yn weddol handi, erbyn ffair Gŵyl Ifan, pan fydd pawb yn dawnsio ac yn bachu'r dynion maen nhw wir yn eu haeddu.'

Rhythodd Ann yn hurt ar y tair oedd yn edrych arni'n glên i gyd.

'Dach chi o ddifri, tydach?' meddai.

Nodiodd y tair.

'Yn disgwyl i mi beryglu fy swydd a fy enw da er mwyn i ni gyd gael gwisgo fymryn yn grandiach.'

'Fyddan ni'm yn ei neud o os oes 'na beryg i ni gael ein dal, siŵr,' meddai Meri.

'Chaiff neb eu dal – ddim os fyddwn ni wedi paratoi a chynllunio'n ofalus,' meddai Jonnet.

'Be amdani, Ann?' gwenodd Catherine. 'Ti'm yn ormod o fabi, nag wyt?'

'Nac'dw... ond... allwn ni'm gwisgo dillad Mr Price o

142

gwmpas y dre 'ma! Mi fyddai o, neu Elin Jones neu Sarah Roberts, ac yn bendant Mr Roberts, yn siŵr o'u nabod nhw!'

'Ti'n llygad dy le,' meddai Meri. 'Ond – wn i! Mi allen ni eu gwerthu 'mlaen, a phrynu hetiau – neu rywbeth leciwn ni a deud y gwir – o rywle arall efo'r pres.'

'Ti'n iawn!' meddai Catherine, a'i llygaid yn sgleinio. 'Mi fydd 'na domen o bobol yn gwerthu dillad a hetiau o bob math yn ffair Gŵyl Ifan, ac mi fyddai'n ddigon hawdd eu gwerthu i'r rheiny!'

'Ty'd 'laen, Ann,' meddai Jonnet. 'Os wnei di eu bachu nhw, mi ofalwn ni'n tair am eu gwerthu nhw. Mae hynna'n rhannu'r baich yn deg rhwng pawb, tydi?'

'O, ac os ydi hetiau'n rhy anodd eu cario, be am fachu rhywbeth llai, rhywbeth sy'n cymryd llai o le? Fel menig, neu siôl neu rywbeth?' meddai Catherine.

Roedd y tair wedi cynhyrfu gymaint efo'r syniad, doedd gan Ann mo'r galon i'w siomi. Dim ond mater o baratoi a chynllunio'n ofalus oedd o, wedi'r cwbl. A chyda'r pres, gallai brynu rhywbeth fyddai'n siŵr o hoelio sylw Elis Edward unwaith ac am byth – cyn ei bod hi'n rhy hwyr. Gŵyl Ifan amdani felly, Mehefin y 24ain, oedd yn rhoi wythnos iddyn nhw baratoi.

'Hen ddigon o amser,' meddai Catherine. 'Rŵan, neb i feiddio deud gair wrth yr un dyn byw am hyn, neu mi fyddwn ni i gyd yn y cachu.'

'Ti'n meddwl y dylen ni dyngu llw ar y Beibl neu rywbeth?' gofynnodd Meri. 'Ein bod ni i gyd yn hyn efo'n gilydd, doed a ddelo?'

'Be? Defnyddio'r Beibl i addunedu i ddwyn?' meddai Ann mewn braw. 'Dwi'm yn meddwl!'

'Mae ganddi bwynt,' meddai Jonnet, cyn piffian chwerthin yn uchel.

Dechreuodd y tair arall, hyd yn oed Ann, biffian, ac yna udo chwerthin hefyd, nes roedden nhw i gyd â dagrau yn eu llygaid.

10

'ANN! TI WEDI dechre cnoi dy winedd eto! Rho'r gorau iddi!' meddai Sarah Roberts wrth sylwi ar y ferch yn cnoi fel gwiwer yn hytrach na gwnïo llewys siaced fel roedd hi i fod i'w wneud.

'O, mae'n ddrwg gen i,' meddai Ann gan gochi at ei chlustiau a thynnu ei bys o'i cheg yn syth.

'Paid ag ymddiheuro wrtha i, dy winedd a dy fysedd di fydd yn diodde,' wfftiodd Sarah Roberts.

'A dy stumog di,' meddai Elin Jones. 'Maen nhw'n deud bod darnau o winedd yn gneud tyllau yn dy stumog di, a bod pobol wedi gwaedu i farwolaeth o'u hachos nhw. Maen nhw'n deud mai dyna ddigwyddodd i Leisa Tyn Drain.'

Gwelwodd Ann a chanolbwyntio eto ar wnïo'r llawes yn ofalus.

'Be sy'n bod arnat ti heddiw beth bynnag?' holodd Sarah Roberts. 'Ti wedi bod fel gafr ar daranau drwy'r dydd.'

'Trafferth efo rhyw gariad, debyg!' gwenodd Elin Jones. 'Do'n i methu peidio â sylwi dy fod ti a Wiliam wedi dod yn agos iawn yn ddiweddar… wedi ffraeo ydach chi?'

'Naci siŵr! Tydan ni'm wedi ffraeo o gwbl, a tydi o ddim yn gariad i mi,' meddai Ann heb dynnu ei llygaid oddi ar ei phwytho. Ond doedd hi ddim yn gwneud gwaith rhy daclus ohoni heddiw. Heno roedd hi i fod i ddwyn. Heno oedd y noson fawr, ac roedd ei bysedd yn crynu ers iddi godi'r bore hwnnw. Roedd hi'n ddiwedd y pnawn rŵan, a byddai pawb yn gadael toc. Heno, byddai Meri'n rhoi iddi'r copi roedd ei brawd wedi ei wneud iddyn nhw o oriad y drws cefn.

Roedd 'benthyg' goriad Mr Roberts dros amser cinio wedi

bod yn hawdd. Byddai wastad yn gadael ei oriadau ar fachyn yn y cefn, a doedd ei lygaid druan o ddim wedi sylwi bod un goriad yn llai yn eu mysg am gyfnod. Mor hawdd fu picio allan ar neges sydyn, a chyfarfod Meri yn stryd fach gul Wtra Plas Coch a rhoi'r goriad iddi wedi ei lapio mewn darn o sach, yna'i chyfarfod eto ymhen awr ar esgus arall. Roedd y goriad yn ei ôl ar y bachyn cyn i neb sylwi, tra bod brawd Meri'n creu'r un newydd.

Byddai'r un newydd hwnnw yn ei dwylo ar ôl iddi orffen gwaith heno. Byddai'r haul yn machlud tua hanner awr wedi naw, ond roedden nhw wedi penderfynu mai aros tan un y bore fyddai orau i fentro am y siop. Byddai pobl yn dal i ymlwybro o'r tafarndai tua hanner nos, ond y rhan fwyaf wedi mynd i'w gwelyau neu wedi meddwi gormod i sylwi ar ddim erbyn un.

Roedden nhw hefyd wedi penderfynu mai Ann, ar ei phen ei hun, fyddai'n mynd i mewn i'r siop ac yn dwyn tair het, o leiaf un siôl ac un ambarél.

'Gwell peidio â bod yn farus,' rhesymodd Catherine. 'Ti sy'n gwbod lle mae pob dim, ac mi fysen ni'n beryg o faglu ar draws pethe a gneud coblyn o dwrw. Mi arhoswn ni amdanat ti tu allan.'

Am hanner nos roedd Ann yn dal yn effro fel y gog. Chwyrnai Beti'n dawel wrth ei hochr, a phenderfynodd Ann godi. Rhewodd wrth iddi roi cic i'r po oedd ddim cweit o dan y gwely, a brwydrodd rhag gwichian mewn poen. Trodd i edrych ar siâp corff Beti. Ond roedd honno'n dal i gysgu'n sownd, diolch byth. Gwisgodd amdani'n bwyllog gan sicrhau bod y goriad hollbwysig yn ei phoced, yna cododd ei sgidiau yn ei llaw dde a mynd am y drws. Gofalodd osgoi'r darn pren fyddai wastad yn gwichian, cydiodd ym mwlyn y drws, a sleifiodd allan yn ddiogel.

Oedodd ar ben y grisiau, a sylweddoli bod ei chalon yn curo'n frawychus o gyflym ac uchel; bron nad oedd yn boenus, fel petai anifail bychan yn brwydro i ddod allan ohoni. Anadlodd yn ddwfn a chamu i lawr y grisiau fel pe bai'n cerdded ar wyau.

Dim ond wedi iddi gamu allan i'r noson dywyll y llwyddodd i anadlu'n iawn. Gwasgodd ei bysedd am y goriad yn ei phoced eto, a cheisio cerdded yn ei blaen yn bwyllog. Roedd y lleill wedi pwysleisio na ddylai redeg, rhag ofn i rywun ei gweld. Onid oedd rhywun yn rhedeg yn gwneud mwy o sŵn ac yn tynnu mwy o sylw na rhywun oedd yn cerdded yn hamddenol, yn enwedig ganol nos?

Roedd yr hanner lleuad yn ddigon iddi fedru gweld ei ffordd drwy'r strydoedd cefn am y siop, ond pan sgrialodd cath allan o'i blaen, bu bron iddi sgrechian. Gwelodd ddwy lygoden fawr yn brwydro dros fwydiach o ryw fath yng nghefn un tŷ, a brysiodd heibio iddyn nhw. Roedd yn gas ganddi lygod mawr.

Doedd dim golwg o unrhyw un yn Sgwâr Springfield, felly brysiodd i gefn y siop i guddio yn y cysgodion. Ystyriodd fynd i mewn yn syth, ond na, os nad oedd y lleill yn ymddangos, doedd hi ddim yn mynd i ddwyn unrhyw beth, a dyna fo. Gweddïodd y bydden nhw wedi newid eu meddyliau, neu wedi methu codi. Ond gwelodd siâp tywyll yn dod rownd y gornel. Catherine. Cododd honno ei bys at ei gwefusau. Swatiodd wrth ymyl Ann i ddisgwyl am y ddwy arall.

Pan gyrhaeddon nhw, gwthiodd Jonnet sach wag i ddwylo Ann. Yna, wedi rhai eiliadau o neb yn gwneud dim, rhoddodd Catherine bwt iddi, ac amneidio at y drws. Nodiodd Ann a thynnu'r goriad o'i phoced. Ond roedd ei dwylo'n crynu mor ofnadwy, bu bron iddi ei golli ar y llawr. Rhoddodd Catherine ei llaw gref ar ei hysgwydd, a sibrwd yn ei chlust:

'Anadla'n ddwfn, cyfra i dri – ac mi fyddi di'n iawn.'

Ufuddhaodd Ann, a gan ddal y goriad yn ei dwy law, camodd at y drws cefn. Llithrodd y goriad i mewn i'r twll clo yn hawdd, ond wedi iddi ei droi, doedd dim yn digwydd. Ceisiodd ei droi y ffordd arall – yn ofer. Trodd ei phen at y lleill.

''Dio'm yn gweithio!' hisiodd.

'Ty'd â fo yma,' sibrydodd Catherine, gan ei gwthio o'r ffordd.

Wedi rhai eiliadau o chwarae gyda'r clo, clic – roedd y goriad wedi cydio. Camodd Catherine yn ei hôl i adael i Ann droi'r bwlyn.

Sychodd Ann ei dwylo ar ei ffedog, yna agorodd y drws a chamu i mewn, gan adael y drws yn gilagored. Roedd ei chalon yn pwmpio'n waeth nag erioed rŵan, wrth iddi gamu ei ffordd yn ofalus i'r lle y gwyddai y byddai'r hetiau. Yn hytrach na chwilio ac ymbalfalu, cydiodd yn y tair het gyntaf iddi eu teimlo a'u rhoi yn y sach. Yna camodd ar flaenau ei thraed at y droriau lle cedwid y sioliau. Tynnodd dair allan a'u stwffio'n frysiog i'r sach. Dyna ni, dyna'r cwbl, meddyliodd, cyn cofio bod Jonnet eisiau ambarél. Ceisiodd reoli ei hanadlu a chamu'n ofalus at y stondin ambaréls a bachu'r un agosaf. Yna trodd ar ei sawdl a brysio yn ei hôl am y cefn a'r drws. Baglodd drwy hwnnw a gwthio'r sach i ddwylo Catherine.

'Ddim fi!' hisiodd Catherine, gan ei phasio'n syth i Meri.

Dechreuodd Meri giglan, nes i Catherine roi cic iddi. Cydiodd Jonnet yn yr ambarél a'r sach, cyn ymbalfalu ynddi am y tair siôl a'u rhoi i Meri. Brysiodd Meri am ei chartref â'r sioliau dan ei chesail, ac yna trodd Jonnet hithau a gadael, gan ddal y sach a'r ambarél o flaen ei bol.

Trodd Catherine at Ann, gan roi braich am ei hysgwyddau.

'Da iawn ti,' sibrydodd, 'welai di fory. A chofia gloi'r drws 'na!' ychwanegodd, cyn diflannu i fyny'r stryd.

Trodd Ann i gloi'r drws. Ond roedd y goriad yn gwrthod troi unwaith eto. Bu wrthi am yn hir yn chwarae gyda'r clo, nes iddo o'r diwedd roi clic hyfryd. A dyna pryd y sgrechiodd tylluan uwch ei phen nes ei bod yn neidio. Cydiodd yn ei sgert a rhedeg nerth ei thraed nes cyrraedd Bryn Teg. Pwysodd yn erbyn y wal i gael ei gwynt ati ac i geisio peidio â chrynu. Roedd hi wedi dwyn, wedi dwyn o siop ei chyflogwr. Byddai'n mynd i uffern, yn siŵr. Dyna oedd y dylluan – arwydd gan Dduw ei fod wedi ei gweld hi. Arwydd y byddai'n cael ei dal, a'i chosbi. Hi a'i ffrindiau. Ond eto, doedden nhw ddim wedi ymddangos fel petaen nhw'n poeni – roedd Meri hyd yn oed wedi chwerthin. Ond roedd hynny cyn cri'r dylluan. Dim ond hi glywodd honno.

Dechreuodd grio; crio a chrio nes bod ei chorff yn ysgwyd drwyddo a'i thrwyn yn llifo fel afon. Yna, pan nad oedd unrhyw ddagrau ar ôl ynddi, sythodd a sychu ei thrwyn. Byddai'n rhaid iddi gyfaddef pob dim wrth Mr Price cyn iddo fynd i'r siop yn y bore. Dyna ni, dyna a wnâi, dyna'r peth gonest i'w wneud.

Llwyddodd i fynd yn ôl i'r gwely heb ddeffro Beti, a gorweddodd yno heb symud modfedd yn syllu i'r tywyllwch uwch ei phen. Fyddai hi ddim yn gallu cysgu winc, gwyddai hynny'n iawn. Dim cwsg y cyfiawn iddi hi – ddim o bell ffordd. Byddai'n colli ei swydd yn sicr, ond roedd hynny'n well na mynd i'r carchar. Fyddai Mr Price ddim yn ei gyrru i fan'no, ddim os gwnâi hi gyfaddef bob dim wrtho yn y bore.

Pan agorodd ei llygaid, doedd hi ddim yn siŵr lle roedd hi. Doedd neb wrth ei hochr. Yna sylwodd nad oedd gwisg Beti yn hongian dros waelod y gwely. Roedd yr hogan wedi codi. Wedi hen godi! Neidiodd Ann o'r gwely a throi mewn cylchoedd. Roedd yr awyr yn las y tu allan, yr adar yn canu a'r haul yn dangos yn glir ei fod wedi codi ers oriau. Ai breuddwyd oedd neithiwr? Naci, mi ddigwyddodd – roedd gweld ei dillad yn un pentwr blêr ar y llawr yn profi hynny. Brysiodd i wisgo amdani a rhuthro i lawr y staer gul am y gegin.

'Wel, hen bryd!' gwenodd Mrs Hughes. 'Cwsg y cyfiawn, ia?

Wyt ti'n meddwl bod gen ti amser i lyncu darn o frecwast? Mae Mr Price wedi mynd ers meitin.'

Dim ond rhyw fath o wich y gallodd hi ei rhoi fel ateb cyn rhuthro drwy'r drws a rhedeg nerth ei thraed am Sgwâr Springfield. Stopiodd yn stond pan welodd y siop o'i blaen. Ceisiodd dacluso'i gwisg a rhoi rhyw fath o drefn ar ei gwallt cyn camu yn ei blaen am y drws. A gweld yn syth bod pawb yn sefyll mewn rhes ac yn rhythu'n oer arni'n dod i mewn: Mr Lloyd a Mr Roberts, Elin Jones, Sarah Roberts, Mr Price a Wiliam, oedd yn edrych yn welw fel ysbryd. A dau ddyn arall: un â golwg bwysig iawn arno, a'r llall yn gwneud nodiadau mewn llyfryn bychan.

'Miss Lewis… gawn ni air, os gwelwch yn dda?'

11

ROEDD HI WEDI gadael y goriad yn y drws. Y goriad ffug. Mr Roberts oedd wedi dod o hyd iddo yn y twll clo, a sylweddoli'n syth mai copi oedd o, cyn brysio drwy'r siop wedyn i weld a oedd rhywbeth wedi'i ddwyn. Mi sylwodd yn syth ar ddrôr y sioliau, gan fod darn o siôl yn sbecian allan drwy'r gornel dde, a fyddai o, na Mr Lloyd, byth yn gadael unrhyw ddrôr mewn llanast fel yna. Dyna pryd y cerddodd Mr Price i mewn.

Gwrandawodd hwnnw'n gegrwth ar Mr Roberts yn cecian a baglu drwy ei ddisgrifiad o'r goriad a'r ddrôr flêr.

'Wel? Oes 'na rywbeth wedi mynd o'r ddrôr, ddyn?' meddai'n flin. 'Dowch dowch, edrychwch yn y llyfrau *sales*! A'r gweddill ohonoch chi,' ychwanegodd, wrth i'r gweithwyr eraill gamu drwy'r drws, 'chwiliwch am unrhyw olion eraill o ddrwgweithredu. Unrhyw beth, bach neu fawr, a ddylai fod yma, ond sydd wedi mynd.'

'Lladron, syr?' gofynnodd Wiliam yn ddryslyd. 'Fan hyn?'

'Dwi'm yn gwybod eto, nac'dw! Ond roedd 'na oriad ffug yn y drws cefn bore 'ma! Cerwch i helpu Mr Roberts efo'r llyfrau 'na.'

Chymerodd hi fawr o amser i Wiliam a Mr Roberts sylwi bod tair siol wedi diflannu.

'Wiliam! Rhedwch i chwilio am Cwnstabl Evans! Rŵan!'

Yn gymharol fuan wedyn, cyhoeddodd Sarah Roberts bod dwy het wedi mynd, ac ymhen rhyw bum munud arall mynnodd Elin Jones fod un arall ar goll hefyd:

'Un roedd Mrs Price ei hun wedi ei hoffi'n fawr y diwrnod o'r blaen, Syr, un lliw mwstard gyda rhuban mawr hufen a thusw bychan o flodau hufen, glas golau a phiws. Ew, oedd hi'n un ddel.'

Daeth cri o gyfeiriad Mr Lloyd wrth yr ambaréls.

'Mae 'na ambarél ar goll! Un gotwm las!'

Roedd Mr Price yn gandryll erbyn hyn. Doedd neb, erioed, wedi dwyn unrhyw beth o'i siop o'r blaen. Pan fyddai'n cael gafael ar y dihirod, byddai'n eu blingo'n fyw.

Doedd o ddim wedi sylweddoli nad oedd Ann yn y siop nes i Cwnstabl Evans ofyn iddo restru pwy'n union roedd o'n eu cyflogi i gyd er mwyn iddo holi pawb yn eu tro. A dyna pryd y cerddodd hi i mewn, yn edrych fel pe bai hi wedi ei llusgo drwy ddrain, ei llygaid yn fawr a llaith – ac ofnus.

'Miss Lewis... gawn ni air, os gwelwch yn dda?'

Dyna'r cwbl gymerodd hi i'r ferch chwalu. Credai Wiliam ei bod hi'n mynd i lewygu a brysiodd i'w dal cyn iddi ddisgyn. Syllodd yn hurt arni'n cyfaddef pob dim mewn un chwydfa ddagreuol, boenus, erchyll. Gwrandawodd pawb arni'n fud, yn ymbil am faddeuant, yn enwi Catherine a Jonnet a Meri.

Buan y daethpwyd o hyd i'r rheiny – a'r hetiau, y sioliau a'r ambarél – ac erbyn amser cinio roedd y pedair mewn dwy gell yng ngharchar Bodlondeb.

'Ti'n lwcus nad wyt ti yn yr un gell â fi, yr het fach wirion, sbeitlyd, gelwyddog,' poerodd Catherine drwy'r bariau arni. 'Mi fyswn i'n rhoi cweir go iawn i ti – a chrafu dy wyneb di'n rhacs! Ein henwi ni fel'na!'

'Dyna i chdi ffordd o drin dy ffrindiau,' ategodd Jonnet yn flin. 'A dim ond trio dy helpu di oedden ni! Ti oedd jest â marw isio blwmin het grand! Dyro gic iawn iddi, Meri!'

Ond y cwbl y gallai Meri ei wneud oedd crio yng nghornel y gell a rannai gydag Ann. Gwasgu ei hun yn belen fach, fach i'r gornel arall wnaeth Ann, ei breichiau'n dynn am ei phengliniau, gan geisio rhwystro'r geiriau hyll rhag cyrraedd ei chlustiau. Ond doedd dim modd peidio â chlywed rhegfeydd Catherine a Jonnet. Roedden nhw'n gweiddi fel petaen nhw am i'r carchar cyfan glywed.

Byddai'r byd i gyd yn gwybod beth roedd hi wedi ei wneud. Byddai ei theulu'n gwybod bellach, a dyna oedd yn achosi'r boen fwyaf iddi: y gwarth y byddai ei thad yn ei deimlo, y siom. Byddai ei mam yn wylo ac yn methu gadael y tŷ i wynebu neb, yn difaru iddi erioed roi genedigaeth i'r fath blentyn. Plentyn oedd wedi ei magu gyda'r Beibl, i ddweud ei phader bob bore a nos a chyn pob pryd bwyd, oedd wedi mynd i'r Ysgol Sul yn rheolaidd, lle roedd hi wedi dysgu am ddaioni'r Iesu, ac am y Deg Gorchymyn. Ond roedd hi wedi lladrata, doedd hi ddim wedi anrhydeddu ei mam na'i thad ac roedd hi wedi chwennych eiddo ei chyflogwr, oedd wedi bod mor dda wrthi. Roedd hi'n faw isa'r domen; wedi torri nid un ond o leiaf dri o'r Deg Gorchymyn. A dyma hi yn nyffryn wylofain, yn rhannu cell gyda Meri, oedd ddim wedi gallu peidio â wylo ers iddi gael ei llusgo yma. Roedd Ann ei hun wedi crio gymaint bellach, roedd hi'n grimp, yn gragen wag oedd yn haeddu pob dim fyddai'n digwydd iddi.

Byddai Elis Edward wedi clywed bellach, ac wedi diolch i Dduw ei fod wedi troi ei olygon at Gwen Penybryn, y santes na fyddai byth, byth wedi gwneud yr hyn a wnaeth Ann Llety'r Goegen. Fyddai o byth eisiau taro llygad arni ar ôl hyn. Ac o'i herwydd o roedd hyn wedi digwydd! Oherwydd ei bod hi wedi ufuddhau i chwantau'r cnawd yn hytrach na'r Efengyl. Yr het wirion, wan iddi. Gwasgodd ei hewinedd i mewn i gnawd ei breichiau.

Cofiodd am y dylluan a brathu ei gwefus. Roedd Duw wedi ei rhybuddio.

Aeth y dyddiau heibio a'r pedair yn gaeth yng ngharchar Bodlondeb, yn gweld neb ond y dyn fyddai'n dod â bwyd iddyn nhw. Rhoddodd Catherine a Jonnet y gorau i weiddi a sgrechian arni; doedd ganddyn nhw mo'r nerth. Felly cafodd Ann lonydd i hel meddyliau, crio a chnoi ei hewinedd i'r byw.

'Be dach chi'n meddwl fydd yn digwydd i ni?' gofynnodd Meri un bore. 'Fyddwn ni'n pydru fan hyn am byth?'

'Bosib y cawn ni'n tair flwyddyn neu ddwy yma,' meddai Catherine, 'ond mi fydd Ann yma'n hirach. Gryn dipyn hirach. Hi nath y dwyn, nid ni.'

Ond chi oedd isio i mi neud! meddyliodd Ann, heb feiddio yngan gair.

'Mi glywes i eu bod nhw'n gyrru mwy a mwy o ferched dros y môr rŵan,' meddai Jonnet. 'Dach chi'm yn meddwl y gwnawn nhw hynny i ni, yndach?'

'Dros y môr i le?' gofynnodd Meri.

'I Awstralia; lle uffernol, medden nhw, ym mhen draw'r byd.'

'Lle yrron nhw Lewsyn yr Heliwr? Ffrind Dic Penderyn?'

'Ia, dyna chdi,' meddai Catherine. 'Maen nhw'n dy roi di ar long, a ti arni am fisoedd am fod y lle mor bell, wedyn pan ti'n cyrraedd mae o'n union fel uffern, mae hi mor boeth yno, ac yn llawn pobol ddrwg, pobol sy wedi lladd, a dynion sy ddim hanner call. A fiw i ti drio dianc i'r coed achos mae fan'no'n llawn anifeiliaid gwyllt a phobol sy'n byw fel anifeiliaid gwyllt, sy'n byta cnawd pobol wyn.'

'O paid, Catherine! Mi fysa'n well gen i foddi!' griddfanodd Meri.

'O, paid ti â phoeni, Meri fach,' meddai Catherine. 'Ti'n gorfod gneud rhywbeth gwirioneddol ddrwg i haeddu hynny, ac mi fyddwn ni'n tair yn iawn. Nid y ni ddaru ddwyn, naci? Nid y ni ddaru ddwyn oddi ar ein cyflogwr.'

'Cheith Ann mo'i gyrru yno chwaith, siŵr,' meddai Jonnet, oedd wedi dechrau cael llond bol o diwn gron Catherine.

'Na cheith siŵr,' cytunodd Meri, 'achos ni nath ei pherswa—'

'Cau di dy geg, Meri Ellis!' brathodd Catherine ar ei thraws. 'Naethon ni'm byd. Ti'n cofio?'

Suddodd pen Meri ac aeth yn ôl i'w chornel fel llygoden.

'Pawb drosto'i hun ydi hi yn y byd 'ma. Yndê, genod?' meddai Catherine, gan edrych i fyw llygaid Jonnet. 'Drychwch be sy wedi digwydd i ni a ninna ddim ond wedi trio helpu'n ffrind... "ffrind" o ddiawl!' chwyrnodd wedyn gan bwyntio at Ann. 'Fysa ffrind ddim yn ein rhoi ni yn y cachu dim ond am ei bod hi'n ddigon dwl i adael y blydi goriad yn y blydi drws!'

Ddywedodd Ann yr un gair, dim ond mynd yn ôl yn belen yn ei chornel. Doedd dim o hyn yn gwneud synnwyr iddi; roedd pob dim yn chwalfa yn ei phen ac roedd hi eisiau marw.

Roedd hi'n meddwl ei bod wedi clywed llais yn galw ei henw o bell ar un adeg. Llais dyn. Nid llais Elis, ond llais oedd yn debycach i un Wiliam Jones. Cododd ei phen, ond chlywodd hi mohono eto a phenderfynodd mai dychmygu'r llais wnaeth hi. Pan glywodd dylluan yn sgrechian rai eiliadau wedyn, roedd hi'n gwybod mai Duw oedd yn chwarae triciau arni.

Ar fore Gorffennaf y 5ed, aethpwyd â'r pedair i'r Llys Sesiwn Chwarter yn y dref. Bu'n rhaid iddyn nhw gerdded i lawr Ffordd y Gader mewn gefynnau, a heibio capel Salem, lle y bu Ann yn ddisgybl Ysgol Sul mor ddisglair. Heddiw, roedd pobl yn sefyll ar ochr y stryd yn rhythu arni'n llawn dirmyg. Gwaeddodd ambell un eiriau cas atyn nhw, felly cadwodd Ann ei gên ar ei brest fel nad oedd angen iddi weld llygaid neb. Roedd Catherine a Jonnet, ar y llaw arall, yn cerdded â'u pennau'n uchel.

'I ddangos nad oes gynnon ni ddim byd i fod â chywilydd ohono fo,' meddai Catherine wrth Jonnet. Ceisiodd siarsio Meri i wneud yr un peth, ond roedd honno'n crio fel babi blwydd eto.

Gweddïai Ann nad oedd ei theulu ynghanol y dorf. Doedd

neb wedi dod i'w gweld hi yn y carchar. Roedd hi wedi derbyn llythyr gan Owen, ei brawd, ar ôl tridiau, ond un digon sych oedd o, yn dweud bod Mari a Robat Hafod Las eisoes wedi gadael am America a bod Mari'n gresynu'n arw nad oedd hi wedi gallu ffarwelio â'i chwaer fach cyn gadael ac y byddai'n gweddïo drosti bob nos. 'Wrth gwrs, mae hi a Robat yn falch o fedru gadael hyn oll y tu cefn iddynt,' ysgrifennodd Owen. 'Bydd modd iddynt hwy ddechrau bywyd newydd lle na fydd neb yn gwybod am y gwarth teuluol hwn. Nid felly y gweddill ohonom. Mae ein tad wedi gorfod tynnu'n ôl fel blaenor yng nghapel Rhiwspardyn a gwyddost yn iawn pa mor boenus oedd hynny iddo. Symol yw ein mam o hyd a neb yn gallu ei chysuro.'

Roedd Ann wedi methu bwyta ers derbyn y llythyr hwnnw. Ond doedd dim diben iddi feio Owen am fod mor blaen ei eiriau. Dim ond dweud y gwir roedd o, wedi'r cwbl, a pham ddylai o boeni am ei theimladau hi, a hithau'n amlwg ddim wedi bod yn ddigon o ddynes i ystyried eu teimladau nhw?

Roedd aelodau o deuluoedd y merched eraill wedi dod i'w gweld, a bu cryn dipyn o grio a gweddïo – a sibrwd rhyngddyn nhw.

Roeddent wedi cyrraedd adeilad y Llys Sesiwn Chwarter, lle roedd torf arall wedi ymgasglu'r tu allan yn eiddgar i rythu arnyn nhw.

'Ann!' galwodd rhywun.

Trodd Ann yn syth i weld Tom, Tom o bawb, yn codi llaw arni. Be goblyn oedd o'n ei wneud yma, ar ei ben ei hun? Ceisiodd wenu arno. Allai hi ddim codi llaw yn ôl arno oherwydd y gefynnau.

'Ann! Tom isio ti ddod adre rŵan!'

Camodd yn ei flaen tuag ati ond cafodd ei wthio'n ôl gan gwnstabl.

'Hei! Paid!' protestiodd Tom yn syth.

'Tom!' galwodd Ann arno'n syth, cyn i Tom wneud rhywbeth

hollol ddwl fel taro'r cwnstabl yn ôl. 'Paid! Cer adre – dwyt ti ddim i fod fan hyn. Dwi'm isio i ti 'ngweld i fel hyn.'

'Ond Tom isio ti ddod adre…' wylodd y bachgen. 'Pam ti ddim yn dod adre ddim mwy? Tom ddim wedi bod yn hogyn drwg wedyn, ddim wedi taflu cerrig. Cris croes tân poeth!'

Roedd rhai o'r dorf wedi dechrau chwerthin am ei ben bellach. Hogyn mawr fel yna yn siarad a chrio fel plentyn dwyflwydd, yn neno'r tad. Roedd rhywbeth yn amlwg yn bod arno.

'Does 'na ddim bai arnat ti, Tom!' galwodd Ann. 'Fi fuodd yn wirion, a sbia be sy wedi digwydd i mi! Paid ti â bod yn wirion rŵan a cer adre – at Mam, mi fydd hi'n poeni amdanat ti!'

Roedd y gweddill wedi hen ddiflannu i mewn i'r llys, a chyn i Ann fedru gweld a oedd Tom wedi troi am adref ai peidio cafodd ei llusgo a'i gwthio drwy'r drws gan gwnstabl arall.

Camodd yn grynedig i mewn i'r llys ei hun a dychryn o weld dau farnwr yn gwgu i lawr arni fel dau dduw, a rhes o ddynion difrifol a phwysig yr olwg ar hyd yr ochr. Rheiny oedd y rheithgor, mae'n debyg, y bobl fyddai'n penderfynu beth fyddai ei thynged. Roedd hi'n meddwl bod un neu ddau'n edrych yn gyfarwydd – ffermwr eithaf cefnog o ochrau'r Bala oedd un ohonyn nhw, roedd hi wedi ei weld yn barnu defaid mewn sioe yno, ac roedd hi'n eithaf siŵr bod yr un efo'r goler wen wedi dod i bregethu i Riwspardyn ryw dro – do! Fo oedd yr un fu'n taranu am uffern a dyffryn wylofain, y 'Lle o boenfa i eneidiau drygionus i'r gele!' Arbenigwr ar bechaduriaid felly, meddyliodd, ond tybed faint o Gristion oedd o go iawn? Oedd o'n credu geiriau Iesu Grist hefyd, am edifeirwch a thrugaredd a maddeuant? Doedd dim golwg felly arno, meddyliodd yn drist.

Mentrodd sbecian dan ei chap ar y dorf, a griddfanodd yn dawel pan welodd wyneb Owen yn eu mysg. Mae'n rhaid bod Tom unai wedi dod gydag o, neu wedi ei ddilyn bob cam o Lety'r

Goegen. Gweddïodd fod hwnnw wedi troi am adref erbyn hyn. Yna sylwodd fod Owen yn eistedd wrth ochr dyn mewn oed a edrychai'n gyfarwydd. Craffodd arno, a theimlo'i chalon yn suddo. Ei thad oedd o! Edrychai ddeng mlynedd yn hŷn ac roedd ei lygaid yn goch a llaith a'i gorff cyfan yn crynu. Daliodd ei lygaid am eiliad, a gweld y boen a'r dryswch ynddyn nhw. Roedd o fel cyllell yn ei chalon, a llanwodd ei llygaid yn syth. Pwysodd ei phen yn ôl i lawr a chau ei llygaid yn dynn, dynn. Roedd hi eisiau cyfogi.

Doedd hi ddim yn gallu gwneud llawer o synnwyr o'r hyn ddigwyddodd wedyn yn y llys. Roedd cymaint o Saesneg crand gan y dynion pwysig mewn clogynnau duon oedd yn ei holi hi a'r merched. Roedden nhw'n gallu siarad Cymraeg yn iawn, ond yn mynnu troi i'r Saesneg i siarad efo'i gilydd ac efo'r dyn bach cefngrwm oedd yn ysgrifennu pob dim i lawr mor ofalus.

Roedd hi am i'r llawr ei llyncu pan welodd Mr Price yn camu i fyny i roi ei law ar y Beibl. Atebodd bob cwestiwn mewn llais cryf, fel gweinidog yn union, a rhestru gwerth pob dim gafodd ei ddwyn. Doedd Ann ddim wedi sylweddoli ei bod wedi bachu pethau mor ddrud. Pumpunt am y tair het, saith swllt am yr ambarél a thair siôl yn ddegpunt i gyd. Degpunt? Allai hi ddim peidio – cododd ei phen â'i cheg ar agor mewn syndod. A sylwodd ar Sarah Roberts ac Elin Jones, oedd â chegau siâp tebyg i'w hun hi, yn sbio ar ei gilydd ac yna'n dal llygad Mr Roberts y siop, ac yntau'n ysgwyd ei ben arnyn nhw'n syth cyn troi i ffwrdd.

A dyna pryd y gwelodd hi wyneb Mrs Price. Roedd 'na wên ryfedd ar ei hwyneb, ac yna roedd hi'n rhythu'n syth i lygaid Ann, a'i gwên wedi troi'n un o falais pur. Doedd neb erioed wedi edrych ar Ann fel yna. Roedd y casineb fel ewinedd hirion, miniog yn trywanu ei brest, casineb oedd yn gwneud iddi orfod brwydro i fedru anadlu eto. Trodd ei llygaid at Mr Price a gweld bod ei lygaid ar gau fel petai mewn poen. Roedd yr ast wedi gwneud iddo roi pris uwch ar y nwyddau! Pam? Dim ond am fod Ann wedi gallu gwneud iddo chwerthin mwy nag y gwnaeth ei wraig erioed? Llanwodd ei llygaid â dagrau eto.

Daeth un person ar ôl y llall i'r blaen i roi un llaw ar y Beibl Mawr ac ateb llu o gwestiynau amdani hi a'r merched eraill: Elin Jones hynod feichiog yn gyntaf, i ddweud mai Jonnet Rees oedd wedi rhoi'r syniad o ddwyn ym mhen Ann – roedd hi wedi clywed chwaer Jonnet yn dweud hynny, a daeth sgrechiadau o brotest o'r dorf yn sgil hynny, gan chwiorydd Jonnet, mae'n debyg. Roedd y barnwyr wedi dweud y drefn wrthyn nhw beth bynnag ac mi fuon nhw'n dawel wedyn.

Yna daeth Sarah Roberts grynedig i ddweud mai Meri Ellis oedd wedi rhoi goriad ffug i Ann y diwrnod hwnnw – roedd hi wedi gweld y ddwy yn Wtra Plas Coch ac wedi meddwl bod rhywbeth yn od am y ffordd y gwnaethon nhw gyfarfod a gwahanu'n syth, ac roedd pawb yn gwybod bod brawd Meri'n wneuthurwr goriadau.

Merch oedd yn rhannu llofft gyda Jonnet, Margaret Roberts, gyfaddefodd ei bod wedi gweld Jonnet yn cario sach i mewn i'r stafell ganol nos a'i stwffio o dan y gwely, a'i bod wedi edrych yn y sach wedi i Jonnet adael am ei gwaith a dod o hyd i ambarél gotwm las a thair het.

Ond yna cafodd Catherine ei holi. Mynnodd y jaden, er gwaetha'r ffaith ei bod wedi tyngu llw ar y Beibl i ddweud y gwir, a dim ond y gwir, nad oedd a wnelo hi ddim oll â'r dwyn, ei bod hi'n gwbl ddiniwed ac nad oedd hi'n gwybod dim am hyn oll nes iddi gael ei llusgo i fyny i Bodlondeb.

Edrychodd Ann ar Jonnet a Meri ar hyn, a gweld eu bod hwythau hefyd yn gegrwth. Sut, mewn difri calon, y gallai hi ddweud celwydd mor ofnadwy a hithau wedi rhoi ei llaw ar y Beibl? Pam nad oedd hi wedi cael ei tharo'n gelain gan law Duw? Fyddai'r rheithgor yn sylweddoli ei bod hi'n eu rhaffu nhw er mwyn achub ei chroen ei hun? Roedd hi'n amhosib darllen eu hwynebau. Ceisiodd Jonnet weiddi mewn protest ond cafodd ei rhybuddio i gau ei cheg. Cofiodd Ann yn sydyn amdani'n dangos y dorth fechan roedd hi wedi ei dwyn o'r gwaith, yn dweud ei bod hi'n edrych ar ei hôl ei hun, 'achos neith neb arall yn yr hen fyd 'ma'. Wel, roedd un ohonyn nhw'n amlwg wedi cymryd y geiriau hynny o ddifri.

Tro Meri oedd hi wedyn, ac atebodd hi bob cwestiwn yn ddagreuol ond gonest. Oedd, roedd hi wedi derbyn y sioliau gan Ann. Oedd, roedd hi wedi bwriadu eu gwerthu yn y ffair. Ond ofynnodd neb iddi syniad pwy oedd y dwyn yn y lle cyntaf, er iddi geisio cynnig y wybodaeth honno.

Ofynnodd neb hynny i Jonnet pan ddaeth ei thro hithau chwaith, er ei bod ar dân eisiau pwyntio'i bys at Catherine.

'Jonnet Rees: did you accept the umbrella and three hats, knowing them to be stolen?'

Ac wedi i'r cyfieithydd ailadrodd y cwestiwn iddi yn Gymraeg, 'Do, syr, yes.' A dyna ni, dyna'r cwbl roedd y ddau farnwr eisiau ei wybod. Roedd ganddyn nhw nifer o achosion i fynd drwyddyn nhw heddiw a doedden nhw ddim am wastraffu mwy o amser nag oedd raid ar yr achos hwn.

Daeth tro Ann i gamu i fyny'n grynedig a rhoi ei llaw ar y Beibl.

'Ydach chi'n addunedu i ddweud y gwir, yr holl wir a dim ond y gwir?' gofynnodd y cyfieithydd iddi.

'Ydw, syr,' meddai hi mewn llais bychan.

'Speak up, girl!' brathodd un o'r ddau farnwr, a bu'n rhaid iddi ailadrodd ei hun, yn uwch, ond daeth ei llais allan fel gwich. Roedd hi'n crynu hyd yn oed yn waeth rŵan. Roedd yr holl neidio o un iaith i'r llall yn ei drysu. Bu'n rhaid iddi gadarnhau ei henw a lle roedd hi'n byw, yna:

'Ydach chi'n gweithio yn siop *drapers* Price yn Springfield Square?'

'Ydw.'

'Ers pryd?'

'Ers rhyw fis, syr.'

'Wnaethoch chi ddefnyddio agoriad ffug i agor y drws cefn yn oriau mân y bore ar Fehefin y 23ain?'

'Do, syr.'

'Pwy roddodd yr agoriad ffug i chi?'

Saib.

'Meri Ellis, syr.'

'*Speak up*, *girl*, rydan ni angen clywed eich ateb chi.'

'Meri Ellis, syr.'

'Pwy aeth i mewn i'r siop ar yr achlysur hwn?'

'Fi, syr.'

'A dim ond y chi?'

'Ia, syr, mi ddywedodd Catherine 'mod i'n nabod fy ffordd o gwmp—'

'Dim ond ateb y cwestiwn os gwelwch chi'n dda, Miss Lewis.'

'Iawn, ddrwg gen i, syr.'

'Felly dim ond y chi aeth i mewn i'r siop a dim ond y chi gludodd y nwyddau allan o'r siop?'

'Wel, ia, ond roedd y lleill yn —'

'Ateb y cwestiwn yn unig, Miss Lewis…'

'Ia, ond —'

'A'r nwyddau dan sylw oedd tair het, un ambarél a thair siôl?'

'Ia.'

'Ac i bwy wnaethoch chi roi'r nwyddau hyn?'

Caeodd Ann ei llygaid. Roedd Catherine wedi bod mor glyfar… Trodd i edrych ar Jonnet a Meri â dagrau yn ei llygaid.

'I Jonnet Rees a Meri Ellis.'

'Diolch yn fawr, Miss Lewis,' meddai'r holwr. 'Your witness, sir,' meddai wrth ddyn arall.

'Miss Lewis, pam wnaethoch chi ddwyn y nwyddau hyn?' gofynnodd y dyn hwnnw yn llawer cleniach na'r llall.

Rhewodd Ann. Beth gallai hi ei ddweud? Cododd ei phen i weld a oedd Elis Edward ymysg y bobl oedd yn gwylio pob symudiad a wnâi. Allai hi mo'i weld. Ond fe allai fod yn un o'r dynion tal mewn hetiau tywyll yn y cefn. A dyna pryd gwelodd hi Wiliam. Wiliam, oedd yn syllu arni gyda llygaid mor drist.

'Miss Lewis?' gofynnodd y dyn eto.

'Ym... wel, roedd y lleill isio hetiau ar gyfer ffair Gŵyl Ifan...'

'Y lleill? Y merched sydd yn y doc gyda chi ydach chi'n ei feddwl?'

'Ia. Ond roedd Jonnet isio ambarél hefyd, ac roedden nhw'n meddwl y byddai het newydd yn... yn gwneud lles i minnau hefyd.'

'Gwneud lles?'

Llyncodd Ann yn galed. Doedd ganddi ddim i'w golli bellach.

'Wel, gneud i rywun roedd gen i feddwl mawr ohono sylwi arna i. Wel, roedd o wedi sylwi arna i yn barod, ond doedd o ddim wedi gofyn i mi ei briodi o...'

'Felly *vanity* oedd y tu ôl i hyn?'

'Pardwn, syr?'

'*Vanity*! Oferedd, rhodres, balchder!'

Doedd Ann ddim yn deall ystyr y geiriau Cymraeg yn iawn chwaith am sbel, ond ie, balchder oedd un elfen o'r peth, mae'n siŵr. Ac oferedd, yn sicr. Difetha ei bywyd a bywydau ei theulu, dim ond er mwyn cael het newydd. Fel tase hynny'n mynd i ennill calon Elis Edward, oedd yn gwybod yn iawn ar ba ochr i'r frechdan roedd y menyn.

O hynny ymlaen, atebion unsill roddodd hi. Doedd dim diben ceisio egluro na phledio ei bod yn ddiniwed, achos doedd hi ddim. A ph'un bynnag, doedd ganddi ddim syniad sut roedd y cyfieithydd yn trosglwyddo ei geiriau hi nac unrhyw un arall i'r barnwyr. Roedd atebion unsill yn haws eu cyfieithu.

Plediodd yn euog. Roedd un o'r dynion mewn clogynnau duon wedi dweud wrthi mai dyna fyddai orau, gan fod cymaint o dystiolaeth yn ei herbyn. Ond mynnodd Catherine, Jonnet a Meri eu bod yn ddieuog.

Wedi i'r rheithgor a'r ddau farnwr adael i drafod, cyhoeddwyd y byddai'r llys yn ymgynnull ymhen awr – ond gallai fod yn hanner awr, felly penderfynodd y rhan fwyaf o'r dorf aros lle roedden nhw. Aeth eraill i'r dafarn agosaf.

Aethpwyd â'r merched yn ôl i'r gell yn y cefn, lle dechreuodd Jonnet felltithio Catherine i'r cymylau, ond dim ond ei hanwybyddu'n llwyr wnaeth Catherine, oedd yn corddi Jonnet hyd yn oed yn fwy. Ar un adeg, roedd yn edrych fel pe bai Jonnet am ymosod arni, er gwaetha'r gefynnau am ei harddyrnau, felly brysiodd un o'r cwnstabliaid ymlaen i lusgo Jonnet yn ei hôl a'i sodro ar stôl yng nghornel y gell.

'A paid â meiddio symud modfedd…' chwyrnodd.

'Ond mae hi'n hen jaden gelwyddog!' protestiodd Jonnet. 'Gobeithio bod y rheithgor 'na wedi gweld drwyddi, dyna i gyd, achos fydd gen ti'm gwallt ar ôl ar dy ben unwaith ga i afael arnat ti, Catherine Humphreys!' poerodd wedyn, a gwichian mewn poen pan gafodd walden sydyn ar draws ei hysgwydd gan bastwn y cwnstabl.

Awr a hanner yn ddiweddarach, cyhoeddwyd y ddedfryd gyntaf: i Ann Lewis, alltudiaeth i Botany Bay am saith mlynedd.

Roedd yr ymateb yn y dorf yn amrywio: sioc a syndod gan y rhan fwyaf, ochenaid drom gan Owen, cri ingol gan ei thad a gwên fodlon o du Mrs Price. Roedd pen Wiliam Jones yn ei ddwylo. Sefyll yno'n fud wnaeth Ann, yn teimlo ei bod mewn breuddwyd. Botany Bay? Ble oedd fan'no?

Cyhoeddwyd gweddill y dedfrydau: i Meri Ellis a Jonnet Rees, pedair mlynedd ar ddeg yr un yn Botany Bay. Sgrechiodd teuluoedd y ddwy mewn sioc a phrotest, a syrthiodd Meri i'r llawr yn anymwybodol. Troi at Catherine mewn anghrediniaeth wnaeth Jonnet, ond allai honno wneud dim ond syllu arni a'i cheg yn agor a chau fel pysgodyn.

Roedd hithau'n crynu fel deilen pan ddaeth ei thro hi i gael ei dedfrydu. Oedden nhw wedi penderfynu peidio â'i chredu wedi'r cwbl? Mae'n rhaid eu bod nhw, os oedden nhw wedi rhoi dedfryd waeth i Jonnet a Meri. Daliodd y dorf eu hanadl.

'Catherine Humphreys, *acquitted*,' meddai'r barnwr. 'Heb ddwyn na derbyn nwyddau wedi eu dwyn. *Not accessory before the act*. Rydych chi'n rhydd i fynd, Miss Humphreys.'

Dim alltudiaeth, dim byd. Dechreuodd Catherine chwerthin mewn rhyddhad.

Aeth y llys yn wallgo a bu'n rhaid i'r barnwyr fygwth arestio pawb oedd yno oni bai eu bod yn ymdawelu ac yn ymddwyn yn waraidd.

Teimlodd Ann fraich gadarn yn gafael ynddi ac yn dechrau ei llusgo o'r llys. Ceisiodd frwydro yn ei herbyn gan chwilio yn y dorf am ei thad, am Owen a Wiliam. Ond roedd ei thad yn ei gwman, yn crynu'n waeth na chynt, ac Owen yn ceisio'i gysuro. Ceisiodd Ann weiddi arno, ond roedd pawb yn gweiddi ar bawb: Jonnet yn sgrechian ac udo ac yn ceisio taflu ei hun at Catherine, yn bygwth crafu ei llygaid o'i phenglog; teulu Meri'n brwydro i geisio'i chyrraedd; teulu Catherine yn gweiddi'n ôl ar eiriau hynod sarhaus chwiorydd Jonnet. Ond o'r diwedd, clywodd Owen hi'n galw ei enw, a gan na wyddai beth arall i'w wneud, cododd ei law arni. Wrth iddi gael ei llusgo am y drws, gwelodd Ann fod Wiliam yn sefyll fel delw ynghanol y gwallgofrwydd, ei ddwylo efo'i gilydd, fel pe bai'n gweddïo, ac yn welw fel corff wrth iddo syllu arni'n mynd o'i olwg.

12

BU JONNET YN strancio a bytheirio drwy'r nos, yn melltithio Catherine Humphreys gyda phob melltith y gwyddai amdano – a mwy, nes iddi ddisgyn yn swp gwan, dagreuol ar ei gwely gwellt. Ond chysgodd Ann yr un winc. Gorweddodd ar y gwellt yn gweld wynebau ei thad ac Owen a Wiliam, yn dychmygu ymateb ei mam, Enid, Megan a Tom, druan, pan gyrhaeddon nhw adref efo'r newyddion. Byddai Tom wedi drysu'n llwyr ac yn methu'n lân â deall pam na fyddai'n gweld ei chwaer eto am saith mlynedd. Byddai'n ddyn yn ei ugeiniau erbyn iddi ei weld eto, ac Enid a Megan wedi priodi, mae'n siŵr, a chael plant. Fydden nhw'n sôn wrthyn nhw am eu modryb Ann gafodd ei gyrru dros y môr am ddwyn? Go brin. Fyddai unrhyw un o'r teulu eisiau ei gweld hi eto, byth? Syrthiodd y dagrau i lawr ochr ei hwyneb i mewn i'w gwallt wrth iddi wrando ar synau'r llygod mawr yn crafu yn y waliau ac ar y cocrotsys yn sgrialu ar hyd y llawr. Allai hi ddim peidio â dychmygu sut fath o greaduriaid fyddai yn Botany Bay, lle bynnag oedd fan'no. Os oedd rhywun wedi ceisio egluro iddi ble roedd o yn ystod y daith yn ôl o'r llys, allai hi ddim cofio'r un gair. Ond roedd synnwyr cyffredin yn dweud ei fod o'n bell.

Yn y bore, mentrodd ofyn i'r dyn ddaeth â 'chydig o uwd a dŵr iddyn nhw a wyddai o ble roedd Botany Bay.

'Awstralia,' meddai'n syth. Ac yntau wedi clywed y ffordd roedd y gweddill wedi bod yn ei thrin cyn yr achos llys, roedd ganddo syniad go lew beth oedd y gwirionedd am y sefyllfa drist roedd hi ynddi, ac roedd o'n teimlo'n arw drosti. Efallai ei fod o'n geidwad carchar caled, diemosiwn fel arfer, ond roedd ganddo ferch yr un oed â hon, merch oedd wedi bod yn yr un dosbarth Ysgol Sul â hi yn Salem, ac roedd honno'n methu'n lân â chredu y byddai Ann Lewis, o bawb, yn dwyn unrhyw beth.

'Gwranda,' meddai'n garedig, 'be glywais i ym Mhlas Isa neithiwr oedd fod y barnwyr dan bwysa i yrru merched i Botany Bay. Dynion gwirioneddol ddrwg sy'n cael eu gyrru yno fel arfer, ond mae'n debyg ei bod hi'n mynd yn flêr yno a bod yr awdurdodau wedi penderfynu y byddai gyrru merched yno'n sadio rhywfaint ar betha.'

Rhythodd Ann yn hurt arno.

'Merched yn cael eu gyrru yno… i be'n union?' gofynnodd â'i llais yn gryg.

Cochodd y gŵr. Drapia, doedd hyn ddim yn mynd i fod o help iddi wedi'r cwbl, nag oedd? Roedd hi'n berffaith amlwg pam roedd angen merched yno.

'Ym… wel,' pesychodd, 'mae pawb yn gwbod bod dynion priod yn gallach na dynion dibriod, felly isio mwy o ddewis o ferched i'w priodi maen nhw, mae'n siŵr, yndê? Ac ym… hogan smart fel ti, mi fyddi di'n gallu dewis o blith y goreuon, yn byddi?'

'O blith y goreuon o "ddynion gwirioneddol ddrwg"? O lofruddwyr a dynion hanner call?' meddai Ann.

'Wel, fyddan nhw ddim i gyd yn —'

'Ac os dwi'n mynd yno am saith mlynedd, fydda i'n cael dod adre ar ddiwedd y saith mlynedd?'

'Am wn i. Ond ti'n gofyn i'r boi anghywir fan hyn, Ann,' meddai, 'dwi'm yn gwbod y manylion. A chofia rŵan,' prysurodd i ychwanegu, 'bod 'na Gymry da wedi cael eu gyrru yno dim ond am saethu cwningod – hwyrach y bachi di un o'r rheiny.'

'Ia, dyna i chi rwbath arall,' meddai Ann, a'r dagrau'n llifo eto. 'Dydyn nhw'm yn siarad Cymraeg yna, nac'dyn? Fydda i'n dallt dim!'

'Paid ti â chwyno!' meddai Jonnet yn chwerw o'r gell arall.
'Dim ond am saith mlynedd fyddi di yno. Mae Meri a fi wedi
cael dwywaith hynny!'

'Ia, dwi'm yn dallt hynny fy hun, a bod yn onest,' meddai
ceidwad y carchar. 'Ond weithia, dydi'r rheithgor jest ddim yn
licio'ch golwg chi a dyna fo.'

'O, be? Ac roedd Ann a'i gwallt hir melyn a'i llygaid mawr
gwyrdd wedi cyffwrdd eu calonnau nhw, oedd hi?' poerodd
Jonnet. 'Llai o ddedfryd iddi hi, er mai hi nath y blydi dwyn yn
y lle cynta?'

'Jonnet…' meddai Meri'n gysglyd o'i gwely, 'gad lonydd iddi.
Rydan ni'n tair yn yr un cwch —'

'Ar yr un cwch ti'n feddwl, ar yr un cwch i ben draw'r byd,
i fod yn hwrod i lofruddwyr! I wlad sy'n berwi efo anifeiliaid
gwyllt, a phobol sy'n byw fel anifeiliaid gwyllt, sy'n byta cnawd
pobol wyn!' udodd Jonnet. 'Dyna ddeudodd Catherine, yndê!'

'Ia, ond sbia faint o goel sy ar be mae honno'n ei ddeud…'
meddai Meri.

'A ti'n gwbod be oedd gan yr ast yr wyneb i'w ddeud wrtha
i wrth adael y llys 'na?' poerodd Jonnet. '"Edrych ar ôl dy hun",
dyna ddudist ti, Jonnet! "Edrych ar ôl dy hun, achos neith neb
arall!"'

'Wel, dyna'n union be ddeudist ti,' meddai Ann yn dawel.
'Ac nid Catherine oedd yr unig un i fynd ati i 'mherswadio i i
ddwyn naci, Jonnet? Roeddech chi i gyd wrthi, dim ond ei bod
hi wedi gweld yn bellach na'r un ohonon ni.'

'O, cau hi!' poerodd Jonnet. 'Dwi'n difaru i mi 'rioed dorri
gair efo'r un ohonoch chi!'

'Wel, dwi'n teimlo'r un fath yn union!' meddai Meri. 'Ond
does 'na'm pwynt taflu bai a sgrechian ar ein gilydd rŵan, nag
oes?'

'Nag oes!' rhuodd ceidwad y carchar. 'Achos mae merched yn
udo a sgrechian yn rhoi cur pen i mi! Ac os fydd gen i gur pen,

fydda i'm yn gallu dod â bwyd i chi, na fyddaf? Dallt? Dioddefwch yn dawel, wnewch chi?'

Y noson honno, daeth pobl i weld Meri a Jonnet, ond chlywodd Ann fawr o'r sgwrs. Roedd 'na gryn dipyn o sibrwd, ond doedd gan Ann ddim diddordeb yn eu sibrydion; roedd hi'n rhy brysur yn hel meddyliau am ei theulu, am yr adegau hapus yn ei bywyd, pan oedd hi'n ferch fach heb boenau yn y byd, petai hi ddim ond wedi sylweddoli hynny ar y pryd. Roedd hi wedi darbwyllo'i hun na fyddai unrhyw un yn dod yma i'w gweld hi – byddai gan ei theulu ormod o gywilydd ohoni, a hyd yn oed petai ei mam am ddod, byddai ei thad wedi gwahardd pawb rhag rhoi blaen troed mewn carchar.

Ond y diwrnod canlynol, cafodd Ann ymwelwyr: Owen, ei brawd, ac Enid, ei chwaer.

'Helô, Ann,' meddai Owen yn dawel.

'O, Owen!' wylodd Ann yn syth, gan frysio at y bariau ac estyn ei llaw allan iddo. 'Mae hi mor ddrwg gen i!'

'A ninna,' meddai yntau, gan gydio'n dynn yn ei bysedd. 'Mae o fel hunllef.'

Camodd Enid ymlaen a chydio yn ei llaw arall, ond heb fedru dweud gair, dim ond syllu arni a'r dagrau'n llifo o'i llygaid cochion.

'Sut mae Mam?' gofynnodd Ann.

'Mewn sioc,' meddai Owen yn syml. 'Fel pawb, am wn i.'

'Wnei di ddeud wrthi 'mod i'n ei charu hi? 'Mod i'n eich caru chi i gyd a… a…'

'Gwnaf siŵr.'

'A'i bod hi mor ddrwg gen i?'

'Gwnaf.'

'A taswn i ond yn gallu troi'r cloc yn ôl…'

'Ia, braf fysa gallu gneud hynny, 'de? Ond dyna fo, mae o wedi digwydd, gwaetha'r modd.'

'Taswn i'n gallu troi'r cloc yn ôl,' meddai Enid yn sydyn, 'mi fyswn i'n dy rwystro di rhag cymryd y gwaith 'na yn dre. Mi fyswn i wedi trio cael gwaith i ti fel morwyn laeth yng Nghaerynwch efo fi, i mi gael cadw golwg arnat ti ac edrych ar dy ôl di, ond wnes i ddim, ac mae hi mor, mor ddrwg gen i, Ann!'

Penderfynodd Ann beidio â dweud wrthi na fyddai hi, fwy na thebyg, wedi cymryd swydd fel morwyn laeth efo hi beth bynnag. Onid oedd ganddi syniadau haerllug am fywyd gwell? Yn hytrach, gwenodd ar ei chwaer a gwasgu ei llaw.

'Diolch i ti, Enid. Ond mi fyswn i wedi gorfod edrych ar f'ôl fy hun ryw ben, 'sti.'

'Ann,' meddai Owen, 'dwi isio i ti wbod bod pawb wedi gweld yn syth be oedd wedi digwydd, mai'r hen jaden Catherine Humphreys 'na oedd y tu ôl i hyn i gyd, a dwi'n dal yn methu credu bod yr hoeden wedi cael ei thraed yn rhydd, ac mi ddaw Tada i ddeall —'

'Mae pawb yn gwaredu,' meddai Enid ar ei draws, 'a dwi'n deud wrthat ti rŵan, fydd hi'm yn gallu aros yn Nolgellau o hyn ymlaen. Mi fydd raid iddi symud yn ddigon pell – os ydi hi isio cadw'i gwallt ar ei phen. Weles i rywun yn dre rŵan oedd yn deud ei bod hi eisoes yn cynllunio i fynd i Amwythig. A gwynt teg ar ei hôl hi, ddeuda i!'

'Mae'n siŵr bod sawl un yn deud yr un petha amdana i…' gwenodd Ann yn drist, a chollodd hi mo'r edrychiad sydyn fu rhwng y ddau o'i blaen. 'Roedd 'na fai arna i hefyd, wyddoch chi. Dwi'n haeddu cael fy nghosbi am be wnes i. Ond do'n i ddim wedi disgwyl cael fy ngyrru'r holl ffordd i Awstralia chwaith… Owen? Wyt ti'n gwbod rhywbeth am y lle? Rhywbeth heblaw'r straeon am lofruddwyr?'

'Fawr ddim, mae arna i ofn, dim ond ei fod o ar ochor arall y byd… yn bellach nag America, hyd yn oed.'

'Glywes i bod 'na anifeiliaid ofnadwy o ryfedd a pheryglus

yno,' meddai Enid, 'llygod mawr cyn daled â dynion, a phryfed cop maint dy ben di sy'n gallu dy ladd di.'

'O, diolch, Enid…' meddai Ann gyda gwên wan, 'ro'n i wir isio clywed hynna.'

'O'r nefi! Wnes i'm meddwl!' meddai Enid gyda gwich. 'Paid â gwrando ar air dwi'n ei ddeud, wir i ti!'

'Wna i ddim. Pam newid arferiad oes, yndê?' meddai Ann gyda gwên.

'Ha! Ia, yndê,' meddai Enid, wedi iddi ddeall yr ergyd.

'Sut mae Tom?' gofynnodd Ann ar ôl ysbaid o dawelwch. 'Weles i o tu allan i'r llys. Dwi'n cymryd mai o'i ben a'i bastwn ei hun yr aeth o yno?'

'Ia. Wedi fy nilyn i a Tada yr holl ffordd o Lety'r Goegen, heb i ni ei weld o. Ro'n i wedi ei siarsio fo i aros adre i edrych ar ôl Mam.'

'Dydi o'm yn fo'i hun y dyddie yma, rho fo fel'na,' meddai Enid. 'Mae o'n gweld dy golli di'n arw, ac yn methu'n lân â dallt pam oeddet ti wedi dy glymu fel anifail ar dy ffordd i'r llys…'

'Ac mae arna i ofn ei fod o wedi bod yn gas iawn efo Elis Edward,' meddai Owen, gan edrych i fyw llygaid Ann.

Llyncodd Ann ei phoer. Felly roedd o'n gwybod mai oherwydd Elis roedd Ann wedi cael ei hun i'r fath bicil.

'A dwi'n beio dim arno fo!' meddai Enid.

'Pam? Be mae o wedi bod yn ei neud iddo fo?' holodd Ann yn boenus.

'I gychwyn, pethau bach fel gadael giatiau ar agor fel bod anifeiliaid Penybryn ar hyd y lle – ar y ffordd fawr, y defaid yn mynd am Dal-y-llyn ac Elis yn gorfod rhedeg mwy na redodd o erioed ar eu holau nhw.'

'Roedd hynna reit ddigri,' meddai Enid. 'Ond doedd rhoi llond ffrâm o wenyn mêl blin yn y llofft stabal ddim yn ddoniol o gwbwl.'

'Llofft stabal Elis? Nath o 'rioed!'

'O, do. Yn ei wely o, mae'n debyg.'

'Pan gododd Elis ei flanced i ddringo mewn i'w wely y noson honno,' meddai Owen, gyda sglein yn ei lygaid, 'mi gafodd sioc ar ei din – go iawn! Roedden nhw'n dal i dynnu'r pigiadau o fochau ei ben ôl o pan dorrodd y wawr medden nhw.'

Cododd Ann ei llaw at ei cheg wrth ddychmygu'r olygfa.

'Ond... ond oedd o'n iawn? Mae hynna'n gallu lladd pobol, tydi!'

'Mae o'n dal yn fyw,' meddai Enid. 'Dyna'r cwbwl wn i.'

'Roedd 'na olwg fawr arno fo, yn bendant,' meddai Owen, 'roedd ei wyneb o wedi chwyddo cymaint, prin gallai o weld drwy un llygad, a doedd o'm yn gallu ista am dridiau...'

A dyna ni, allai o ddim dal mwyach. Dechreuodd Owen biffian chwerthin. Wedi edrych arno mewn braw am eiliad, edrychodd y ddwy chwaer ar ei gilydd, yna ffrwydro i chwerthin eu hunain. Chwarddodd y tri'n uchel, nes i Jonnet weiddi o'i chell:

'O wel, dwi'n falch bod rhywun yn hapus yn y lle 'ma! Ystyriwch y rhai sydd â llai o reswm i fod yn hapus a llon, wnewch chi?'

'Fel Elis Edward!' gwichiodd Enid. 'Mi wnes i drio dy rybuddio di ei fod o'n boen yn din, yn do Ann!'

Cymerodd funudau lawer i'r tri lwyddo i reoli eu hunain a sychu eu dagrau.

'Be ddigwyddodd i Tom wedyn, 'ta?' gofynnodd Ann. 'Oedd Elis isio dial?'

'Does 'na'm gair o gŵyn wedi dod eto,' meddai Owen.

'Fydd gynno fo mo'r wyneb i gwyno,' meddai Enid, 'a phawb yn amau pam fod Tom â'i gyllell ynddo fo yn y lle cynta.'

'Welodd o ni efo'n gilydd,' eglurodd Ann.

'Ia, mi ddeudodd o hynny wrtha i,' meddai Owen, gan fethu edrych i fyw llygaid Ann am y tro cyntaf.

'Edrychwch ar ei ôl o,' meddai Ann. 'Dwi'n poeni be fydd

ei hanes o rŵan. Dach chi'n gwbod sut un ydi o – neith o byth faddau i Elis, neith o byth anghofio.'

'Dwi wedi clywed bod Gwen yn ystyried gwerthu Penybryn,' meddai Enid. 'Meddwl symud i ochrau Llwyngwril, yn ôl y sôn…'

'Wela i,' meddai Ann. 'Wel, mi fydd hynny'n well i Tom wedyn, yn sicr. A falle y cawn ni gymdogion llawer cleniach wedyn… y cewch *chi* gymdogion cleniach…' cywirodd ei hun.

'Ond mi fyddi di 'nôl ymhen saith mlynedd!' meddai Enid.

'O bosib. Oni bai 'mod i'n cael fy llyncu gan un o'r llygod mwy na fi y soniest ti amdanyn nhw.'

Edrychodd Owen ac Enid arni gydag edmygedd. Roedd eu chwaer fach wirion, ffôl yn dangos dewrder a hiwmor rhyfeddol. Roedd hi'n ceisio gwenu arnyn nhw, fan hyn, yn gaeth y tu ôl i fariau haearn, a'i bywyd yn deilchion. Roedd hi'n ceisio gwenu arnyn nhw hyd yn oed wedi iddi sylweddoli bod Elis a Gwen Penybryn yn bwriadu priodi.

Ond pharodd y wên ddim yn hir. Dechreuodd ei gwefus isaf grynu ac yna agorodd y llifddorau. Roedd hi'n beichio crio, yn brifo crio, yn udo fel plentyn yn cael ei rwygo oddi ar fynwes ei fam, yn crio fel na welodd ac na chlywodd y ddau rywun yn crio erioed. Roedd Enid yn ei dagrau hefyd, yn gwasgu ei dwylo, yn ceisio estyn i'w chofleidio drwy'r bariau haearn creulon. Brwydrodd Owen i gadw'i hun dan reolaeth – a methu.

Pesychodd ceidwad y carchar y tu ôl iddyn nhw.

'Ym… allwch chi ddim aros yma fawr hirach, mae arna i ofn,' meddai'n chwithig. 'Rheolau.'

Nodiodd Owen ei ben a thynnu ei lawes o dan ei drwyn yn frysiog. Cydiodd yn Enid a'i helpu ar ei thraed. Roedd hi ac Ann wedi disgyn i'w penliniau o boptu'r bariau. Yna gafaelodd yn dynn yn llaw ei chwaer fach.

'Mi driwn ni ddod eto cyn i ti… wel, wyt ti wedi cael clywed pryd fyddi di'n mynd?'

Ysgydwodd Ann ei phen. Trodd Owen i edrych ar reolwr y carchar. Codi ei ysgwyddau wnaeth hwnnw.

'Does wbod,' meddai, 'y cynta dwi'n ei wbod fel arfer ydi pan mae 'na rywun yn dod i'w nôl nhw – pan fydd 'na le ar y goets fawr i Lundain.'

'Wel… roedden ni wastad wedi breuddwydio sut beth fyddai mynd mewn coets fawr, doedden?' ceisiodd Enid wenu.

'Ym… mae arna i ofn nad y tu mewn i'r goets fydd Ann,' eglurodd y ceidwad. 'Ar y tu allan maen nhw'n rhoi carcharorion, mewn cadwyni.'

'Yr holl ffordd i Lundain?' ebychodd Enid, a'i llaw ar ei brest. 'Ond… ond mae hynna… mae hynna'n…'

'Diolchwch ei bod hi'n haf,' meddai'r ceidwad. 'Mae hi gryn dipyn gwaeth ganol gaeaf. Rŵan 'ta, mi fydd raid i chi fynd. Gewch chi ddod 'nôl eto cyn i'r rhain gael eu gyrru i Lundain, ylwch.'

Cofiodd Enid am y cwdyn bychan gyda'r rhuban gwallt, darn o gaws a'r ddau wy wedi eu berwi oedd yn ei ffedog a'i roi i Ann. Roedd y ceidwad eisoes wedi rhoi ei ganiatâd. Gwasgodd Owen ychydig o arian i mewn i'w llaw hefyd, a hances roedd Megan wedi ei frodio iddi, a llyfr gweddi bychan gan ei rhieni.

'I brofi i ti ein bod ni i gyd yn meddwl amdanat ti,' meddai Owen, 'ac yn gweddïo efo ti, bob dydd. Mae Tom wrthi fel fflamia yn trio cerfio rhywbeth allan o bren i ti, ond doedd o'm cweit yn barod gynno fo heddiw. Ond mi fydd o erbyn i ni dy weld ti eto. Mae o'n meddwl y byd ohonot ti, Ann.'

'Rydan ni i gyd yn meddwl y byd ohonot ti,' meddai Enid.

Gwenodd Ann yn ddiolchgar ar y ddau drwy ei llygaid lleithion, a chwythu cusan wrth iddyn nhw adael a throi eu cefnau arni. Doedd hi ddim wedi gofyn, a doedden nhw ddim wedi cyfaddef, ond roedd hi'n gwybod yn iawn mai gan ei mam y cafodd hi'r llyfr gweddi, nid gan ei thad. Fyddai hi ddim yn synnu chwaith tase'r ddau wedi mynd yn groes i'w tad yn dod i'w gweld hi heno. Roedd hi wedi cyfaddef ei bod wedi dwyn, wedi torri un o'r Deg Gorchymyn, heb sôn am y gyfraith, ac wedi ei charcharu o'r herwydd, a gwyddai na fyddai ei thad byth yn gallu maddau iddi.

Setlodd yn ôl ar ei gwely gwellt, ac wedi eu byseddu am yn hir, gwthiodd ei thrysorau newydd yn ofalus i lawr blaen ei chrys, cyn dechrau plicio a bwyta un o'r wyau. Roedd blas ei chartref arno, blas awyr iach a rhyddid, blas pridd Cwm Hafod Oer a gwyntoedd cryfion yn dod i lawr o lethrau Mynydd Wengraig. Doedd hi erioed wedi blasu wy cystal, a dechreuodd y dagrau lifo'n dawel i lawr ei hwyneb eto.

Pan ddeffrodd yn gynnar fore trannoeth, roedd digon o olau'n dod drwy'r ffenest fechan iddi fedru darllen y llyfr gweddi, a bwriodd ati'n syth. Sylwodd hi ddim ar sŵn ceffyl a throl yn dod i stop y tu allan i'r carchar.

Pan ddaeth ceidwad y carchar tuag ati gyda'r goriadau mawrion yn ei law yn hytrach nag yn crogi o'r belt lledr am ei ganol, cododd ei phen mewn chwilfrydedd. Ond pan welodd o'n rhoi'r goriad mawr haearn yn nhwll clo drws ei chell, suddodd ei chalon. Roedd hi'n gwybod yn syth – roedd o'n amlwg ar ei wyneb o.

'Ydan ni'n mynd rŵan – heddiw?' gofynnodd yn nerfus.

Nodio wnaeth y ceidwad.

Trodd Ann ei phen at Meri, oedd yn gwylio'r goriad yn troi yn y clo gyda braw, ac at Jonnet yn y gell arall, oedd yn gwylio'r cyfan yn amheus.

''Dan ni'n mynd – yn barod! Ond fydd ein teuluoedd ni ddim yn —'

'Na, gawn nhw eu dwy aros lle maen nhw,' meddai'r ceidwad. 'Dim ond dy enw di, Ann Lewis, sydd i lawr fan hyn. Neb arall.'

13

'DIM OND FI? Ond be am Meri a Jonnet?' meddai Ann mewn penbleth.

'Dwn i'm. Mae'n rhaid eu bod nhw'n cael eu gyrru i rwla arall yn nes ymlaen, ond mynd i Millbank wyt ti, carchar yn Llundain, a brysia, mae angen dy roi di ar y goets fawr yn o handi. Fiw i ni ei cholli hi.'

'Ond – be am fy nheulu i? Sut alla i adael iddyn nhw wbod?'

'Wel, fedri di ddim, 'mechan i, ddim cyn i ti adael. Mi fedri di sgwennu nodyn sydyn iawn iddyn nhw rŵan, yn y swyddfa, ac mi wna i ofalu eu bod nhw'n ei gael o wedyn. Dyna'r gore fedra i neud.'

Nodiodd Ann ei phen yn fud wrth i'r ceidwad roi gefynnau am ei garddyrnau. Trodd i edrych ar y ddwy arall, oedd yn syllu arni gyda llygaid crynion.

'Gobeithio y cewch chi'ch dwy fwy o rybudd na ges i,' meddai drwy ei dagrau.

'Pob lwc i ti, Ann,' meddai Meri'n grynedig. 'W'rach welwn ni chdi yn Awstralia 'na cyn bo hir.'

Ddim os gwela i chi'n gynta, meddyliodd Ann, ond:

'Ia, wyddoch chi byth,' meddai. 'Da boch chi eich dwy.'

'Wyt ti wedi gneud yn siŵr bod dy betha di i gyd gen ti?' galwodd Jonnet, gan nad oedd hi'n siŵr beth arall i'w ddweud fel ffarwél.

'Do, mae bob dim pwysig fan hyn,' meddai Ann gan daro'i llaw ar flaen ei chrys. Fan'no roedd y cwdyn bychan oedd yn dal ei thrysorau, yn dynn rhwng ei bronnau, mor agos ag oedd modd at ei chalon. Fyddai neb yn cael dwyn rhain oddi arni.

Yn y swyddfa, tra oedd y ceidwad yn gofalu bod y gwaith

papur i gyd mewn trefn gan y ddau gwnstabl fyddai'n gofalu amdani ar y daith, cafodd Ann ysgrifbin a darn bychan o bapur i ysgrifennu arno. Doedd ganddi ddim syniad lle i gychwyn am sbel.

'O'n i'n meddwl dy fod ti'n gallu sgwennu?' meddai'r ceidwad, wedi sylwi arni'n tin-droi.

'Mi rydw i, ond —'

'Os na sgwenni di rywbeth yn o handi, chawn nhw ddim llythyr o gwbwl gen ti.'

Dyna ni, dechreuodd Ann ysgrifennu'n gyflym, heb feddwl, bron:

Gorffennaf yr 8fed

F'annwyl Deulu,

Rydw i newydd gael gwybod fy mod yn gadael carchar Dolgellau y funud hon ac yn mynd ar y goets fawr i Lundain. Does dim amser i yrru gair atoch, ond gallwch fentro y byddaf yn ymestyn fy ngwddf fel gŵydd wrth basio capel Rhiwspardyn, er mwyn cael cip ar Gwm Hafod Oer unwaith eto, ac efallai un ohonoch chi yn y caeau.

Dyma ddechrau saith mlynedd yn alltud. Wn i ddim beth fydd yn fy nisgwyl yn y wlad bell, nac os caf ddychwelyd i Gymru i'ch gweld ar ddiwedd fy nghyfnod o benyd. Wn i ddim a fyddech chi am fy ngweld yn dychwelyd beth bynnag.

Mae'n ddrwg calon gen i eich siomi fel hyn. Mi fûm yn ffôl ac nid oes gennyf esgusodion. Gobeithio y gall Duw faddau i mi ac y gallwch chithau ddilyn ei esiampl Ef gyda hyn. Byddwch yn fy meddyliau bob munud o bob dydd hyd ddiwedd fy oes.

Eich merch,

Ann

Plygodd y papur yn fychan a'i roi i'r ceidwad yn ddiolchgar.

'Iawn, brysiwch rŵan,' meddai hwnnw wrth y cwnstabliaid, 'mi fydd y goets yn gadael am wyth ar y dot. A phob lwc i ti, 'mechan i,' ychwanegodd.

Roedd y goets fawr ddu yn disgwyl yn ei man arferol ar waelod y sgwâr, gyda haid o blant o'i chwmpas yn edmygu sglein y pedwar ceffyl du yn ogystal â'r goets ei hun. Roedd bagiau'r teithwyr wedi eu gosod a'u clymu'n daclus ar y to, a'r teithwyr eu hunain yn dal i yfed eu te neu eu cwrw yn y dafarn nes y byddai'r gyrrwr yn galw arnynt i ddringo i mewn. Ond cael ei chodi i'r sedd yn y cefn oedd hanes Ann. Yn y fan honno y byddai hi a'r ddau gwnstabl yn eistedd yr holl ffordd: y dynion yn wynebu am ymlaen, yn cael gweld lle roedden nhw'n mynd, a hithau'n wynebu am yn ôl, yn gweld yr hyn roedd hi'n ei adael ar ôl. Gosododd y cwnstabl hynaf, barfog hi'n sownd wrth faryn haearn y sedd a mynd i mewn gyda'i gyd-weithiwr at y teithwyr eraill yn y dafarn, gan ei rhybuddio y byddai'r ddau'n ei gwylio drwy'r ffenest.

Teimlai Ann yn hynod falch ei bod wedi codi cwfwl ei chlogyn dros ei phen cyn gadael y carchar. Roedd y plant a fu gynt â chymaint o ddiddordeb yn y ceffylau bellach wedi troi eu golygon ati hi.

'Pam dach chi mewn cadwyni?' gofynnodd un bachgen busneslyd. 'Dynes ddrwg dach chi?'

'Gwrach ydi hi!' gwaeddodd llais arall, gan beri i nifer o'r plant llai redeg i ffwrdd mewn braw.

'Gawn ni weld eich gwyneb chi?' gofynnodd merch tua wyth oed. 'Neu ydach chi'n hyll fel pechod o dan fan'na?'

Roedd Ann wedi bod yn gwneud ei gorau i'w hanwybyddu drwy'r cyfan, yna sylweddolodd gyda braw mai dyma'r plant Cymraeg olaf y byddai'n gallu sgwrsio gyda nhw am flynyddoedd.

'Dwi'm yn meddwl 'mod i'n hyll,' meddai'n araf. 'Ydach chi?' gofynnodd wedyn wrth iddi daflu ei phen yn ôl fel bod y cwfwl yn disgyn i lawr ei chefn.

Syllodd y plant arni'n gegrwth.

'Dach chi'n dlws,' meddai'r ferch oedd wedi holi.

'Diolch,' meddai Ann gyda gwên, 'ti'n eitha del dy hun, ond mi fyset ti'n ddeliach taset ti'n brwsio'r gwallt 'na weithie.'

'Dyna mae Mam wastad yn ddeud wrtha i!' meddai'r ferch gan chwerthin.

'Pwy ydach chi?' gofynnodd bachgen bach gyda llygaid gleision fel y môr, llygaid yr un lliw â rhai Elis Edward, meddyliodd Ann.

'Ann Lewis o Lety'r Goegen, Cwm Hafod Oer,' meddai. 'Ro'n i'n gweithio yn siop *drapers* Mr Price yn Sgwâr Springfield, nes i mi fod yn ddigon gwirion i gael fy nhemtio i ddwyn. Dyma rybudd i chi gyd i beidio byth â dwyn unrhyw beth, neu dyma fydd eich hanes chi!'

'Pam? Ble maen nhw'n mynd â chi?'

'I garchar yn Llundain, wedyn ar long i ben draw'r byd. I rywle o'r enw Botany Bay.'

'Mae'n swnio fel lle braf,' meddai'r ferch, 'a dwi wastad wedi bod isio mynd i Lundain.'

'Nid i garchar yn Llundain, dwi'n siŵr, a tydw i ddim yn meddwl y bydd Botany Bay yn lle braf, 'sti. Poeth a chwyslyd hwyrach, ond dwi ddim yn disgwyl y bydda i'n hapus iawn yno. Cael fy nghosbi ydw i, yndê.' Sythodd Ann yn sydyn, a sylweddoli y gallai'r plant ei helpu. 'Gwrandwch, fysa un ohonoch chi'n gallu rhedeg i fyny at y siop *drapers* a holi ydi Wiliam Jones yno? Rŵan? Yr un cyflyma ohonoch chi?'

'Fi!' gwaeddodd y bachgen â'r llygaid gleision a saethu i fyny'r sgwâr ar ei union, eiliadau'n unig cyn i'r cwnstabl iau ddod allan o ddrws y dafarn a gweiddi ar y plant i'w sgrialu hi. Chwalodd y plant i bob cyfeiriad, ac aeth y cwnstabl yn ôl i mewn i dywyllwch y bar.

Edrychodd Ann o'i chwmpas rhag ofn y byddai'n gweld wyneb cyfarwydd, cyfeillgar, ond ei hanwybyddu roedd pob un o'r oedolion, neu roi edrychiad digon hyll iddi, wedi gweld y gefynnau. Gwelodd ddwy ddynes ar gornel y stryd yn amlwg yn sibrwd rhywbeth amdani; roedden nhw'n gwybod yn iawn pwy oedd hi felly. Nid pob dydd y byddai merch o'r ardal yn cael ei halltudio i ganol hŵrs a lladron Awstralia, wedi'r cwbl. Roedd 'na Eleanor Jones o Drawsfynydd wedi cael ei halltudio dair blynedd ynghynt, mae'n debyg, a hynny am ddwyn dillad merch arall o Drawsfynydd. Saith mlynedd gafodd honno hefyd, ond doedd neb wedi clywed gair ganddi wedyn. Efallai nad oedd hi hyd yn oed wedi cyrraedd Botany Bay, a'i bod wedi marw o ryw afiechyd ar y ffordd, neu iddi gael ei lladd gan yr anifeiliaid gwylltion wrth gamu ar y lan.

Efallai mai dyna fydd fy hanes innau, meddyliodd, gan ddechrau crynu. Gwasgodd ei dyrnau'n dynn i geisio cadw'r dagrau draw; doedd hi ddim am chwalu fan hyn, rŵan. Roedd hi wir angen gweld wyneb clên, angen siarad efo rhywun cyn i'r goets gychwyn. Roedd hi eisiau Wiliam, ond doedd dim golwg ohono fo na'r bachgen; roedd hi'n ddigon posib nad oedd Wiliam yn y siop heddiw wedi'r cwbl. Gallai'n hawdd fod ar ei ffordd i'r Bala neu'r Bermo, neu i ryw dŷ crand yn y cyffiniau gyda rhyw ffrog neu siôl neu lenni newydd. Doedd bywydau pawb arall ddim wedi dod i stop, wedi'r cwbl – dim ond ei bywyd hi. Roedd hi'n ysu am gael cnoi ei hewinedd – hynny oedd ar ôl ohonyn nhw – ond dyna un peth da am y gefynnau, meddyliodd gyda hanner gwên: doedden nhw ddim yn ei gwneud hi'n hawdd iddi gnoi unrhyw ewin.

Yna, neidiodd ei chalon i'w chorn gwddf; roedd hi wedi

gweld dyn ifanc gyda cherddediad cyfarwydd yn brysio i lawr y stryd, a hanner dwsin o barseli yn ei freichiau. Wiliam!

Roedd hi newydd alw ei enw'n uchel, a throdd hanner y bobl oedd yn y sgwâr i edrych arni. Ond doedd dim llwchyn o bwys ganddi; y cwbl y gallai hi ei weld oedd wyneb Wiliam, oedd bron iawn yn rhedeg tuag ati bellach, a'r bachgen bach llygaid gleision wrth ei gwt.

'Wiliam!' gwenodd wrth iddo sefyll o'i blaen a gollwng y parseli ar y llawr wrth ei draed.

'Ann! Ond be – wyt ti'n – be sy'n —?'

'Maen nhw'n mynd â fi i Lundain rŵan, o fewn y munudau nesa, Wiliam, a ches i ddim rhybudd o fath yn y byd, felly dydi 'nheulu i'n gwbod dim. Dwi wedi gadael nodyn efo ceidwad y carchar, wnei di ofalu eu bod nhw'n ei gael o, Wiliam?'

'Gwnaf siŵr! O, Ann… ro'n i gymaint o isio dy weld ti – mi ddois at y carchar droeon, dim ond i droi'n fy ôl fel ryw hen gachgi. Allwn i ddim penderfynu a fyddet ti am fy ngweld i neu beidio.'

'Wrth gwrs y byswn i wedi bod isio dy weld ti,' meddai Ann gydag ochenaid. 'Ddoth neb i 'ngweld i tan ddoe – Owen ac Enid. Wela i mo fy rhieni rŵan, decini, na Tom na Megan… ac roedd Tom ar ganol cerfio rhywbeth allan o bren i mi, y creadur… Dwi mor falch 'mod i wedi cael dy weld ti, o leia!'

'Ddim hanner mor falch â fi. Alla i ddim credu bod hyn wedi digwydd, Ann. I ti o bawb!'

'Wn i. Dwi wedi'ch siomi chi i gyd, ond mi fues i'n hogan wirion iawn, iawn a dyna fo. Mae'n ddrwg calon gen i, Wiliam…' meddai gan syllu i fyw ei lygaid. 'Taswn i ddim wedi cael fy nallu gan… y dyn arall 'na… mi fyswn i wedi gweld bod y bachgen clenia, mwya annwyl dan haul reit o flaen fy nhrwyn i.'

Allai Wiliam ddim ateb, dim ond sefyll yno fel delw, yn ceisio penderfynu a oedd o wedi clywed yn iawn.

'Fi?' meddai yn y diwedd.

'Ia, ti, Wiliam Jones!' gwenodd Ann wrth deimlo dagrau'n cronni yn ei llygaid eto fyth. 'Does gen i ddim hawl gofyn, ond mi wna i yr un fath: os digwydd i mi ddod yn ôl o Botany Bay yn fyw ac yn iach ymhen saith mlynedd, fyddet ti'n fodlon disgwyl amdana i?'

Doedd yr un o'r ddau wedi sylwi bod gyrrwr y goets a'i gynorthwyydd wedi dod allan o'r dafarn bellach ac yn arwain eu cwsmeriaid at ddrws y goets, a'r ddau gwnstabl yn brysio ar eu holau.

'Mi fyswn i'n disgwyl ugain mlynedd a mwy amdanat ti, Ann Lewis.'

'Er gwaetha be wnes i?'

Syllodd y ddau ar ei gilydd, yn ddall i'r ddau gwnstabl oedd yn sbio'n hurt ar Wiliam. Yn sydyn, neidiodd Wiliam i fyny at Ann mewn ymgais i'w chusanu, ond cydiodd y cwnstabl barfog ynddo cyn iddo fedru ei chyffwrdd a'i dynnu'n ôl i'r llawr.

'Be dach chi'n feddwl dach chi'n neud?' rhuodd yn flin, gan wthio Wiliam yn ei ôl.

'Rhywbeth y dylwn i fod wedi ei neud fisoedd yn ôl!' meddai Wiliam, gan lwyddo i beidio â disgyn.

'Wel, ti'n rhy hwyr rŵan, y lembo dwl,' meddai'r cwnstabl, cyn dringo i fyny at Ann. 'A be sy ar dy ben di yn mynd ati i lyfu gwyneb hogan fatha hon – o flaen pawb? Fydd 'na'r un hogan arall isio dy gyffwrdd di efo coes brwsh rŵan!'

'Ond dyna'r peth, dwi'm isio cyffwrdd unrhyw hogan arall.'

Edrychodd y ddau gwnstabl ar ei gilydd a rhowlio'u llygaid. Roedd y byd yn llawn o ddynion hanner call a dwl.

Wyddai Ann ddim beth i'w ddweud – roedd popeth wedi digwydd mor gyflym, roedd ei phen yn troi a'i llygaid yn llawn dagrau, ond allai hi ddim peidio â gwenu.

'Dwi'n ei feddwl o, Ann,' meddai Wiliam, wrth i'r gyrrwr ofyn a oedd pawb yn eu lle ac yn barod i gychwyn. 'Mi fydda i'n aros amdanat ti. Sgwenna ata i, pan fedri di, ac mi sgwenna i gyfrolau'n ôl i ti, dwi'n addo!'

Gwenodd Ann arno; Wiliam oedd y gwaethaf un yn nosbarth yr Ysgol Sul am ysgrifennu, a gwnâi bopeth o fewn ei allu i osgoi ysgrifennu'r un gair.

'Os bydd Duw yn rhoi hanner cyfle i mi sgwennu atat ti, Wiliam, mi wna i.'

Cleciodd y gyrrwr ei chwip a rhedodd Wiliam ar ôl y goets er mwyn gallu dal i edrych ar wyneb Ann hynny allai o, ond wedi i'r goets groesi'r bont fechan dros afon Aran bu'n rhaid iddo roi'r gorau iddi a sefyll yno'n ei gwylio'n diflannu o'i olwg mewn cymylau o lwch.

Bu'n rhaid i Ann gau ei llygaid – oherwydd y llwch, ac oherwydd ei dagrau. Y gwastraff, y fath wastraff, meddyliodd. Taswn i ddim wedi bod mor ddall, mor styfnig ynglŷn ag Elis Edward, fyddwn i ddim wedi cael fy nhemtio i ddwyn yn y lle cynta! Fyddwn i ddim fan hyn rŵan! Fyddwn i ddim wedi torri calonnau fy nheulu, ddim wedi difetha bywydau fy rhieni, heb sôn am fy mywyd i. Mae Wiliam yn ddwywaith – naci, ddeng gwaith – gwell dyn nag Elis! Ac yn fodlon aros amdana i.

Yn llawer rhy gyflym, roedden nhw wedi gadael y dref ac yn dringo i fyny'r corneli serth am y de-ddwyrain, i fyny Ffordd Dryll Drybedd am Ddinas Mawddwy a Llundain. Bob hyn a hyn drwy'r coed, gallai weld ambell gip o dref lwyd Dolgellau, ambell bluen o fwg yn dod o simdde, afon Wnion yn disgleirio yn yr haul a Chader Idris yn arglwyddiaethu'n las dros y cwbl. Roedd yn ddarlun hyfryd, yn ddarlun perffaith. Dim rhyfedd bod ymwelwyr ac arlunwyr yn gwirioni efo'r golygfeydd lleol.

Yn sydyn, daeth y sylweddoliad drosti fel ton: gwyddai na fyddai byth yn gweld yr olygfa hon eto ac na fyddai byth yn gweld Wiliam eto chwaith. Roedd hi wedi bod yn greulon yn gofyn iddo ddisgwyl amdani. Doedd o ddim yn mynd i ddigwydd, byth; roedd o'n rhy dda i ferch wan a phechadurus fel hi, beth bynnag. Roedd o'n haeddu rhywun gymaint gwell.

Roedden nhw wedi pasio'r tro am y Brithdir rŵan – felly welai hi byth mo'r pentref bychan hwnnw eto chwaith. Edrychodd o'i chwmpas er mwyn ceisio serio pob dim a welai ar ei chof. Byddent wrth gapel Rhiwspardyn o fewn dim, a phwy a ŵyr, efallai y byddai un o'i theulu'n digwydd bod ar y ffordd. Gallai godi llaw arnynt, a galw eu henwau am y tro olaf. Ac efallai y gwelai Enid unrhyw funud, i lawr yng nghaeau Caerynwch.

Ond roedd y ceffylau'n mynd yn llawer rhy gyflym ar y gwastadeddau uwchben plas Caerynwch, a fyddai Ann ddim wedi gallu codi llaw ar Enid hyd yn oed petai hi'n ddigon agos i fedru ei gweld hi rywle yn y caeau islaw. Roedd y coed yn rhy drwchus p'run bynnag.

Gallai deimlo'i chalon yn cyflymu fel carnau'r ceffylau wrth iddyn nhw agosáu at gapel Rhiwspardyn a'r Croes, tafarn y Cross Foxes. Byddai'n rhaid arafu wrth y tyrpeg, doedd bosib?

Roedd ei llygaid yn llawn llwch annifyr, ond mynnodd eu cadw ar agor i edrych ar gopaon Cader Idris i'r gorllewin: Mynydd Wengraig, Mynydd Moel a'r Gader ei hun. Roedd hi wedi bod ar gopa Mynydd Wengraig droeon wrth helpu i hel defaid o'r mynydd, ond chafodd hi erioed fynd i ben y Gader. Dim ond ymwelwyr ariannog a theuluoedd y tai mawrion oedd â'r amser i ddringo mynydd dim ond er mwyn ei ddringo. Roedd hi wedi addunedu i'w hun y byddai hi'n ddigon ariannog i fedru gweld y byd o gopa'r Gader ryw dro, ond doedd hynny ddim yn mynd i ddigwydd bellach, nag oedd?

Gweddïodd y byddai'r goets yn arafu wrth basio'r Croes, er mwyn iddi gael sbio i fyny i gyfeiriad Cwm Hafod Oer. Fyddai hi ddim yn gallu gweld ei chartref, ond byddai'n gallu gweld y bryniau oedd i'w gweld oddi yno. Daliodd ei gwynt.

Ond carlamu ar yr un cyflymdra wnaeth y ceffylau, gan fod cyfaill y gyrrwr wedi chwythu corn i rybuddio'r tyrpeg eu bod ar eu ffordd ac i gadw'r giât ar agor iddyn nhw gael hedfan drwyddi. Trefniadau felly oedd wedi sicrhau bod y daith i Lundain gymaint cyflymach bellach, eglurodd y cwnstabl profiadol wrth ei gyfaill ifanc, oedd yn amlwg yn mynd â charcharor i Lundain am y tro cyntaf yn ei fyw. Roedd taith fyddai'n cymryd tri neu bedwar diwrnod hanner can mlynedd ynghynt bellach yn cymryd diwrnod. Diwrnod hir, efallai, ond diwrnod er hynny.

Roedden nhw wedi gwibio heibio heb i Ann weld yr un dyn byw y tu allan i gapel Rhiwspardyn na'r dafarn. Dyna ni, dyna oedd ei chyfle olaf i weld y cwm lle cafodd ei geni a'i magu. Y cwm na fyddai byth yn ei weld eto.

Yna, wrth un o feudai'r Gwanas, gwelodd rywun yn eistedd ar wal gerrig yn torri rhywbeth gyda chyllell. Tom? Galwodd ei enw, ond roedd o wedi bod yn gwylio'r goets yn dod o bell beth bynnag. Pan glywodd ei enw, sythodd, a neidio oddi ar y wal gan godi ei law. Tom oedd o yn bendant, ac roedd o wedi ei nabod hi. Rhedodd y bachgen yn y llwch ar ôl y goets am yn hir, yn galw ei henw drosodd a throsodd, nes i'w goesau flino a baglu oddi tano. Gallai Ann weld sglein ei ddagrau drwy'r llwch, ac udodd.

'Rho'r gorau i udo fel yna,' cyfarthodd y cwnstabl barfog, 'mi fyddi di'n amharu ar y cwsmeriaid tu mewn.'

Ceisiodd Ann anadlu'n ddwfn er mwyn ei rheoli ei hun, ond roedd ei phen a'i brest yn brifo ac roedd hi'n teimlo fel cyfogi.

Dringodd y goets i fyny am Fwlch yr Oerddrws yn bwyllog, ond gan fod y rhiw olaf i fyny'r bwlch mor serth a'r goets mor drwm, bu'n rhaid i Ann a'r cwnstabliaid a'r cwsmeriaid llai bregus (neu lai ariannog) ddringo i lawr o'r goets a cherdded, er mwyn arbed y ceffylau. Ond roedd Ann yn falch, gan fod hyn yn gyfle iddi anadlu mwy o aer a phridd ei chynefin, i daflu ambell edrychiad yn ôl dros ei hysgwydd ar yr olygfa harddaf yn y byd heb y niwl arferol o lwch a godai o'r olwynion.

Ond unwaith iddyn nhw gyrraedd y copa, roedden nhw'n ôl ar y goets a'r gyrrwr yn gorfod defnyddio'r brêc yn gyson wrth fynd i lawr y llethr serth yr ochr arall. Swniai'r brêc fel rhywun yn sgrechian.

Roedd gweddill y daith yn erchyll: roedd hi'n llwch o'i chorun i'w sawdl a'i llwnc mor sych, roedd o'n boenus. Ceisiodd gysgu, ond roedd hi'n amhosib rhoi ei hun mewn safle cyfforddus gyda'i dwylo'n gaeth o hyd, ac roedd y garreg leiaf ar y ffordd yn gwneud i'r goets ei thaflu fodfeddi i'r awyr, nes bod asgwrn ei chefn yn rhincian wrth iddi lanio'n ei hôl ar y sedd bren.

Byddai'r goets yn cael hoe bob hyn a hyn, cyfle i ddyfrio, bwydo a newid ceffylau, ac i ddyfrio, bwydo a newid teithwyr hefyd. Doedd gan Ann ddim syniad lle roedd hi, ar wahân i'r ffaith eu bod nhw yn Lloegr. Doedd dim gair o Gymraeg i'w glywed o'i chwmpas bellach. Roedd y mynyddoedd wedi crebachu'n fryniau a bellach roedd rheiny hefyd wedi diflannu, nes bod y tir i gyd yn gwbl wastad, fel pe bai cannoedd o gewri wedi bod yn dawnsio a stompio a rhowlio o gwmpas yno, nes gwasgu pob bryn yn ddim.

Roedd mwy o bobl a cherbydau a cheffylau ar y ffordd hefyd, a llawer mwy o lwch. Roedd yn gas ganddi deimlo mor fudur, ond doedd dim modd iddi ymolchi llawer pan fyddent yn cael hoe mewn tafarn ar ochr y ffordd. Roedd hi'n lwcus i gael gwneud ei busnes, heb sôn am ymolchi. Hi oedd baw isa'r domen ar y daith hon, a phawb yn ei thrin felly. Doedd y cwnstabliaid ddim yn gas, ond doedden nhw'n sicr ddim yn glên, yn enwedig yr un barfog. Roedd o wedi gwneud y daith hon sawl tro bellach, ac yn ei chasáu yn fwy bob tro. Dyma'r tro cyntaf iddo hebrwng merch i garchar yn Llundain, er hynny – dynion oedd y gweddill i gyd, dynion oedd wedi eu halltudio am ddwyn defaid neu geffylau, dynion mawr cryf, a chwerw iawn.

Roedd y ferch hon yn fychan a thawel. Prin roedd hi wedi dweud gair yr holl ffordd, ac wrth iddyn nhw adael Cymru'n bellach y tu ôl iddyn nhw roedd o wedi ei gweld hi'n crebachu a chwsnio fel afal anghofiedig. Roedd yr hyder fu ganddi efo'r bachgen hwnnw yn Nolgellau wedi diflannu'n llwyr, a tase hwnnw'n gallu ei gweld hi rŵan, fyddai o'n sicr ddim mor barod i gyhoeddi y byddai'n disgwyl saith mlynedd amdani. Roedd ei gwallt melyn yn llwch budur i gyd, ei hysgwyddau'n grwm fel hen wreigen a'i llygaid wedi pylu. Roedd o wedi gweld carcharorion yn torri fel hyn o'r blaen, ac roedd o'n amau'n fawr a fyddai hi'n llwyddo i adael carchar Millbank mewn un darn, heb sôn am oroesi'r daith i Awstralia. Na, fyddai hon ddim yn para'n hir, y greadures.

Gan fod un o'r set ddiweddaraf o geffylau wedi cloffi'n arw ers tro, roedd hi ymhell wedi canol nos ar y goets yn dod i ddiwedd ei thaith ynghanol Llundain, a hynny'n ddigon pell o Millbank.

'Llety amdani,' meddai'r cwnstabl barfog, 'mae'n rhy beryg i ni drio croesi Llundain yr adeg yma o'r nos. Dowch.'

Ond roedd ei dŷ llety arferol yn llawn, a'r nesaf, a'r nesaf hefyd. Un gwely yn unig oedd ar ôl yn y bedwaredd dafarn iddyn nhw roi cynnig arni. Byddai'n rhaid iddo wneud y tro.

'Mi fydd raid i ni'n dau rannu, ac mi geith hi gysgu ar y llawr,' meddai'r cwnstabl barfog.

Ond wedi i'r tri swpera ac i'r ddau gwnstabl gael llond eu boliau o gwrw a whisgi hyfryd o gryf, roedd y cwnstabl iau wedi syrthio i gysgu ar fwrdd y dafarn. Rhoddodd yr un barfog y gorau i geisio'i ddeffro, a gwthio'i garcharwraig i fyny at y llofft.

Rhewodd Ann pan sylweddolodd yng ngolau'r gannwyll fod y gwely bychan yn llenwi'r llofft – nid oedd lle ar y llawr iddi.

'Dim bwys, gei di rannu'r gwely efo fi,' chwarddodd y cwnstabl.

'Mi fysa'n well gen i beidio,' meddai Ann.

'Does gen ti'm dewis, hogan!' meddai'r cwnstabl, gan ddechrau tynnu ei sgidiau.

'Na, wir, byddai'n well gen i gysgu ar lawr budur y dafarn, mewn gefynnau!' meddai Ann yn syth, a dyna pryd y sylweddolodd y cwnstabl fod y ferch hon, y ferch oedd wedi ei dedfrydu i gael ei gyrru i ben draw'r byd am ddwyn, yn edrych arno gyda ffieidd-dod. Doedd golau'r gannwyll ddim yn wych, ond roedd y ffaith ei bod hi'n ei hystyried ei hun yn rhy dda i rannu gwely efo fo yn amlwg – ac yn ei gynddeiriogi.

'Ac ers pryd mae gen ti'r hawl i fod mor gysetlyd?' hisiodd arni. 'Ti'n lleidr, yn faw isa'r domen, yn *convict* ar ei ffordd i uffern, ac mi fysa rhywun llai clên na fi wedi dy glymu di'n sownd mewn cwt tu allan efo'r cŵn a'r llygod mawr! Tynna dy glogyn a dy sgidie a dringa mewn i fan'na! Y cwbwl dwi isio'i neud ydi cysgu!'

Ond wrth iddo'i gwylio'n plygu i dynnu ei sgidiau, roedd ei gorff yn newid ei feddwl drosto. Nefi, roedd 'na siâp da arni, tipyn gwell siâp nag ar ei Lowri o wedi iddi gael yr holl blant. Gwyliodd hi'n sleifio'n dawel o dan y flanced ac yn troi ar ei hochr i wynebu'r wal gan adael cryn dipyn o le iddo fo.

Tynnodd yntau amdano, a thynnu mwy nag yr oedd o wedi ei fwriadu. Roedd hynny ynddo'i hun yn gwneud i'w waed o gynhesu a chyrraedd rhannau ohono oedd ddim wedi cael sylw ers tro byd. Dringodd i mewn i'r gwely a gorwedd ar ei gefn fel bod ei fraich a'i glun chwith yn cyffwrdd yng nghorff y ferch. Gallai ei theimlo'n crynu, ond gallai deimlo'r gwres yn dod ohoni hefyd.

'Does dim angen i ti fod ag ofn 'sti,' sibrydodd. 'A ph'un bynnag, mi fydd angen pob cysur posib arnat ti cyn mynd i Millbank fory. Hen le ofnadwy ydi o. Ond mi fedra i gael gair efo nhw, i fod yn glên wrthat ti…' Trodd ar ei ochr a gwthio'i benliniau y tu ôl i'w phenliniau hi, a gosod ei law'n dyner ar ei chlun, cyn dechrau mwytho'i chnawd yn araf, fel yr arferai ei wneud i Lowri. Gwyddai y byddai Ann yn gallu teimlo ei chwydd yn erbyn gwaelod ei chefn. Mae'n siŵr ei bod hi wedi hen arfer efo'r hogyn ifanc yna yn Nolgellau, a sawl un arall cyn hwnnw hefyd. Roedd o'n nabod ei theip hi. Merched oedd yn mwynhau hudo dynion, merched oedd yn esgus bod yn ferched Ysgol Sul ond oedd yn bethau tinboeth, gwyllt dan yr wyneb. Merched fyddai'n eich twyllo ar ddim, a dyna'n union wnaeth hon, yndê? Dwyn oddi ar ei chyflogwr, yr hoeden annuwiol iddi.

Roedd hi'n gwneud rhyw sŵn rhyfedd rŵan, fel llygoden neu gwningen, ac yn crynu – wedi cynhyrfu gymaint ag o mewn gwirionedd. Roedd hi'n dal mewn gefynnau, yn doedd, yn gaeth, ac roedd y syniad hwnnw'n gwneud iddo lafoerio. O, allai o ddim dal ei hun yn ôl rŵan. Taflodd ei hun drosti a gwahanu ei choesau gyda'i bengliniau. Roedd hi'n cicio a gwingo yn union fel cwningen, ond roedd o gymaint mwy na hi, gymaint cryfach, yn ddyn o'i gorun i'w sawdl, o oedd. Roedd angen dysgu gwers i hon, a fo oedd y dyn i wneud hynny.

Wedi saethu ei lwyth i mewn iddi, syrthiodd i gysgu, heb i'r corff bach main oedd yn crynu mewn sioc a phoen oddi tano amharu ar ei gwsg o gwbl.

14

PRIN YR EDRYCHODD o arni pan ddeffrodd. Roedd o wedi teimlo pwl o euogrwydd am eiliad; gwyddai nad oedd o wedi ymddwyn yn fonheddig iawn, ac roedd ganddo deimlad annifyr ei bod hi wedi bod yn forwyn wedi'r cwbl: mai fo oedd y cyntaf iddi. Ond, rhesymodd wedyn, mi allai hi fod wedi gwneud yn llawer gwaeth na chwnstabl o Gymro da fel fo, a nefi wen, troseddwraig oedd hi wedi'r cwbl. Lleidr a thwyllwraig a hen hoeden fyddai'n rhannu ei ffafrau efo pob Dic, Sion a Dafydd cyn bo hir. Doedd hi ddim yn haeddu cael ei thrin fel *lady*, nag oedd? Na, os rhywbeth, roedd o wedi gwneud ffafr â hi, yn ei... pharatoi, ei thorri i mewn ar gyfer yr hyn fyddai'n siŵr o ddigwydd iddi – os nad ar y llong, yna ynghanol dihirod Botany Bay yn siŵr ddigon.

Ond byddai'n falch o'i gadael yn Millbank, iddo gael mynd adre'n o handi ac anghofio pob dim amdani.

Gadawodd iddi gael trefn arni hi ei hun, cyn mynd i lawr i ddeffro'r cwnstabl iau, oedd yn dawedog iawn, diolch byth. Hebryngodd y ddau'n frysiog drwy'r strydoedd i gyfeiriad afon fawr ddrewllyd y Thames, neu'r 'Tafwys' yn ôl yr hen enw Cymraeg, medden nhw. Hen lol wirion – y Thames oedd hi i bawb ar ei glannau bellach, yndê.

Cerddodd Ann yn boenus, a'i phen yn is nag y bu erioed. Roedd yn rhaid iddi godi ei llygaid yn gyson i weld lle roedd hi'n mynd ac i osgoi'r holl gannoedd o bobl oedd yn gwthio heibio i bob cyfeiriad, ond petai'r bobl hynny wedi edrych yn ei llygaid, fydden nhw ddim wedi gweld llawer o fywyd yno.

Roedd y gefynnau wedi codi briwiau cas ar ei garddyrnau erbyn hyn, ond prin y teimlai'r boen. Roedd yr hyn a wnaeth y cwnstabl iddi yn dal i droi a throi yn ei phen, a thrwy ei chorff i gyd, ac roedd hi'n ysu am gael taflu ei hun i'r afon i gael sgrwbio'i hun yn lân. Nid fel yna roedd o i fod. Nid fel yna roedd hi wedi breuddwydio am roi ei hun i ddyn… i Elis Edward. Roedd hwnnw wedi dod mor agos, a hithau wedi ei rwystro. Wel, roedd hi'n difaru rŵan, yn doedd? O leiaf byddai'r tro cyntaf wedi rhoi rhyw fath o bleser iddi wedyn, wedi bod yn atgof i'w drysori, nid yn artaith oedd yn gwneud iddi fod eisiau cyfogi wrth i'w chof a'r boen rhwng ei choesau ei gorfodi i'w ail-fyw.

Dyma ni, roedd hyn yn rhan o'i chosb gan Dduw. Cael ei threisio a'i gwaedu gan hen ddyn mawr, blewog, drewllyd, oedd wedi ei thrin fel baw, oedd â dim cariad tuag ati o gwbl. Dyn oedd yn ei dirmygu – naci, yn ei chasáu. Roedd hi wedi teimlo hynny gyda phob hyrddiad ganddo, ac yn sicr yn y ffordd roedd o wedi methu edrych arni wedyn. Fyddai Elis Edward ddim yn gallu sbio arni bellach chwaith – byddai'n troi ei ben i ffwrdd, yn llawn dirmyg a ffieidd-dod tuag ati. A Wiliam? Wedi ei siomi fyddai o. Ond fyddai yntau ddim ei heisiau ar ôl hyn. A beth fyddai'n mynd drwy feddwl ei thad – ac Owen? A'i mam? Llifodd y dagrau fel ôl malwod drwy'r baw ar ei hwyneb, a chyda'i dwylo'n cael eu tynnu'n greulon o'i blaen, doedd dim y gallai hi ei wneud i sychu'r llysnafedd oedd yn diferu o'i ffroenau.

Roedd yr hen bregethwr hwnnw wedi bod yn llygad ei le, meddyliodd. Dyma hi, wedi cael ei llusgo drwy bwll llygredigaeth neithiwr, ac roedd hi rŵan yn mynd ar hyd dyffryn wylofain, yn doedd? Efallai y byddai'n lwcus, ac yn cyrraedd y ddaear isaf yn gyflym. Ond na, dyna oedd holl fwriad uffern, yndê? Gwneud i chi ddioddef am byth, yn oes oesoedd. Y cwbl oedd o'i blaen oedd artaith heb derfyn iddo.

O'r diwedd, gallent weld muriau uchel, tywyll carchar Millbank ar lannau'r afon. O'i amgylch roedd ffos ddofn, ddrewllyd: achos yr epidemig o ddisentri a aethai drwy'r carchar rhyw ddeng mlynedd ynghynt.

'Hwnna ydi Millbank?' gofynnodd y cwnstabl ifanc.

'Ia,' oedd yr ateb swta.

'Anferthol tydi?'

'Y carchar mwya ym Mhrydain. Fan'na fydd hon nes bydd hi'n mynd ar y llong.'

Cododd Ann ei phen i syllu ar yr anghenfil o adeilad. Doedd o ddim byd tebyg i garchar Dolgellau; roedd hi wedi meddwl bod fan'no'n lle mawr, ond byddai Bodlondeb wedi ffitio i mewn i'r castell yma ugeiniau os nad cannoedd o weithiau. Oedd, roedd o'n edrych yn debyg iawn i gastell efo'i dyrau mawr pigog, a'r ffos o'i amgylch. Roedd Llundain i gyd yn drewi, ond roedd fan hyn yn waeth na'r unlle. Oedden nhw'n magu moch yno? Na, nid arogl moch mohono chwaith, arogl tamprwydd a gwlybaniaeth a phethau'n pydru a marw. Roedd rhywbeth yn y ffos yna'n denu cymylau o bryfaid, beth bynnag. Edrychodd i fyny at y ffenestri culion, yn fariau i gyd, a daeth ton o dristwch dwfn drosti eto.

Wedi arwyddo amdani tu mewn, trodd y cwnstabl barfog heb ddymuno'n dda iddi na chodi ei law na dim. Byddai hi wedi hoffi poeri arno petai o wedi trio. Edrychodd y cwnstabl arall arni'n chwithig, a cheisiodd hanner codi llaw arni. Cafodd ei anwybyddu am ei drafferth. Doedd ganddo ddim syniad beth oedd wedi digwydd yn ystod y nos, wrth gwrs. Y cwbl a wyddai hwnnw oedd fod ei ben yn brifo, a bod taith hir yn ôl adref yn ei ddisgwyl. Doedd dim diben i Ann geisio cwyno wrtho am ymddygiad ei gyd-weithiwr; fyddai o ddim wedi ei chredu, a hyd yn oed pe byddai wedi eu dal nhw wrthi, cau ei geg fyddai o wedi ei wneud, dim bwys faint o Gristion oedd o.

Gwyliodd Ann nhw'n diflannu o'i golwg: ei chysylltiad olaf â'r henwlad, a gwynt teg ar eu holau.

Roedd pobl yn gweiddi arni'n Saesneg yn syth, yn ei gwthio ar hyd cynteddau tywyll ac i fyny grisiau serth tywyllach fyth. Aethon nhw ar goll ar un adeg a gorfod dringo'n ôl i lawr y grisiau a cherdded am byth, heibio drws ar ôl drws, i ran arall o'r carchar. Mae'n rhaid bod cannoedd ar gannoedd o garcharorion yma, meddyliodd. Gallai glywed rhai ohonyn nhw'n wylo ac udo a rhai'n chwerthin yn orffwyll. Pawb ar eu ffordd i uffern – os nad yden ni i gyd yma'n barod, meddyliodd.

Wedi cyrraedd rhyw fath o faddondy mawr, oer, cafodd dynnu'r gefynnau, ond dim ond er mwyn tynnu amdani, pob cerpyn, a sefyll mewn rhes efo tair o ferched noethion eraill: dwy'n ifanc, ac un o'r rheiny'n gwneud dim oll i guddio'i chorff noeth, ond un yn hen ac yn groen llac a briwiau i gyd. Gwnaeth Ann ei gorau i beidio ag edrych, gan rythu ar ei thraed a cheisio cuddio'i noethni ei hun gyda'i gwallt a'i breichiau, a gweddïo ei bod wedi llwyddo i gael gwared o'r gwaed oedd ar ei choesau pan gododd y diafol o gwnstabl oddi arni y bore hwnnw.

Camodd yn ufudd i mewn i fâth haearn pan ddaeth ei thro. Roedd y dŵr yn gymharol gynnes, ac yn braf. O'r diwedd, gallai olchi'r diafol yna allan ohoni. Dechreuodd sgwrio'i hun yn wyllt rhwng ei chluniau, nes i'r gwarcheidwaid weiddi arni a'i rhwystro, gan fynnu ei bod yn sgwrio *pob* rhan o'i chorff, a'i phen yn fwy na dim. Roedden nhw'n gweiddi rhywbeth am ei llais hi. Neu rywbeth oedd yn swnio fel 'Lais! Lais!'

'This one's thick as shit,' meddai un ohonyn nhw.

'Nah, she just don't speak English, only Welsh,' meddai'r llall.

'Like I said, thick as shit…'

Chafodd hi mo'i dillad yn ôl ganddyn nhw, dim ond y cwdyn oedd yn dal ei thrysorau. Roedd hi'n gorfod gwisgo'r un dillad yn union â'r merched eraill i gyd: ffrog *serge* frown, ffedog *check* las a chap mwslin. Roedd y ffrog yn rhy fawr iddi, ond o leiaf roedd hi'n lân. Roedd hi ar fin gwisgo'i chap pan ysgydwodd un o'r gwarcheidwaid ei phen arni, a phwyntio at gadair wag. Roedd un o'r carcharorion gafodd fâth o'i blaen hi'n sgubo pentwr o wallt oddi wrth draed y gadair, a'i llygaid yn goch. Ei gwallt tywyll hi oedd o. Roedden nhw'n mynd i dorri gwallt Ann nesaf.

Ceisiodd brotestio, ond roedd y gwarcheidwaid yn ferched cryfion, caled, llawer cryfach na hi. O fewn dim, roedd hi wedi ei sodro yn y gadair.

Gallai weld yr hen ddynes yn strancio mewn cadair arall, dynes oedd â fawr ddim gwallt ar ei phen mewn gwirionedd, ond roedd hi'n falch o bob blewyn, yn amlwg. Roedd hi'n gweiddi rhywbeth am 'No power! No power to touch a hair of my head!' ac 'I'm married now!' Roedd y gwarcheidwaid yn chwerthin am ei phen, a hithau'n gwneud ei gorau glas i egluro rhywbeth: 'Please, ma'am, it's my husband's hair now, it belongs to my husband, not to me, and you've no right to touch it! Lord bless you, the King of England daren't lay a finger on it now!'

Beth bynnag roedd hynny i gyd yn ei feddwl, chwerthin wnaeth y gwarcheidwaid, dweud rhywbeth am 'lais' eto a thorri'r ychydig flew brith yn y bôn, gan adael yr hen ddynes yn udo crio.

Daeth y ddynes â'r siswrn tuag at Ann, a chydio yn ei gwallt fesul dyrnaid. Astudiodd o'n ofalus – am chwain neu lau neu rywbeth, mae'n siŵr, meddyliodd Ann yn flin. Dywedodd rywbeth oedd yn swnio fel 'not bad' a 'wigmabi' ac yna dechrau torri. Caeodd Ann ei llygaid yn dynn a chanolbwyntio ar gofio'r nosweithiau y bu ei mam yn ei frwsio iddi o flaen y tân, yn ei frwsio nes roedd o'n sgleinio, am Elis Edward yn rhedeg ei fysedd drwyddo gan ochneidio, am Tom druan yn chwarae gydag o am oriau pan fyddai hi'n ceisio gwnïo neu drwsio rhywbeth yng ngolau cannwyll gyda'r nos.

Pan oedd y cyfan drosodd, a'r dagrau wedi bod yn llifo eto fyth, edrychodd Ann am y pentwr gwallt wrth ei thraed, ond doedd dim byd yno – roedd pob blewyn wedi cael ei roi'n daclus mewn sach fechan. Dyna pryd y sylweddolodd mai'r gair 'wig' roedd hi wedi ei glywed, nid 'wigmabi'. Roedd hi'n gwybod yn iawn be oedd wig, diolch yn fawr, ac rŵan roedd hi'n sylweddoli beth oedd yn mynd i ddigwydd i'w gwallt hi. Y diawliaid!

Roedd hi eisiau gweiddi a strancio, ond doedd dim diben, nag oedd? A ph'un bynnag, erbyn meddwl, doedd ei gwallt wedi dod â dim byd ond trafferth iddi. Petai hi wedi ei geni â gwallt lliw llygoden fel un Enid, fyddai hi wedi cael cymaint o sylw gan bobl – a gan ddynion? A oedd tyfu i fyny gan wybod i sicrwydd ei bod hi'n drawiadol a thlws wedi ei harwain at hyn? A fyddai hi wedi cael y syniad gwirion yn ei phen y byddai rhywun fel Elis Edward yn ei phriodi? Go brin, meddyliodd, ac mae'n debyg na fyddai o wedi sylwi arni o gwbl. Ac erbyn meddwl, onid cenfigen oedd wedi gwneud i Catherine Humphreys ei chael i'r fath helbul? Gallai gofio'n iawn yr edrychiad yn llygaid Catherine pan ddangosodd y llabwst bochgoch hwnnw o was fferm fwy o ddiddordeb ynddi hi nag yn Catherine yn y ffair. Casineb oedd yn yr edrychiad hwnnw, gwenwyn pur, a hithau â dim llwchyn o ddiddordeb yn y llabwst gwirion! Oedd hyn oll wedi digwydd iddi oherwydd y ffordd roedd hi'n edrych, oherwydd ei gwallt?

O'r nefi, meddyliodd, dwi fel Samson tydw, â fy mhŵer i gyd yn fy ngwallt. Wel, mae o wedi mynd rŵan, Ann Lewis. Llygoden wyt ti rŵan, heb bŵer o fath yn y byd.

Teimlai ei phen mor ysgafn; doedd hi erioed wedi sylweddoli cymaint o bwysau oedd mewn gwallt hir. Teimlodd ei chorun gyda blaen ei bysedd. Doedd hi ddim yn foel, ond roedd o mor fyr, fel gwallt bachgen. Mae'n rhaid bod golwg ofnadwy o od arni – mor od â'r hen ddynes druan oedd yn dal i snwffian, bechod. Doedd dim drych yma, sylwodd. Doedden nhw ddim mor greulon â hynny, felly.

Rhoddodd ei chap ar ei phen ac yna cafodd ei hebrwng ar hyd y cynteddau hirion eto ac i fyny ac i lawr grisiau nes cyrraedd drws cell. Camodd i mewn, a gweld mai cell iddi hi ei hun oedd hi, gydag un stôl bren, un twb ymolchi yn y gornel a rhywbeth o'r enw hamoc iddi gysgu ynddo. Roedd un ffenest gul yn edrych i lawr dros un o fuarthau'r adeilad, ond roedd hi'n rhy fyr i allu gweld drwyddi heb sefyll ar ei stôl. Gwelodd fod pentwr bychan o lyfrau ar y stôl a chamodd tuag atyn nhw gyda gwên. Llyfrau! I gyd iddi hi! Ond rhai Saesneg oedden nhw, siŵr iawn: y Beibl yn Saesneg, llyfr emynau a llyfr gweddi (roedd hi'n deall 'Amen' wedi'r cwbl), a rhyw lyfr arall gydag enw cwbl amhosib ei ddarllen.

Roedd y gwarcheidwad yn siarad â hi, yn ceisio egluro rhywbeth am y twb ymolchi efallai? Ond beth? Ysgydwodd Ann ei phen a chodi ei hysgwyddau i ddangos nad oedd hi'n deall gair.

'You really are thick as shit,' meddai'r gwarcheidwad, gan ysgwyd ei phen. Yna sythodd yn sydyn. 'Hang on, come to think of it, there's another Welsh one here, Elizabeth Jones, and she can speak English. She's a miserable cow, but we'll give her a go.' Camodd allan o'r gell a chloi'r drws, gan adael Ann wedi drysu hyd yn oed yn fwy. Roedd hi wedi deall yr enw 'Elizabeth Jones', ond pwy oedd honno?

Cymraes o Feddgelert oedd hi, oedd wedi dysgu Saesneg yn eithaf da, ac wedi iddi ddilyn y gwarcheidwad yn bwdlyd i gell Ann, gallodd egluro iddi'n swta beth oedd y drefn o ran bwyd, ymolchi, carthion ac ati, a chyfieithu ambell gwestiwn gan y gwarcheidwad iddi, fel 'Wyt ti'n gallu darllen?' ac 'Wyt ti'n gallu sgwennu?'

Roedd hi'n amser *exercise* erbyn egluro popeth, felly doedd dim diben cloi Ann yn ei chell eto. Dangosodd y gwarcheidwad ddarn o ddefnydd i Ann a gorchymyn i Elizabeth egluro beth oedd o.

'Masgiau ydi'r rhain,' meddai Elizabeth, gan dynnu un tebyg o boced ei ffedog a'i osod dros ei hwyneb. 'Does gynnon ni'm hawl i weld wynebau'n gilydd yn ystod cyfnodau *exercise.*'

'Pam ddim?' gofynnodd Ann wrth glymu ei masg hithau'n sownd.

'I osgoi pobl yn pigo ar bobol eraill, am wn i. Mae 'na rai gwallgo bost yma neith ymosod arnat ti dim ond am eu bod nhw'm yn licio dy olwg di.'

Dechreuodd y ddwy ddilyn y gwarcheidwad am y buarth 'ymarfer'.

'A pheth arall,' sibrydodd Elizabeth, 'ti'n lwcus iawn o fedru siarad efo unrhyw un a chditha ddim ond newydd gyrraedd. Fel arfer, chei di'm siarad efo'r un carcharor arall nes ti hanner ffordd drwy dy ddedfryd; dyna pam bod hanner y bobol sydd yma wedi mynd yn wallgo bost.'

'O'r nefi. Felly mae'n rhaid eu bod nhw wedi llacio'r rheol tro 'ma am 'mod i ddim yn dallt Saesneg. Dwi mor falch dy fod ti yma, Elizabeth!'

'Wyt ti wir?' meddai Elizabeth yn sych. 'Wel dwi ddim yn falch 'mod i yma, a dwi ddim balchach dy fod ti yma chwaith.'

'Ond… ond… nid dyna ro'n i'n fedd—' ceisiodd Ann egluro.

'Gwranda,' torrodd Elizabeth ar ei thraws, 'dwi'm isio bod yn ffrindia, dallt? Gwna be dwi'n neud, a chadwa dy hun i chdi dy hun. A paid ag ymddiried yn neb. Pawb drosti'i hun ydi hi fan hyn – fel yn y byd tu allan.'

Syllodd Ann arni am eiliadau hirion cyn mentro dweud dim eto.

'Iawn,' sibrydodd wrthi yn y diwedd, 'ond dwi'm yn meddwl bod angen i ti boeni y bydda i'n dy ddilyn di fel rhyw gi bach, achos fydda i ddim yma'n hir iawn – dwi'n cael fy ngyrru i Botany Bay.'

Trodd Elizabeth ati gyda diddordeb roedd yn amhosib iddi ei guddio.

'Botany Bay? Go iawn? Be wnest ti?'

'Stori hir… ond mae 'na ddyn ac mae 'na ddwyn ynddi.'

'Wela i,' meddai Elizabeth gyda chwerthiniad chwerw. 'A babi?'

'Nag oes, dim babi.' Gweddïodd na fyddai had y cwnstabl afiach yna yn tyfu y tu mewn iddi.

Roedden nhw wedi cyrraedd y buarth *exercise* erbyn hyn: triongl o bridd a cherrig wedi ei amgylchynu gan waliau uchel, a nifer o ferched yn cerdded mewn cylchoedd yn y wisg *serge* a'r ffedogau *check* glas, y masgiau am eu hwynebau a chapiau mwslin ar eu pennau. Doedden nhw ddim yn edrych fel merched o gwbl, mwy fel ysbrydion, meddyliodd Ann, cyn sylweddoli ei bod hi'n edrych yr un fath â nhw'n union.

'Roedd gen i fabi,' meddai Elizabeth yn dawel wrthi, 'ond mi fuodd o farw ddeufis yn ôl.'

'O, mae'n ddrwg gen i.'

'A finna. Yn enwedig gan mai o'i herwydd o y ces i fy hel allan o 'nghartre a 'mhentre a diweddu fan hyn.'

Doedd Ann ddim yn siŵr sut i ymateb i hyn. Yna penderfynodd nad oedd ganddi fawr i'w golli drwy ofyn:

'Pam? Be ddigwyddodd?'

'O, ryw Sais crand o'r enw James oedd yn digwydd bod ar *walking tour* yn Snowdonia welodd fi ar y bont ryw ddiwrnod,' meddai Elizabeth yn ffug ffwrdd-â-hi, 'ac am 'mod i'n ifanc ac yn ddwl ac yn credu bob gair oedd o'n ei ddeud, mi ges i fy hudo'n llwyr gynno fo. Y noson gynta, mi gath o sws gen i, yr ail mi gafodd dipyn mwy, ac erbyn y drydedd... wel. Ro'n i wedi fy magu'n Fethodist, ond roedd o'n taeru'n ddu las ei fod o isio 'mhriodi i, yn doedd? Felly mi rois i'r cwbwl iddo fo, ac ynta'n deud mai dyna brofiad mwya hyfryd ei fywyd, ei fod o mewn cariad efo fi dros ei ben a'i glustiau, ond ei fod o'n gorfod picio adre i Lundain am 'chydig. Mi nath o addo y byddai'n ei ôl cyn gynted â phosib, ac y byddwn i'n cael mynd adre efo fo i Lundain i fod yn ddynes grand.' Trodd at Ann gan godi ei haeliau.

'Ond ddoth o'm yn ei ôl, naddo...' meddai Ann.

'Naddo, a finna'n disgwyl ei fabi o – a chlamp o fabi mawr hefyd. Pan ddallton nhw be oedd yn chwyddo tu mewn i mi, mi ges i fy nhaflu allan o 'nghartre gan fy rhieni, ac wedyn allan o'r pentre gan… wel, y pentre. Mi gerddais i gyfeiriad Llundain, yn gneud be fedrwn i i fwydo fy hun a'r babi: cardota, dwyn a mwy… doedd gen i fawr o ddewis, nag oedd? Do'n i ddim ond wedi cyrraedd Amwythig pan ges i 'nal yn dwyn, a dyma fi, yn y twll Millbank 'ma. A phydru yn fan'ma fydda i am flynyddoedd, nes bydda i'n rhy hen i gael dyn na babi arall.'

'Mae'n wir ddrwg gen i drosot ti,' meddai Ann, gan feddwl pob gair, ond hefyd gan na allai feddwl am unrhyw beth i'w ddweud fyddai'n codi calon y ferch hon oedd â chwerwder yn corddi yn ei llygaid.

'A finna. Do'n i ddim yn haeddu hyn. Ond o leia dwi'm yn cael fy ngyrru i Botany Bay. 'Sa'n well gen i farw.'

Ar hynny, trodd Elizabeth ar ei sawdl a gwneud pwynt o adael Ann ar ei phen ei hun ynghanol y merched diarth â'u masgiau.

Doedd gan Ann ddim syniad beth roedd yr un o'r merched o'i chwmpas hi yn ei ddweud wrthi, ac roedd hi'n eithaf siŵr mai da o beth oedd hynny. Doedden nhw'n sicr ddim yn bod yn glên, ac wedi rhai munudau roedd hi'n amau'n gryf mai dweud rhywbeth am yr iaith Gymraeg roedden nhw. Roedd Elizabeth a hithau wedi tynnu sylw atynt eu hunain drwy siarad yn Gymraeg, doedden? Roedd un ohonyn nhw, un dal, fain, yn sbio'n hyll iawn arni dros ei masg ac yn chwyrnu rhywbeth drosodd a throsodd arni, rhywbeth oedd yn swnio'n fygythiol, yn swnio fel:

'Aimgonagetiw.'

Diolch byth bod un o'r gwarcheidwaid wedi sylwi bod rhywbeth yn mynd ymlaen ac wedi mynnu bod pawb yn ymwahanu'n reit sydyn, neu roedd Ann yn eithaf siŵr y byddai wedi cael ei baglu neu ei gwthio neu rywbeth. Gwyddai fod rhywun o'r enw 'Metron' wedi cael ei galw, gan iddi ddod draw atyn nhw yn y cyntedd wedyn, cyn rhyddhau pawb yn ôl i'w celloedd, a rhoi araith i'r merched nes eu bod i gyd â'u pennau'n gwyro'n bwdlyd at eu sgidiau. Yna, rhoddodd bwt i ysgwydd Ann ac amneidio arni i'w dilyn, ac i dynnu'r masg.

Wedi deg munud o gerdded, roedden nhw mewn llyfrgell fechan.

'It would seem that you can read and write?' meddai Metron mewn llais uchel, fel petai hi'n siarad gyda rhywun byddar. Yna, pan na chafodd ateb gan Ann, cydiodd mewn llyfr ac esgus darllen wrth ddweud y gair 'read'.

'O, yndw, yes,' meddai Ann, gan nodio'i phen ac ailadrodd y gair. 'Read. Yes.'

'And write?' meddai Metron gan actio ysgrifennu.

Gwenodd Ann a nodio'i phen eto.

'Yes. Write, yes. Thank you.'

'Show me,' meddai'r ddynes, gan ddal papur ac ysgrifbin allan iddi.

Cymerodd Ann y ddau ac ysgrifennu ei henw yn hyfryd o daclus. Nodiodd Metron gyda gwên fechan, yna gwneud arwydd iddi ysgrifennu mwy. Felly dechreuodd Ann ysgrifennu'r peth cyntaf ddaeth i'w meddwl:

Yr Arglwydd yw fy mugail: ni bydd eisiau arnaf,

Efe a wna i mi orwedd mewn porfeydd gwelltog: efe a'm tywys gerllaw y dyfroedd tawel.

Efe a ddychwel fy...

Roedd Metron wedi bod yn ei gwylio hi gyda diddordeb.

'Yes, very nice, but I don't understand Welsh... what is that?' gofynnodd yn araf ac uchel.

'Psalm 23,' ysgrifennodd Ann.

Sythodd Metron a rhythu arni mewn braw.

'A psalm?' sibrydodd. 'You know your psalms? My God, what happened to you? Why on earth do girls like you end up here?'

15

Y GYMRAES NEWYDD oedd un o'r ychydig rai oedd yn dangos
diddordeb yn y llyfrgell, a hynny er nad oedd yr un llyfr yn
ei hiaith hi yno. Felly roedd hi fwy na heb yn yr un sefyllfa â'r
cannoedd o garcharorion oedd ddim yn gallu darllen o gwbl. Prin
fydden nhw â diddordeb beth bynnag yn y deunyddiau crefyddol
dwys a sych, a hanes Carthage, Gwlad Groeg a Rhufain.

Ond roedd Ann Lewis yn hoffi byseddu a phori drwy bob
llyfr oedd yno yr un fath, a chraffu am yn hir ar unrhyw luniau.
Roedd bod ynghanol llyfrau, er cyn lleied ohonyn nhw oedd
yno, yn ei hatgoffa o'r Ysgol Sul yn Salem, o'r Beibl Mawr gartref
yn Llety'r Goegen ac o'r *Geiriadur Ysgrythurawl* gan Thomas
Charles roedd ei thad mor falch ohono, yn enwedig gan fod yr
awdur ei hun wedi cyflwyno'r llyfr iddo ddwy flynedd cyn ei
farwolaeth: 'Rhodd y Parch. T Charles i Griffith Lewis, 1812.'

Roedd dod i'r llyfrgell rhwng y cyfnodau o weithio yn ffordd
o guddio rhag y merched oedd wedi ei bygwth y diwrnod cyntaf
hwnnw. Er gwaetha'r masgiau, roedden nhw'n gallu ei hadnabod
hi a hithau nhw – yn enwedig yr un dal, fain. Fan hyn, yn y
llyfrgell, neu yn ei chell oedd yr unig lefydd y gallai deimlo'n
ddiogel. Ac roedd fan hyn yn dawelach na'i chell. Gallai glywed
merched yn sgrechian a gweiddi ar ei gilydd drwy'r waliau a'r
pibellau yn fan'no, a rhai jest yn sgrechian yn orffwyll ar neb yn
benodol, yn amlwg wedi ei cholli hi'n rhacs, y creaduriaid.

Roedd hi wedi gweld Elizabeth y Gymraes o dro i dro ers
y diwrnod cyntaf hwnnw, pan fyddai'n gwneud y tasgau hurt,
dibwrpas y byddai pawb yn gorfod eu gwneud, fel troi sgriw nes
ei fod yn clicio, drosodd a throsodd. Pa les oedd troi sgriw fel
yna yn ei wneud i unrhyw un? Mae'n rhaid bod awdurdodau'r

carchar yn credu ei fod yn werth ei wneud am ryw reswm, ac roedd Elizabeth i'w gweld yn canolbwyntio o ddifri ar y dasg, yn troi a throi a chlician a throi eto fel petai ei bywyd yn dibynnu arno, ac yn flin efo unrhyw un fyddai'n mentro siarad â hi a hithau ar ganol ei thasg.

Roedd Ann wedi ei gweld hi ar y felin draed hefyd, pan fydden nhw'n gorfod cerdded a cherdded am oesoedd, heb fynd i nunlle na chyflawni dim. Pam na fydden nhw wedi gallu rhoi buddai laeth neu rywbeth i falu ceirch yn sownd wrth y felin draed? O leiaf bydden nhw wedi bod yn cerdded i bwrpas wedyn. Ond dyna ni, meddyliodd, mae'n siŵr bod ein gorfodi i wneud pethau hurt fel hyn yn rhan o'r gosb, yn gyfle i ni bendroni dros y llanast rydan ni wedi'i wneud o'n bywydau. Chwarae teg iddyn nhw, yn rhoi cyfle i ni gofio'r pethau y bydden ni i gyd, wrth reswm, wedi eu hanghofio'n llwyr yn y lle hapus, moethus hwn. O, Ann, ti'n mynd yn hen beth sur, meddyliodd. Ond pwy fyddai ddim, mewn lle fel hyn?

Ar ei ffordd i'r felin draed roedd hi rŵan, a phwy oedd yno'n disgwyl ei thro ond Elizabeth. Ond roedd ei llygaid yn fach a choch heddiw, sylwodd Ann, a golwg hyd yn oed yn fwy blin nag arfer arni. Doedd ganddi fawr o awydd cyd-gerdded efo hi, ond dyna sut digwyddodd pethau. Anwybyddodd y ddwy ei gilydd am gryn chwarter awr, ond yna penderfynodd Ann fentro:

'Be sy?'

'Meindia dy fusnes.'

'Iawn, gei di ddiodde ar dy ben dy hun, 'ta. 'Dio'm gwahaniaeth gen i.'

Bu tawelwch eto am bum munud, ar wahân i'r felin yn gwichian a sŵn traed a thuchan y ddwy, wrth i'r dasg fynd yn fwy a mwy anodd.

'Iawn, mae gen i stori i ti wnei di byth ei chredu,' meddai Elizabeth yn y diwedd. 'Ti'n gwbod y bobol ddiarth, grand sy'n dod yma bob hyn a hyn i sbio arnan ni fel tasen ni'n rhyw anifeiliaid gwyllt mewn caets? Dwi'm yn sôn am Elizabeth Fry rŵan, mae honno'n wahanol, chwarae teg. Ond mae rhai o'i chriw hi'n gallu bod fel yr ymwelwyr dwi'n sôn amdanyn nhw.'

Nodiodd Ann ei phen; roedd hi wedi eu gweld droeon – dynion mewn cotiau drud a hetiau uchel, a merched mewn dillad drutach fyth yn dal hancesi at eu trwynau. Doedd ganddi ddim syniad pam roedden nhw yno. Chwilfrydedd, mae'n siŵr. Nid pawb oedd yn cael dod i mewn i garchar – ac yn ôl allan pan oedden nhw wedi cael llond bol.

'Wel, gredi di hyn? Ddoe oedd hi. Ro'n i'n ista'n dawel wrth ddrws fy nghell pan ddoth dau o'r bois crand 'ma heibio, a sbio i lawr arna i'n glên i gyd, fel rhyw seintiau, rhyw angylion caredig o'r nef uwchben, yn dod i rannu rhyw eiriau da-i-ddim o'u Beiblau, i fod o ryw gymorth i bechadur fel fi... a dyma fi'n codi'n llygaid i sbio'n ôl arnyn nhw – a rhewi. Dwi'n dal ddim yn gallu credu'r peth... yn sicr, dydi o ddim.'

'Ddim be?' holodd Ann mewn penbleth.

'Fo oedd o, Ann. James! Y Sais ddoth am *walking tour* yn Snowdonia a rhoi babi i mi cyn ei heglu hi'n ôl adre! Roedd o yma, ddoe!'

'Nefi wen! Nath o dy nabod di? Ddeudist ti rywbeth?'

'O do. "Hello, James," medda fi. "Remember me?" Aeth o'n goch i gyd, a'i glustia fo'n biws. Roedd o'n fy nghofio i'n iawn, siŵr, ond doedd gynno fo mo'r asgwrn cefn i gyfadde hynny, nag oedd? O'n i isio deud wrtho fo am y babi – y mab bach del gawson ni – ond roedd o wedi'i miglo hi'n syth, yn doedd, fel rhyw lygoden fawr yn ôl i'w thwll... a'i fêt o'n gwenu wrth fynd ar ei ôl o, yn amlwg yn meddwl mai rhyw butain oedd o wedi'i chael unwaith o'n i. Ha! Doedd gen i'm syniad be oedd putain bryd hynny! Dim ond pymtheg oed o'n i! Pymtheg! Do'n i ddim yn butain! Ond dyna nath fy nhad fy ngalw i! Putain! Putain fudur nad oedd o byth isio'i gweld na chlywed ei henw eto, tra byddai o byw! Ei hogan fach bymtheg oed o! Putain! Putain fudur!'

Ar hynny, dechreuodd Elizabeth gydio mewn talpiau o'i gwallt ei hun a thynnu a thynnu nes bod y talpiau'n rhwygo allan o'i phen. Ceisiodd Ann ei rhwystro, ond cafodd walden dros ei phen nes ei bod ar ei chefn ar y llawr, ac yn gweld sêr. Roedd Elizabeth bellach wedi dechrau crafangu croen ei hwyneb ei hun gyda'i hewinedd, crafangu'n giaidd, gan dynnu gwaed a thyllu, ac yn dal i weiddi 'Putain!' a 'Pymtheg oed!'. Sgrechiodd Ann am gymorth, a brysiodd gwarcheidwaid o bob cyfeiriad i gydio yn Elizabeth a'i rhwystro rhag gwneud mwy o niwed iddi hi ei hun.

Cafodd Ann ei hel yn ôl i'w chell a'i chloi i mewn am y noson, i wrando eto fyth ar y merched yn sgrechian a gweiddi ar ei gilydd nes i ryw warcheidwad floeddio arnyn nhw i gau eu cegau. Bob chwarter awr, byddai Cloc Westminster yn taro bar o emyn 'Yr Hen Ganfed', ac roedd y sŵn i'w glywed yn glir ym mhob cell yn y carchar. Heno, roedd rhywbeth tywyllach a mwy brawychus nag arfer yn y nodau, a chysgodd Ann fawr ddim. Roedd hi'n dal i weld y ferch yn rhwygo cnawd ei hwyneb gyda'i hewinedd, a'i llygaid yn orffwyll yn ei phen; roedd hi'n dal i'w chlywed yn udo mai dim ond pymtheg oed oedd hi.

Welodd hi mo Elizabeth eto, a doedd ganddi mo'r Saesneg i ddeall beth fu ei hanes. Tybiai ei bod wedi cael ei symud i'r cyntedd lle roedd y merched gorffwyll i gyd. Ond hyd y gwelai, ychydig iawn o bobl llawn llathen oedd yn y carchar hwn. Oedden nhw'n wallgo cyn cael eu cau i mewn yma? Neu ai bod yma am fisoedd ar fisoedd – blynyddoedd yn achos rhai – oedd wedi eu gyrru dros y dibyn?

Ai fi fydd nesa? meddyliodd. Dwi eisoes wedi dechrau siarad efo fi fy hun, dim ond er mwyn gallu clywed llais call – os call hefyd. Fydda i wedi mynd yn gwbl wallgo cyn i mi gyrraedd Botany Bay?

Doedd neb wedi sôn gair wrthi pryd y byddai'n cael ei throsglwyddo i long. Roedd hi wedi cael ei mesur ar gyfer rhywbeth (gobeithiai nad ei harch mohono), ac roedd meddyg wedi gwneud gwahanol brofion i ofalu ei bod hi'n ddigon iach, oedd yn brofiad digon anodd a hithau ddim yn deall ei gwestiynau. Dyna'r diwrnod roedd hi wedi sylweddoli ei bod hi'n bedair ar bymtheg. Roedden nhw wedi sbio ar ei dyddiad geni ar y ffurflen, a phwyntio ato, yna at galendr pren ar y ddesg a dweud 'Happy birthday, Ann! It's your birthday! You're nineteen…' Roedd hi wedi deall ystyr hynny, a dysgu ailadrodd 'birthday', a sut i ddweud 'I'm nineteen'.

Byddai ei mam yn gwybod ei bod yn ben-blwydd arni, a'i bod hi bellach yn bedair ar bymtheg. Ond efallai ddim: gan nad oedd Ann wedi derbyn unrhyw fath o ateb i'r llythyr roedd hi wedi ei yrru gartref, efallai mai ceisio anghofio iddi roi genedigaeth i unrhyw un ar y diwrnod hwn fyddai ei mam.

A wela i ddim bai arni, meddyliodd. Roedd Enid wastad wedi honni mai Ann oedd cannwyll llygad ei mam, ond petai hi'n gallu gweld ei merch dlos, glên rŵan, byddai'n torri ei chalon. Sgragen o ferch gyda gwallt byr fel bachgen, oedd yn siarad efo hi ei hun ac yn cnoi ei hewinedd i'r byw nes bod ei bysedd yn gwaedu; merch fyddai'n cael ei deffro gan hunllefau bob nos, hunllefau brwnt a threisgar am gael ei threisio, am roi genedigaeth i fabi gyda phen y diafol ac am geisio boddi'r babi hwnnw. Dyna'r hunllef a'i deffrodd neithiwr: roedd hi wedi ceisio dal y babi dan y dŵr yn afon Tafwys ddrewllyd, ond roedd hwnnw wedi profi'n anhygoel o gryf ac wedi brwydro'n ôl a'i chlwyfo gyda'r cyrn yn ei ben. Yna roedd o wedi cydio ynddi gyda'i grafangau a'i thynnu i'r dŵr gan hisian: 'Os ydw i'n mynd, mi rwyt titha hefyd…'

Roedd hi wedi deffro'n sgrechian.

Am dri y bore ddydd Mercher, Awst yr 21ain, nid hunllef a'i deffrodd ond rhywun yn agor drws ei chell.

'Ann Lewis. Wake up. You're off – to Botany Bay.'

Deallodd yn syth. Dyma ni. Roedd y diwrnod wedi dod. Y cam nesaf ar hyd dyffryn wylofain. Roedd hi wedi casáu pob diwrnod yn y carchar erchyll hwn, ond roedd hi wedi dod i arfer efo'r lle, efo'i chell a'i hamoc, efo'r drefn a'r bwyd, a doedd hi ddim am weld y drefn yn newid. Doedd hi ddim eisiau mynd i Botany Bay! Doedd hi ddim eisiau mynd ar long dros foroedd tymhestlog, peryglus! Doedd hi ddim wedi cael clywed beth oedd hanes ei chwaer Mari a Robat Hafod Las felly roedd hi wedi ei hargyhoeddi ei hun eu bod wedi boddi cyn cyrraedd America, yn union fel roedd ei mam wedi ofni.

'No!' meddai wrth y gwarcheidwad.

'No?' chwarddodd honno. 'No? You have no choice in the matter, young lady! Now get a move on! Wash first. Then strip off.'

Cofiai Ann ystyr y geiriau hynny'n iawn. Roedd hi ar ganol ymolchi ei hwyneb yn ddagreuol pan welodd y gwarcheidwad yn gosod pecyn mawr o ddillad ar ei gwely. Allai hi ddim credu ei llygaid: roedd yno un siaced wlân ac un siaced gotwm, tair pais, tair shifft, dwy ffedog, cap *linen*, dau hances gwddf a thri phâr o sanau – a dau bâr o sgidiau! Ac roedd y cyfan yn newydd sbon. Edrychodd yn hurt ar y gwarcheidwad.

'All courtesy of Elizabeth Fry and her ladies, not the government,' meddai honno, gan ddangos bod ganddi grib, pelen o gortyn a phâr o garrai staes yn ogystal â bag newydd sbon i gludo'r holl ddillad hefyd. 'Yeah, I know, you're probably here for stealing clothes a great deal inferior to these! They all say that...'

A'i dagrau'n angof, brysiodd Ann i wisgo'i dillad newydd. Doedden nhw ddim yn grand o bell ffordd, wrth gwrs, ond roedden nhw'n lân ac yn newydd ac yn rhyfeddol o gyfforddus

– ac er nad oedd y sgidiau y pethau deliaf dan haul, roedden nhw gymaint gwell na'r sgidiau oedd ganddi. Roedd hi'n gorfod gadael rheiny, a'r dillad Millbank, mewn pentwr ar y llawr – i'w golchi a'u rhoi i ryw garcharor druan arall, mae'n siŵr.

Wedi gofalu bod pob dim yn ei bag, a'r cwdyn bychan o'r trysorau gan ei theulu yn ddiogel wrth ei chalon, dilynodd y gwarcheidwad ar hyd y cynteddau hirfaith nes cyrraedd criw o ferched eraill blinedig a dryslyd yr olwg wrth y brif fynedfa. Roedd rhai'n amlwg yn feichiog, ac roedd plant yn eu mysg hefyd, sylwodd Ann, yn cynnwys un bychan tua deunaw mis oed oedd yn gweiddi mwrdwr.

Wedi mynd drwy'r gofrestr, rhoddwyd pawb mewn gefynnau trymion a'u rhannu i griwiau o ddeg. Dyna pryd y dechreuodd rhai o'r oedolion grio.

Cerddodd a baglodd y fflyd o ferched a phlant ar hyd y ffordd wag wrth i'r wawr ddechrau torri, yna, gyda thrafferth, i lawr y grisiau at lan yr afon, lle roedd cychod rhwyfo mawrion yn disgwyl amdanynt. Doedd y gefynnau ddim yn ei gwneud hi'n hawdd iddyn nhw ddringo i mewn i'r cychod chwaith, ac roedd gan ambell rai o'r merched gymaint o ofn dŵr roedd yn rhaid i'r morwyr eu codi a'u taflu, fwy na heb, i'r cychod, gan achosi i'r rheiny ysgwyd a chodi ofn ar ferched a fu, tan hynny, yn gymharol dawedog.

Roedd Ann wedi hen arfer clywed y rhegfeydd Saesneg bellach. Ceisiodd gau ei chlustiau i'r gweiddi a'r wylo a chanolbwyntio ar geisio cadw'i sgidiau newydd yn sych, ac ar beidio â bod yn sâl. Doedd hi erioed wedi bod mewn cwch o'r blaen.

Edrychodd o'i chwmpas ar y llongau mawrion yn harbwr Woolwich. Mae'n rhaid eu bod nhw wedi defnyddio coedwigoedd cyfan i'w gwneud nhw, meddyliodd; coed mawr, trwm, felly sut goblyn nad oedden nhw'n suddo? Roedd hi wedi clywed y straeon am longwyr a llongau yn diflannu allan ar y môr, ac erbyn gweld efo'i llygaid ei hun pa mor fawr a thrwm oedd y llongau, doedd dim syndod, nag oedd?

Roedd un llong yn arbennig o fawr a hyll, heb hwyliau arni o gwbl. Ac roedd hi'n drewi. Sylwodd un o'r morwyr arni'n crychu ei thrwyn.

'Yeah, it stinks,' meddai hwnnw. 'It's a hulk, kind of like a prison on the water. Prisoners probably been on there for months, only being let out to dredge the river or break stones.'

Doedd Ann ddim yn deall pob dim roedd o'n ei ddweud, ond roedd hi'n nabod y geiriau 'prison' a 'prisoners' bellach. Nid ar hon fydden nhw'n mynd i Botany Bay, doedd bosib? Fyddai hon ddim yn para diwrnod allan ar y môr mawr, fyddai hi?

Diolch byth, pasio heibio'r 'hulk' wnaethon nhw, a phwyntiodd y morwr siaradus at long lawer iawn llai gyda baner las a darn gwyn yn ei chanol yn chwipio yn y gwynt.

'That's our ship, the *Amphitrite*,' cyhoeddodd y morwr, 'and that flag's the Blue Peter. It means she's about to sail very soon.'

Doedd hi ddim yn llong fawr o gwbl: 92 troedfedd a mymryn dros 200 tunnell, un o'r llongau lleiaf erioed i fentro cludo drwgweithredwyr i Awstralia, ac un o'r rhai hynaf hefyd, ond roedd hi'n edrych yn anferthol i Ann.

Tynnwyd y merched a'r plant i fyny ar ddec yr *Amphitrite* fesul un gan y morwyr, lle cafodd eu gefynnau eu tynnu oddi arnynt, cyn iddynt gael eu harwain yn syth i lawr ysgol serth at ran y carcharorion o'r llong. Roedd disgwyl i 108 o ferched a 12 plentyn ffitio i mewn i 'stafell' isel, tua 30 llath o hyd, gyda bynciau pren ar hyd yr ochrau a byrddau mewn rhes yn y canol, oedd yn gadael dwy droedfedd yn wag ar bob ochr. Diolchodd Ann ei bod hi'n ferch gymharol fyr – roedd unrhyw un dros bum troedfedd a hanner yn mynd i gael trafferthion mawr yma, gan mai dyna oedd uchder y nenfwd, a dim ond pum troedfedd o dan y distiau. Roedd y rhan fwyaf o'r merched yn fyr: un yn ddim ond 4'2½", ond roedd un ddynes smart, gyda chês trwm o ddillad, yn dal, yn 5'6" o leiaf, ac roedd hi'n gorfod plygu o ddifri i symud o gwmpas. Hi oedd mam tri o'r plant, yn cynnwys yr un bychan deunaw mis oed, oedd wedi tawelu bellach, diolch byth, ac yn edrych o'i gwmpas mewn chwilfrydedd.

Roedd deugain o ferched yno'n barod, yn cynnwys criw cegog a chaled yr olwg o'r Alban a rhai caletach fyth yr olwg o Lundain, pob un wedi dod o garchar Newgate ac wedi bod ar y llong ers wythnos yn barod. Roedden nhw wedi bachu'r bynciau gorau i gyd, wrth reswm, a bu cryn gecru wrth i bawb geisio dod o hyd i le iddi hi ei hun, ei phlant a'i phethau.

Mesurai pob bync chwe throedfedd wrth bedair a hanner ac roedd tair merch i fod i rannu un bync. Golygai hyn fod gan bob unigolyn hawl i ddeunaw modfedd i geisio cysgu arno, yn cynnwys y merched beichiog. Ond aeth y ddynes dal yn wallgo pan ddeallodd mai deunaw modfedd oedd iddi hi a'i thri phlentyn.

Dim ond gwrando ar sŵn y cecru wnaeth Ann, gan na allai gyfrannu. Roedd merch ifanc welw yn hanner gwrando ar y cecru a'r gweiddi yr un fath â hi, ond yn amlwg yn rhy sâl i wneud dim mwy na cheisio sefyll. Edrychai tua tair ar ddeg neu bedair ar ddeg oed, ac roedd dynes gegog yn pwyntio ati hi'n aml wrth ffraeo am le mewn bync. Ei mam oedd honno, dynes o'r Alban oedd yn amlwg yn poeni am iechyd ei merch – neu'r ffaith y byddai'n gorfod rhannu deunaw modfedd efo rhywun oedd mewn peryg o daflu i fyny drosti ganol nos. Yn ôl y drewdod, roedd hi wedi taflu i fyny droeon yn barod. Yn y diwedd, gwaeddodd y fam i fyny at y dec am y *surgeon*, a chafodd y ferch welw ei chario a'i gwthio'n ôl i fyny at olau dydd a'r ysbyty gan ddau forwr.

Wedi i'r cecru a'r ffraeo a'r bygwth dawelu ac i bawb ddod i ryw fath o drefn, sylwodd dwy o'r merched o garchar Newgate ar y ferch fechan, fain oedd yn dal i sefyll ar ei phen ei hun, yn edrych ar goll yn llwyr. Edrychodd y ddwy ar ei gilydd, yna gwenu.

'Come on, love,' meddai dynes tua deugain oed wrth Ann, 'you can share with us.'

'No-no-no English,' baglodd Ann yn grynedig. Roedd gan y ddynes hon lygaid agos at ei gilydd oedd yn ei hatgoffa o wenci.

'Never you mind, love. Me, I'm Mary; Mary Brown,' meddai'r ddynes gan bwyntio ati hi ei hun, ac yna ei chyfaill, 'and Caroline.' Tynnodd ym mraich Ann a'i llusgo ar y bync fel ei bod yn frechdan rhwng y ddwy. 'There you go, cosy as anything.'

Ychydig a wyddai Ann fod y ddwy yma'n lwcus iawn o gael bod ar y llong. Roedd Mary Brown, a arferai gadw puteindy yn ardal St Pancras, a Caroline Smith, cyfaill oedd yn gweithio iddi fel putain, wedi eu cael yn euog o ddenu pobydd meddw o'r enw John Gates i'r puteindy, lle gwnaethon nhw ymosod arno 'violently and feloniously' nes hanner ei ladd, a dwyn ei arian (chwe swllt). Cafodd y ddwy eu dedfrydu yn yr Old Bailey i gael eu crogi. Ond ar ôl gadael iddyn nhw bydru am chwe mis yn Newgate, roedd yr awdurdodau wedi penderfynu gyrru'r ddwy i Botany Bay yn lle. Allai'r ddwy ddim credu eu lwc, ac roedd hi'n edrych yn debyg bod lwc ar eu hochr nhw eto.

'Your bag's in the way, such a nuisance,' meddai Mary, gan gydio ym mag Ann a'i wthio tuag at Caroline. 'Let Caroline put it away for you, with our stuff.'

Doedd Ann ddim yn hapus o gwbl o weld y ferch arall yn crafangu am ei bag hi, a cheisiodd ddal ei gafael ynddo, ond roedd coes drom Mary dros ei choesau hi, ac roedd ei breichiau'n cydio fel gefail amdani fel na allai symud. Chwarddodd y ddynes yn ei chlust a phaldaruo mwy o Saesneg, gydag ambell reg.

Ceisiodd Ann weiddi: 'Help! Maen nhw'n dwyn fy mag i! Please! No!'

Ond roedd dwy o ferched eraill carchar Newgate yn sefyll

o flaen y bync fel na allai neb weld beth oedd yn digwydd, ac yn chwerthin a gweiddi'n uchel er mwyn boddi ei llais. Roedd Ann yn siŵr bod rhai o'r merched agosaf atyn nhw yn gallu ei chlywed yn gweiddi, a gweld rhywfaint o beth roedden nhw'n ei wneud, ond mae'n rhaid eu bod nhw'n dewis anwybyddu'r cwbl. Gwyliodd gydag arswyd wrth iddyn nhw fachu ei dillad newydd sbon, y sgidiau, ei chrib a'i rholyn o gortyn. O leia doedden nhw ddim wedi bachu trysorau ei theulu, meddyliodd.

Dyna pryd y dechreuodd dwylo Mary grwydro drosti. Oedd hon yn wrach? Yn gallu darllen meddyliau? O fewn dim daeth o hyd i siâp y cwdyn ar fron Ann a chyda chwerthiniad gwrachaidd, gwthiodd ei bysedd yn giaidd i lawr ei blows.

'And what do we have here then, dearie?'

Rhoddodd y cwdyn bychan i Caroline er mwyn dal gafael yn Ann eto. Edrychodd honno gyda diddordeb ar y rhuban gwallt gafodd Ann gan Enid, yr hances roedd Megan wedi ei frodio iddi, yr arian a gafodd gan Owen a llyfr gweddi bychan ei rhieni.

'Naaaaa!' wylodd Ann.

'Nice,' meddai Mary Brown, 'very nice. Don't know about the book thing though. We can't read. But the paper will come in handy when we gets the shits… thanks, love! But I don't think there's room for you here after all.'

Cafodd Ann ei gwthio allan o'r bync fel ei bod ar ei phedwar ar y llawr, ac yn cael trafferth anadlu. Allai hi ddim credu beth oedd newydd ddigwydd. Ceisiodd godi ar ei thraed, ond roedd ei choesau'n wan a'i phen yn troi. Trodd i edrych ar Mary Brown a'i chriw o wrachod, oedd yn prysur wisgo ei dillad ac yn cega dros y rhuban. Estynnodd ei braich atyn nhw'n ymbilgar, ond y cwbl a wnaeth Mary Brown oedd codi bys arni ac ysgwyd ei phen gyda gwên.

'Ours now,' meddai. 'And there ain't a thing you can do about it.'

16

DOEDD DIM ANGEN deall Saesneg i ddeall ystyr geiriau Mary Brown, yn enwedig gan fod pladres gref, Jane Huptain, yn gwneud sioe o esgus sychu dagrau gyda hances Megan, i gyfeiliant chwerthin y lleill. Brwydrodd Ann i beidio ag udo crio o'u blaenau. Llwyddodd o'r diwedd i godi ar ei thraed yn sigledig ac edrych o'i chwmpas. Mae'n rhaid bod rhywun wedi gweld beth oedd wedi digwydd iddi? Ond doedd neb yn edrych arni, neb yn dal ei llygad; roedd pawb yn esgus bod yn brysur yn gwneud rhywbeth arall.

Aeth at y grisiau a dringo i fyny ar y dec. Roedd y dagrau'n llifo rŵan. Sut roedd hi'n mynd i allu egluro beth oedd wedi digwydd heb air o Saesneg? Gallai weld y capten ym mhen draw'r llong, ond roedd ganddi ofn mynd at hwnnw. Doedd o ddim wedi edrych yn groesawgar iawn pan gyrhaeddon nhw ei long o. Yna, gwelodd y morwr oedd wedi bod yn glên efo nhw yn y cwch yn gynharach, dyn gyda wyneb clên, a brysiodd ato.

'Syr? Plis? No English…' ac aeth ati i geisio egluro ac actio beth oedd newydd ddigwydd iddi, bod ei phethau wedi eu dwyn oddi arni ac nad oedd ganddi ddim, affliw o ddim bellach.

Edrychodd y dyn arni gyda diddordeb. Y bosn oedd hwn, dyn dwy ar hugain oed o'r enw John Owen. Un o Gymru oedd ei dad, ond gan fod hwnnw wedi symud i Lerpwl, a John wedi bod ar y môr ers ei fod yn ifanc iawn, cof plentyn yn unig oedd ganddo o ambell air Cymraeg.

'Welsh?' gofynnodd iddi. 'Ym… Cymraeg?'

Nodiodd Ann ei phen yn syth.

'Ia! Dach chi'n siarad Cymraeg?' gofynnodd, yn methu credu ei lwc.

'Sorry, no,' meddai hwnnw, a difaru'n syth o weld y siom enbyd yn ei llygaid mawr llaith. 'Ym... dipyn bach,' ychwanegodd, 'childish things. Un, dau, tri, mam yn dal y pry... things like that. Are you saying your things have been stolen?'

Er mai cyfrifoldeb James Forrester, y *surgeon*, oedd lles y carcharorion i fod, ac yntau, fel bosn, yn gyfrifol am ei griw bychan o forwyr yn unig, roedd John Owen yn eithaf siŵr na fyddai'r *surgeon* yn talu llawer o sylw i'r ferch fach druenus yma. Doedd ymddygiad Dr Forrester hyd yma ddim wedi ei argyhoeddi ei fod yn *surgeon* amyneddgar iawn; roedd o wedi bod yn gadael i'r pethau swnllyd, cegog o'r Alban a Llundain sgrechian a checru ar ei gilydd ers wythnos heb unwaith fynd i lawr i roi trefn arnyn nhw. A nefi, doedd hon ddim hyd yn oed yn gallu siarad Saesneg, a byddai hynny'n sicr yn dreth ar amynedd Forrester.

Wedi pendroni, aeth John a morwr ifanc arall, Towsey, i lawr i ganol y carcharorion gydag Ann i weld beth oedd beth. Doedd yr un o'r ddau wedi delio efo llond llong o ferched fel hyn o'r blaen, ac ers i griw Newgate gyrraedd wythnos yn ôl roedden nhw wedi cael eu dychryn gan eu hiaith liwgar ac afiach o gwrs. Roedd Towsey'n fachgen golygus, ac roedd dwy o buteiniaid Llundain yn mynd ati i wasgu eu cyrff yn awgrymog yn ei erbyn wrth iddo basio, nes bod hwnnw'n cochi at ei glustiau.

'Behave yourselves!' gorchmynnodd John, cyn amneidio ar Ann i bwyntio at bwy bynnag oedd wedi dwyn ei phethau hi.

Oedi wnaeth honno. Roedd hi'n dechrau amau na fyddai Mary Brown a'i gwrachod yn gwneud bywyd yn hawdd iddi petai hi'n pwyntio bys atyn nhw. Ysgydwodd ei phen, a'i gwefus yn crynu. Deallodd John y sefyllfa'n syth – roedd o wedi gweld o ochr ei lygaid bod y puteiniaid o Lundain, y rhai oedd newydd fod yn gwrs gydag o a Towsey, wedi sbio'n sydyn ar ei gilydd, ac yna ar Mary Brown. Dynes hŷn na gweddill ei chriw oedd Mary, a llygaid milain ganddi, llygaid oedd yn rhythu'n oeraidd ar Ann ar hyn o bryd.

Felly aeth John at ben arall y carchar, at griw o'r merched newydd, rhai oedd yn edrych ac yn ymddwyn yn fwy parchus na'r gweddill – roedd un ohonynt yn digwydd bod yn darllen ei Beibl, hyd yn oed. Ellen Bingham oedd hon, merch ddwy ar hugain oed, drawiadol o hardd, yr un roedd y morwyr i gyd wedi sylwi arni'n syth pan gamodd hi ar y dec, er gwaethaf ei gwallt byr.

Gofynnodd yn dawel iddi a wyddai hi beth oedd wedi digwydd i Ann; a oedd unrhyw un wedi gweld unrhyw beth. Doedd Ellen wir ddim wedi gweld be'n union ddigwyddodd, ond roedd hi a phawb arall wedi gweld Ann yn cael ei gwthio allan o fync Mary Brown a'i chriw. Roedd hi'n amlwg bod rhywbeth wedi digwydd, gan fod y ferch druan wedi dychryn ac ypsetio'n arw, ond gan nad oedd hi'n gallu siarad Saesneg, doedd gan neb syniad beth roedd hi wedi'i ddweud. A doedd neb eisiau croesi Mary Brown a'i chiwed; roedd hi'n berffaith amlwg y gallen nhw wneud bywyd yn uffern – yn fwy o uffern nag oedd o eisoes – i unrhyw un fyddai'n meiddio dweud neu wneud rhywbeth yn eu herbyn.

Nodiodd John ei ben. Fyddai neb yn fodlon tystio bod unrhyw un wedi dwyn oddi ar y Gymraes fach yma. Gallai ddeall hynny.

Ble roedd ei bync hi, 'ta, gofynnodd i Ellen. Doedd gan neb syniad. Ceisiodd Owen ofyn i Ann ei hun ble roedd ei bync hi, gyda phwy roedd hi'n rhannu?

'Bed? Your bed?' meddai gan bwyntio at y gwelyau ac ati hi a chodi ei ysgwyddau. Allai o ddim yn ei fyw â chofio beth oedd gwely na chysgu yn Gymraeg. Gallai gofio rhywun yn canu 'Si Hei Lwli' iddo, ond doedd o ddim yn mynd i ddechrau canu hwiangerdd ynghanol rhain!

Ond roedd Ann wedi deall, ac ysgwyd ei phen wnaeth hi,

a chodi ei hysgwyddau hithau. Doedd ganddi nunlle, a doedd ganddi ddim. Dangosodd boced wag ei ffedog iddo, a'r dagrau'n powlio. Edrychodd John ar Ellen. Ond eglurodd honno ei bod yn rhannu gyda'i dwy ffrind feichiog fel roedd hi.

Gwaeddodd John yn uchel am dawelwch, ac wedi ei gael o'r diwedd, gofynnodd a oedd lle i un yn unrhyw fync, bod y ferch hon (rhoddodd ei law ar ei hysgwydd) â nunlle i gysgu. Wedi cryn sibrwd a chega a phrotestio, llwyddwyd i ddod o hyd i le i Ann gydag Eliza o Lundain, merch ddeunaw oed oedd wedi gorfod gadael ei babi ar ôl gyda'i nain, ac oedd yn gyson ddagreuol o'r herwydd, a Margaret, merch ifanc iawn o slymiau Aberdeen oedd wedi bod yn dwyn ers ei bod yn ddim o beth, ac oedd ag anhwylder anffodus ar ei chroen. Doedd neb arall eisiau rhannu gwely gyda merch oedd yn crafu'n dragwyddol.

Dringodd John yn ôl i'r dec yn eithaf bodlon â'i hun: roedd wedi cael lle i'r ferch gysgu tra byddai ar yr *Amphitrite* – rhyw bedwar neu bum mis i gyd – ac roedd o wedi llwyddo i gael esgus dros fynd i lawr yno yn y lle cyntaf, i ofalu bod lle iddi gysgu, wrth gwrs. Felly fyddai gan griw Mary Brown ddim rheswm i bigo arni am hel clecs. Iawn, doedd o ddim wedi gallu rhoi eiddo'r ferch yn ôl iddi, ond efallai ei bod yn well iddi fod â dim.

Fe ddylai ddweud wrth Forrester bod eiddo'r ferch wedi ei ddwyn, ond i beth? Fyddai hwnnw byth yn gallu profi pwy oedd yn berchen beth chwaith, a hyd yn oed petai o'n gallu rhoi ei heiddo yn ôl iddi, byddai'r cwbl wedi ei ddwyn eto o fewn dim.

Doedd o ddim yn edrych ymlaen at y daith hon o gwbl. Roedd y llong yn iawn, os fymryn yn fach, ac roedd o'n hoffi'r capten, Albanwr o'r enw John Hunter. Roedd hwnnw'n digwydd bod yn berchennog y llong hefyd, sefyllfa go anarferol, ond doedd ganddo ddim llawer o brofiad fel capten llong – ddim ar deithiau hirion fel hyn o leiaf. Roedd o wedi bod yn *first mate* ar sawl taith i'r India, ac i Sydney unwaith, a hynny efo cargo o garcharorion – ond nid merched oedd y rheiny. Roedd o wedi cyfaddef wrth John Owen nad oedd yntau, chwaith, wedi hwylio efo cargo o ferched o'r blaen, ond na allen nhw byth fod yn fwy trafferthus na llond llong o lofruddwyr a llabystiau mawr cryf, hanner call.

Na, nid cludo carcharorion oedd y teithiau hawsaf o bell ffordd; roedd John Owen ei hun wedi cael ambell antur yn mynd â chargo o ddynion i Botany Bay ddwy flynedd yn ôl, ac i Van Diemen's Land dair blynedd cyn hynny, ond roedd o'n amau'n gryf bod cludo merched yn mynd i fod yn anos. Yn un peth, doedd morwyr ddim yn rhy hoff o gael merched ar yr un llong â nhw, am fod hen ofergoel yn dweud eu bod yn dod â lwc ddrwg. Yn ail, roedd bod mor agos at ferched oedd gan amlaf yn buteiniaid yn gallu cael effaith anffodus ar ei forwyr; roedden nhw'n gweld eisiau eu gwragedd a'u cariadon a byddai'r ysfa am ryw yn aml yn rhy gryf, yn enwedig pan oedd o'n cael ei gynnig ar blât. Roedd o'n gorfod cyfaddef bod yr hogan drawiadol yna efo'r Beibl wedi cael mymryn o effaith arno yntau. Byddai'n llawer rhy hawdd iddo gael ei demtio gan honna, yn enwedig ar ôl peth o'r bareli o ddiod feddwol oedd ganddyn nhw yn yr hold. Ond doedd morwyr ddim i fod i gyffwrdd yn y carcharorion, a dyna fo.

Roedd o wedi clywed bod y teithiau cynnar, 'nôl yn y 1780au, wedi bod yn erchyll: y 'floating brothels' fydden nhw'n eu galw nhw bryd hynny. Pawb a phopeth ar gefnau ei gilydd, fel golygfa o Sodom a Gomorra, ond byddai'r teithiau eraill, lle roedd y capten neu'r *surgeon* wedi mynnu cadw'r merched dan glo drwy'r adeg er mwyn osgoi unrhyw gyfathrach na themtasiwn, yn wirioneddol erchyll: yn ôl y sôn, wedi iddyn nhw gyrraedd Awstralia, roedd merched yn llewygu wrth gael eu llusgo i fyny i'r awyr agored am y tro cyntaf mewn misoedd, rhai'n marw ar y dec ac eraill yn y cwch rhwyfo a hwythau ar fin cyrraedd y lan. Roedd llawer yn methu cerdded na sefyll hyd yn oed, ac roedden nhw i gyd yn ffiaidd o fudur, gyda'u baw eu hunain ac eraill drostyn nhw, a'u cyrff yn berwi o lau a chwain. Roedd pethau wedi gwella'n arw ers hynny, diolch i'r drefn. Ond amser a ddengys sut drefn fydd gan y *surgeon* yma, meddyliodd.

Nid yn unig roedd y dyn wedi mynnu dod â'i wraig efo fo ar y daith – ac roedd honno i fod i gyrraedd fory, yn ôl y sôn – ond roedd o wedi mynnu gosod 'punishment box' ar y dec; bocs mawr pren y byddai carcharorion yr oedd angen eu cosbi yn cael eu rhoi i sefyll ynddo. Roedd tyllau yn y caead, felly fydden nhw ddim yn mygu o leiaf.

Doedd o ddim wedi disgwyl gweld y bocs yn cael ei ddefnyddio mor fuan, ond y noson honno, wedi i goblyn o dwrw ffraeo a sgrechian godi o'r carchar ar ôl swper, roedd un o'r saith Albanes ganol oed, gegog yn sgrechian mwrdwr ynddo.

Doedd Forrester ddim wedi mentro i lawr i ganol yr ymladdfa ei hun, dim ond wedi gyrru tri o'r morwyr i lawr yno i gadw trefn, a phan lusgodd rheiny dair dynes wyllt yn waed i gyd i fyny'r ysgol, pigodd ar yr un â'r iaith fwyaf brwnt a gorchymyn i'r morwyr roi honno yn y bocs. Doedd ei chael hi i mewn ddim yn hawdd, ac roedd ei sgrechian a'i gweiddi a'i rhegi hi wedyn mor annifyr, tywalltwyd bwced o ddŵr oer o afon Tafwys drosti. Mi ddysgodd gau ei cheg wedi'r ail lond bwced. Cyhoeddodd Forrester y byddai'r ddwy arall – un o buteiniaid Llundain ac Albanes ganol oed arall – yn cael eu rhoi yn y bocs drannoeth. A nag oedd, doedd o ddim yn mynd i sbio ar eu clwyfau nhw heno:

'Let it be part of your punishment.'

Roedd Ann wedi dychryn am ei bywyd pan ddechreuodd yr ymladd. Doedd hi erioed wedi gweld merched yn ymddwyn mor frwnt yn ei byw, ac roedd hi wedi gweld ambell sesiwn o dynnu gwallt mewn ffeiriau dros y blynyddoedd. Ond roedd yr achosion hynny fel chwarae plant o'i gymharu â'r ymladd go iawn yma rhwng merched Llundain a'r Alban: waldio pennau yn erbyn lloriau, cicio stumogau, dyrnu wynebau nes bod y gwaed ac ambell ddant yn hedfan, a'r sgrechian a'r bytheirio mwyaf ffiaidd erioed. Roedd o leiaf wyth neu ddeg ohonyn nhw wedi bod wrthi, a phawb arall yn gwneud eu gorau glas i gadw allan o'u ffordd.

Gwasgu ei hun yn belen i gornel wnaeth Ann. Allai hi ddim diodde'r sŵn; roedd yn waeth na'r sgrechian gorffwyll yn Millbank – o leiaf roedd waliau a drysau a chloeon i'w gwahanu rhag y merched gwallgo hynny. Roedd rhain yn yr un stafell â hi!

A beth oedd achos y ffrae? Edrychai'n debyg bod un o ferched Caeredin wedi dwyn rhywbeth oddi ar Mary Brown. Doedd neb yn siŵr iawn beth oedd o, ond gallai'n hawdd fod yn un o'r pethau gafodd eu dwyn oddi ar Ann y bore hwnnw. Beth bynnag oedd o, roedd Mary'n amlwg wedi ei gael yn ôl, diolch i'r bladres Jane Huptain yna. Dim ond rhywun gwallgo fyddai'n meiddio sgwario i fyny i honno.

Er mawr syndod iddi, llwyddodd Ann i gysgu'r noson honno. Oedd, roedd Margaret wedi bod yn crafu a chosi am sbel, ond wedi iddi ddechrau chwyrnu doedd hi ddim wedi symud modfedd. Bu Eliza'n crio am oriau, ond roedd y rhan fwyaf ohonyn nhw wedi crio eu hunain i gysgu. Roedden nhw i gyd yn uffern, wedi'r cwbl.

Drannoeth, cafodd y merched ddod i fyny ar y dec i ymestyn eu cyhyrau ac i weld Albanes welw, grynedig yn cael ei thynnu allan o focs erchyll yr olwg, dim ond i Jane Huptain gael ei gorfodi i mewn iddo'n gweiddi a strancio. Rhyw fath o gosb am yr ymladd neithiwr, yn amlwg. Ond cau rhywun am oriau mewn bocs tebyg i arch? Pwy sy'n meddwl am y ffyrdd yma o gosbi? meddyliodd Ann.

Yna, penderfynodd y *surgeon* sych yr olwg a diflas ei lais roi araith iddyn nhw am rywbeth neu'i gilydd. Ond pan welwyd cwch yn dod o'r lan tuag at y llong, cynhyrfodd y *surgeon* drwyddo a chafodd pawb eu gyrru'n ôl i lawr yr ysgol. Ann oedd un o'r rhai olaf i adael y dec a gwelodd fod dynes yn y cwch, dynes mewn dillad a het eithaf smart, felly nid carcharor mo hon.

Mrs Forrester oedd hi, yr unig ddynes ar y llong oedd ddim wedi ei halltudio i Awstralia, ac oedd yn mynd yno o'i gwirfodd. Doedd bywyd ddim wedi bod yn hawdd iddi hi na'i gŵr yn ddiweddar, ddim ers iddo gael ei ddwrdio am ei daith ddiwethaf i Awstralia, pan mai ychydig iawn o'r merched oedd wedi bod yn sâl, yn ôl ei *logbook*, ond rywsut roedd o wedi defnyddio pob un dim oedd yn y storfa feddygol. Yn sgil hynny, roedd o wedi cael ei roi yn y trydydd dosbarth o ran *surgeons* addas ar gyfer mordeithiau tebyg, a dyna pam nad oedd o wedi cael llawer o waith na chyflog ers tro. Doedd Mrs Forrester ddim yn ymwybodol o'r manylion na'r rhesymau dros eu tlodi, ond roedd hi'n amau bod rhyw ddrwg yn y caws. Roedd hi wedi clywed a darllen y straeon brawychus am y *surgeon* anfoesol ar long y *Providence* saith mlynedd ynghynt, gŵr oedd wedi cynnal partïon diota a gweithredoedd masweddus gyda'i garcharorion benywaidd yn ei swyddfa. Doedd hi ddim yn amau am eiliad y byddai ei gŵr yn gwneud pethau o'r fath, wrth gwrs, ond byddai dod gyda James ar y daith hon nid yn unig yn gyfle i gadw golwg arno ac i ofalu na fyddai merched ifainc llac eu moesau yn meiddio ceisio'i demtio mewn unrhyw ffordd, ond hefyd yn gyfle iddyn nhw greu bywyd newydd yn y Byd Newydd yn Awstralia.

Wedi iddi hi a'i llu o fagiau gael eu codi ar y dec, derbyniodd groeso cwrtais Capten John Hunter cyn i'w gŵr ei harwain i'w caban bychan ond taclus. Yno, cyhoeddodd Mrs Forrester y byddai hi angen morwyn ar gyfer y daith. Wel, os oedd hi'n fodlon cael morwyn o blith y carcharorion, doedd y *surgeon* ddim yn gweld problem efo hynny.

Crychodd Mrs Forrester ei thrwyn. Un o'r carcharorion?

Eglurodd James Forrester nad oedden nhw i gyd yn buteiniaid, a bod mwy nag un yn ymddangos yn rhyfeddol o gwrtais a bonheddig.

'Well, bring me two or three of the most courteous and clean and I shall choose the one least offensive to me,' meddai Mrs Forrester. 'Though I will expect my maid to be scrupulously clean at all times, mind.'

Ymhen dim, roedd tair o ferched ar y dec er mwyn i Mrs Forrester eu cyfweld. Roedd un, Ellen Bingham, yn hynod dlws, ond yn rhy dlws, ac yn butain. Doedd Mrs Forrester ddim am i'w chymar weld gormod o honna o gwmpas y lle. Roedd un arall yn fwy plaen ond yn amlwg yn feichiog ac ni fyddai merch feichiog o unrhyw werth iddi. Roedd y drydedd, Sarah Poole, yn hŷn, yn ddeugain, ac felly'n nes at oed Mrs Forrester ei hun. Roedd ganddi ddillad rhyfeddol o drwsiadus, ac roedd hi'n amlwg yn berson tawel a phwyllog. Lleidr oedd hon, wedi ei dedfrydu yn Nottingham am ddwyn dillad a deugain pwys o fenyn. Wel, dim ond iddi ddeall mai yn y bocs cosbi y byddai hi ar ei phen petai hi'n meiddio ceisio dwyn unrhyw beth oddi ar Mrs Forrester... Cytunodd Sarah i'r fargen yn syth. Byddai'n braf gallu dianc o dywyllwch a drewdod y carchar a threulio amser yng nghaban bach del y *surgeon*. Er, roedd hi'n eithaf siŵr y byddai angen amynedd Job efo'r ddynes hon. Snoben os gwelodd hi snoben erioed.

Ni fu unrhyw ymladd ymysg y merched y noson honno, yn bennaf am fod y tair oedd wedi treulio cyfnodau hirion yn y bocs cosbi yn dal mewn gormod o boen i wneud fawr ddim heblaw gorwedd ar eu gwelyau.

Cafwyd ymwelydd arall ar y dydd Gwener: Mrs Elizabeth Fry ac aelodau eraill o'r British Ladies' Society for Promoting the

Reformation of Female Prisoners. Roedd nifer o'r carcharorion yn hen gyfarwydd â hi, gan mai ymweliad â charchar Newgate oedd wedi ei sbarduno i geisio gwella amodau i ferched mewn carchardai yn y lle cyntaf, a byddai hi ac aelodau o'i chymdeithas yn parhau i fynd yno'n gyson, ac i Millbank yn ogystal. Roedd pawb wedi ei chlywed hi'n darllen o'r Beibl ar ryw adeg, ac er bod rhai'n gwerthfawrogi hynny, a'r ffaith mai hi a'i phwyllgor oedd yr unig bobl oedd wedi dangos unrhyw fath o garedigrwydd atyn nhw yn ystod eu cyfnod yn y carchar, doedd pawb ddim yn teimlo'r un fath.

Rhowliodd Mary Brown ei llygaid pan welodd hi'n cael ei chodi ar y dec gyda'r hoist. Doedd ganddi ddim amynedd efo'r *do-gooder* yma. Roedd hi wedi hen laru ar glywed ei llais ffug-felfed yn mynd 'mlaen a 'mlaen am yr Iesu hwn a'r Iesu llall; doedd hi'n amlwg mai ceisio bod yn Iesu arall ei hun oedd hi? Hi a'i chriw o ddisgyblion yn ei dilyn i bob man yn ddall a dwl yn ceisio 'gwneud daioni'?

'With any luck, she'll fall overboard and be drowned,' meddai, heb wneud ymgais o unrhyw fath i sibrwd.

Trodd y lleill ati mewn sioc, ond piffian chwerthin wnaeth Jane Huptain.

'Aye, then she can bore the fishes to death instead of us!' meddai honno.

Dechreuodd mwy o ferched chwerthin, a dweud pethau tebyg, a gwaeth. Sythodd Mrs Fry. Roedd hi wedi clywed eu sylwadau – roedd pawb wedi eu clywed – a brwydrodd i gadw'r siom a'r braw o'i llais a'i hwyneb. Trodd at y *surgeon* – ei ddyletswydd o oedd cadw trefn ar y merched, wedi'r cwbl. Pesychodd hwnnw, gan fod ei lwnc wedi mynd yn sych fwyaf sydyn.

'Now, some order if you please, and let us all welcome Mrs Fry onto our ship.' Dechreuodd glapio, a dilynodd ei wraig, Capten Hunter a'r morwyr, y plant a rhyw ddeugain o'r merched ei esiampl. Ond dilyn esiampl Mary Brown wnaeth y gweddill, a phlethu eu breichiau'n herfeiddiol. Ceisiodd Mrs Fry anwybyddu hyn, ac aeth ati i ddymuno'n dda iddyn nhw ar y daith, a gobeithio bod y pecynnau gawson nhw gan y gymdeithas yn mynd i fod o fudd iddyn nhw. Eglurodd fod yn y pecyn ddigon o nodwyddau, edau a defnydd iddyn nhw wneud cwilt clytwaith yr un; byddai'n rhywbeth adeiladol iddyn nhw ei wneud yn ystod y daith hir, ac wedi cyrraedd Botany Bay, gallent eu gwerthu.

Allai John Owen ddim peidio ag edrych ar Ann Lewis. Doedd y greadures yn amlwg yn deall dim o hyn, oedd yn fendith, gan na fyddai hi'n gallu gwnïo na gwerthu unrhyw beth.

Pan ddechreuodd Mrs Fry ddarllen o'r Beibl, dechreuodd rhai o griw Mary Brown ddylyfu gên. Ochneidiodd un o hen ferched cegog Caeredin yn uchel a bytheirio dan ei gwynt. A dyna ni, roedd y peth fel rhes o ddominos: aeth y don dawel ond perffaith glir o fytheirio a rhegi drwy'r carcharorion, nes bod pwyllgor Mrs Fry yn troi'n bob lliw, rhai'n fflamgoch a rhai'n welw. Rhoddodd un ohonynt besychiad bychan delicet, ac yn syth, dechreuodd un o'r carcharorion besychu, a hynny'n uchel, yna roedd bron pawb yn pesychu, a ddim yn rhoi'r gorau iddi, ond yn dal ati, yn uwch ac yn uwch.

Doedd Mrs Fry erioed wedi teimlo'r fath awyrgylch bygythiol, ddim hyd yn oed yn ystod y dyddiau cynnar yn Newgate. Ond doedd y *surgeon* yma'n gwneud affliw o ddim am y peth! Nid mater i'r capten mo hyn, ac roedd o yn ei swyddfa beth bynnag, yn gadael gweithgareddau'r carcharorion i'r *surgeon*. Brysiodd Mrs Fry drwy'r darlleniad, dywedodd 'Amen' ac yna hel ei phwyllgor at yr hoist. Roedd hi wedi bod yn ddynes hynod amyneddgar erioed, ond doedd hi ddim yn mynd i wastraffu'r un eiliad arall ar garcharorion yr *Amphitrite*. Rhyngddyn nhw a'u potes.

CODWYD YR ANGOR gyda'r llanw uchel am naw y bore ar fore Sul, Awst y 25ain, a dechreuodd yr *Amphitrite* ar ei thaith i lawr afon Tafwys. Allai'r merched oedd wedi eu cloi o dan y dec weld dim, ond roedden nhw'n gallu teimlo'r llong yn symud, a phob hyn a hyn yn gallu clywed clychau'r gwahanol eglwysi ar lannau'r afon yn galw ar eu preiddiau.

Roedd pob *surgeon* ar deithiau fel hyn i fod i gynnal gwasanaeth Cristnogol ar y llong ar y Sabath, ond doedd dim byd o'r fath wedi digwydd ar yr *Amphitrite*, er fod Forrester a merched Newgate wedi bod ar ei bwrdd ers dros wythnos. Ni fu gwasanaeth y Sul hwn chwaith. Efallai fod y *surgeon* wedi penderfynu peidio oherwydd prysurdeb y morwyr ar y dec. Roedd angen hwylio'n ofalus rhwng Woolwich a Môr y Gogledd, wedi'r cwbl, gan fod yr afon yn troi'n o arw ddeg gwaith cyn cyrraedd yr aber, ac ar bob tro byddai silffoedd tywod yn llechu o dan wyneb y dŵr, neu draethellau lleidiog, yr oedd angen eu hosgoi ar bob cyfrif, yn ymddangos mwyaf sydyn. Rheswm arall dros beidio â hel y merched ar y dec ar y diwrnod hwn oedd rhag ofn y byddai gweld glannau afon Tafwys yn ysgogi wylo mawr neu hysteria – neu waeth. Neu efallai fod Mr Forrester wedi dychryn rhyw fymryn o weld ymddygiad y carcharorion yn ystod darlleniad yr enwog a pharchus Mrs Fry, ac wedi penderfynu peidio â mentro ei hun, ddim eto o leiaf.

Aeth y deuddydd cyntaf i lawr yr afon yn gymharol ddidrafferth. Cafodd y merched i gyd ddod i fyny ar y dec i gael awyr iach, ac i ysgwyd ac eirio eu gwelyau, a bu'r plant yn rhedeg o gwmpas gan chwerthin, oedd yn sŵn hyfryd – ym marn rhai.

Roedd fel cyllell drwy galon y merched oedd wedi gorfod gadael eu plant ar ôl. Cilio i'w stafell wnaeth Mrs Janet Forrester, gan fod y sŵn yn rhoi cur pen iddi, wir. Doedd ei phriodas â'r *surgeon* ddim wedi llwyddo i ddod â phlant i'r byd eto, ac roedd hi'n tynnu 'mlaen bellach. Byddai wedi hoffi cael ei phlant ei hun, wrth gwrs, ond ar y llaw arall, doedd hi erioed wedi bod yn gyfforddus yng nghwmni plant iau, yn enwedig rhai swnllyd fel rhain oedd ddim yn gwybod sut i eistedd yn daclus yn gwnïo neu ddarllen neu rywbeth. Ond dyna ni, plant *convicts* oedden nhw, felly doedd dim syndod eu bod yn ymddwyn fel anifeiliaid.

Ym marn y bosn, John Owen, roedden nhw'n sicr yn blant bywiog iawn, ond ddim yn ddrwg; direidus efallai, busneslyd yn bendant, ac â thueddiad anffodus i fynd dan draed y morwyr. Roedd Thomas, y bachgen naw oed, yn mynnu dringo'r rigin a rhoi haint i'w fam a'r morwyr, ac yn dychwelyd yno hefyd, hyd yn oed wedi iddo gael llond pen a chelpen gan forwr blin. Roedd John ei hun wedi rhoi cefn pen iddo am wneud llanast o raffau oedd wedi eu gosod yn daclus, fel y dylai rhaffau fod ar unrhyw gwch neu long. Ond chwilio am rywbeth i'w wneud oedd y creadur, wrth gwrs, fel unrhyw fachgen naw oed. Roedd John wedi ceisio dweud wrtho beth oedd y rheolau ar long, ac egluro eu bod er lles pawb yn y pen draw, ond nid y bosn oedd yr awdurdod fan hyn, na'r capten chwaith. Y *surgeon* oedd i fod i gadw trefn ar yr holl garcharorion, yn blant ac oedolion. Gan amlaf, byddai *surgeon* pob llong yn gosod rheolau pendant a threfnu gweithgareddau i'r carcharorion, ond roedd y *surgeon* hwn yn gadael i'r merched – a'u plant – wneud fel a fynnent.

Golygai hyn y bu rhai o'r merched mwyaf powld (neu unig) yn llygadu'r morwyr, a rhai o'r morwyr mwyaf blysiog yn llygadu rhai o'r merched. Roedd y rhan fwyaf ohonynt yn ifanc a llawn hormonau bywiog, wedi'r cwbl. Gwaith dynion ifainc, heini oedd hwylio llongau fel hyn, a merched ifainc, ar y cyfan, yr oedd yr awdurdodau wedi penderfynu eu gyrru i Awstralia;

merched mewn oed magu. Roedd wedi clywed sgwrs rhai o'r merched y bore hwnnw, pan oedd un wedi cynghori'r gweddill mai'r ffordd orau i ferch yn eu sefyllfa nhw edrych ar ei hôl ei hun oedd drwy fachu gŵr. Hyd yn oed os oedd ganddyn nhw ŵr adref, gŵr roedden nhw'n ei garu, gwell oedd anghofio amdano, a gwadu ei fodolaeth yn llwyr. Os am oroesi, os am fyw drwy erchyllterau Botany Bay, roedd yn rhaid iddyn nhw ddod o hyd i ddyn ar fyrder, a waeth iddyn nhw geisio bachu un o'r morwyr hyn tra medren nhw.

Roedd John Owen yn amau'n gryf bod rhai o'r merched mwyaf penderfynol wedi llwyddo i fynd i'r afael â rhai o'i forwyr yn barod, ond doedd ganddo ddim prawf, a doedd ganddo ddim llygaid yng nghefn ei ben chwaith.

Allai o ei hun ddim peidio â llygadu Ellen Bingham. Arswyd, roedd hi'n ferch hardd, yn amlwg o deulu da hefyd, ac anodd oedd credu i hon, o bawb, orfod troi at werthu ei chorff. Puteindra oedd y rheswm yn y llyfr lòg dros ei halltudio, beth bynnag.

Doedd rhai o benderfyniadau'r llysoedd a'r awdurdodau ddim yn gwneud synnwyr o gwbl. Dyna'r Gymraes fach yna, Ann Lewis… dacw hi eto, yn sefyll ar y dec ar ei phen ei hun, yn edrych allan dros y môr, a'r dagrau'n diferu i lawr ei hwyneb. Roedd o a'r morwyr eraill wedi sylwi mai dyna'r cwbl fyddai hi'n ei wneud ar ôl dod i fyny'r ysgol o'r carchar: troi ei chefn ar y llong a phawb oedd arni a sefyll yno'n crio'n dawel wrth sbio allan ar y dŵr. Dim bwys faint o chwerthin a rhialtwch oedd yn digwydd y tu ôl iddi, doedd hi'n malio'r un botwm corn. Roedd hi wedi gofyn i John ei hun un tro i ba gyfeiriad roedd Cymru. Gafael yn ei lawes wnaeth hi, pwyntio allan dros y dŵr, a gofyn: 'Cymru? Welsh?' Roedd o wedi ei throi i gyfeiriad y gogledd-orllewin, a sefyll yn syllu'n ddagreuol i'r cyfeiriad hwnnw fuodd hi wedyn.

Roedd rhywbeth yn dlws amdani hithau, neu efallai iddi

fod yn dlws ar un adeg. Roedd hi mor welw a thenau bellach, edrychai'n debycach i ysbryd. Roedd hi wedi bod yn gwrthod bwyta medden nhw, neu'n methu bwyta am ei bod yn ei daflu'n ôl i fyny'n syth. Byddai'n derbyn darn o afal neu ellygen weithiau, ac yn hanner cnoi ar hwnnw, ond roedd hi'n eithaf amlwg bod y ferch fach hon wedi rhoi i fyny ar fywyd. Roedd ei llygaid yn farw ers tro.

Tybed beth oedd yn mynd drwy ei meddwl wrth i'r gwynt lenwi'r hwyliau a'i gyrru'n bellach o'i chartref? Roedd nifer o'r merched eraill yn amlwg yn edrych ymlaen at y daith, yn ei weld fel ail gyfle ar fywyd, ond nid hon. Edrychai hon fel petai'n mynd i uffern.

Gwaeddodd y capten arno'n sydyn. Roedd y gwynt yn codi ac roedd angen trimio'r hwyliau.

Gwaethygu wnaeth y gwynt o hynny ymlaen, a gollyngwyd angor dros nos yn Margate Roads ar nos Fawrth, Awst y 27ain, gan ailgychwyn eto am bedwar y bore trannoeth, pan oedd pethau'n ymddangos yn well iddyn nhw fentro allan o aber Tafwys ac i'r môr. Ond bu'n rhaid bwrw angor eto'r noson honno, cyn mentro heibio clogwyni gwynion Dover. Nid bod unrhyw un o'r carcharorion wedi eu gweld, gan fod dringo'r ysgol i fyny i'r dec yn gryn dasg bellach. Roedd yr arogl o'r bwcedi, y llawr a'r gwelyau yn troi stumog pawb erbyn hyn, a neb â'r nerth i lanhau ar eu hôl eu hunain, ond roedd aros i lawr yn nhywyllwch y carchar yn teimlo'n fwy diogel na mentro allan i ganol y gwynt a'r glaw.

Gorweddai Ann fel delw ar ei gwely ynghanol y griddfan a'r ochneidio a'r gweddïo, yn clywed lleisiau ei thad a phregethwyr capel Rhiwspardyn yn glir uwchlaw'r cyfan:

'Caiff y pechaduriaid oll eu taflu i bwll llygredigaeth a phwll terfysg…! Byddant yn crwydro'n llawn poen a dioddefaint drwy ddyffryn wylofain!'

Dyma fi, meddyliodd. Dwi yno, a dyna'n union sut mae hi. O

Dduw, maddau i mi fy nghamweddau, gweddïodd yn fud. Dwg
fi drwy y tonnau geirwon… Daeth geiriau un o'i hoff emynau
iddi, un o emynau Pantycelyn, a cheisiodd ganu i foddi sŵn ei
chyd-ddioddefwyr ym mhwll llygredigaeth.

'Arglwydd, arwain trwy'r anialwch,

Fi, bererin gwael ei wedd,

Nad oes ynof nerth na bywyd

Fel yn gorwedd yn y bedd.'

Roedd ei llwnc yn sych a'i llais yn gryg, ond daeth o hyd i ryw
nerth o rywle i ganu gyda mwy o arddeliad:

'Hollalluog, Hollalluog

Ydyw'r Un a'm cwyd i'r lan!'

Trodd Margaret, y lleidr o'r Alban, ati mewn syndod.

'Sing away, pet,' meddai honno, 'it's lovely, that is.'

Ar y dydd Iau, wrth basio Dungeness, cododd y gwynt eto, a
gorchmynnodd y capten i'w forwyr dynnu rhai hwyliau i lawr a'u
rhwymo. Erbyn nos, roedd angen rhwymo mwy fyth a gyrrodd
ei ddringwyr gorau i ben ucha'r mast canol a blaen i roi rhwym
dwbl ar y brig-hwyliau.

Roedd y criw bychan o forwyr wedi hen arfer gyda thywydd
garw, ond roedd Mrs Forrester yn sâl fel ci i fyny yn y starn, ac
roedd y carcharorion i lawr o dan y dec yn cael eu taflu i bob
cyfeiriad erbyn hyn. Cydiai Ann yn dynn ym mhren y gwely, ac
er nad oedd dim oll yn ei stumog, allai hi ddim peidio â chyfogi
drosodd a throsodd. Roedd y llong nid yn unig yn gwyro o ochr
i ochr ac o'r pen i'r blaen, ond yn troelli fel tynnwr corcyn hefyd,
fel bod pennau a stumogau pawb yn dioddef. Roedd hyd yn
oed Thomas yn fud a llonydd ac yn cydio'n dynn yn ei chwaer
fach saith oed, tra oedd eu mam yn ceisio cysuro'i frawd bach
deunaw mis.

Sylwodd Ann, er gwaethaf ei gwewyr, fod Mary Brown hefyd

yn wyrdd ac yn griddfan yn uchel, yn uwch na neb a dweud y gwir, ei bod eisiau marw. Gwyddai nad oedd yn beth Cristnogol iawn i'w wneud, ond allai Ann ddim peidio â gwenu.

Am y pedair awr ar hugain nesaf, hwyliodd, neu, yn hytrach, brwydrodd yr *Amphitrite* dan ganfas bychan iawn, ac yna, heb hwyl o gwbl. Roedd y gwynt cryf wedi troi'n storm, un o'r stormydd gwaethaf i daro'r rhan hon o'r byd ers blynyddoedd lawer. Yn ôl graddfa newydd sbon Francis Beaufort, capten gyda'r Llynges Frenhinol, roedden nhw'n hwylio drwy wynt Force 11, un raddfa'n unig yn llai na 'hurricane'.

Ganol y prynhawn ar ddydd Sadwrn, Awst yr 31ain, sylweddolodd y capten eu bod yn gweld tir, a hwnnw'n dir oedd yn agosáu'n gyflym. Roedden nhw'n cael eu gwthio i gyfeiriad arfordir Ffrainc. Tua pedwar y prynhawn, penderfynodd Capten Hunter mai'r unig ddewis oedd ganddo oedd hwylio'i long ar fanc tywod Boulogne, gollwng yr angor ac aros yno nes byddai'r storm wedi pasio, yn y gobaith y byddai'r llanw uchel yn ei chodi oddi ar y tywod wedyn. Roedd o wedi benthyg yn arw er mwyn gallu prynu'r *Amphitrite*, a gwyddai y byddai'n fethdalwr petai'n ei cholli. Roedd o am osgoi hynny ar bob cyfri.

Ar y lan, gwyliai pysgotwyr Boulogne y llong gyda braw. Beth oedd ar ben y capten yn gollwng yr angor fel yna, ar y banc tywod? Ai credu y byddai'n cael lloches yno roedd o? Roedden nhw'n gwybod y byddai'r llanw uchel yn gwneud y gwrthwyneb yn llwyr, sef cadw'r llong yn gwbl gaeth yn y tywod wrth i'r tonnau gynyddu, a thyfu'n fwy nag arfer a hithau'n noson lleuad lawn. Byddai tunelli o ddŵr hallt yn taranu'n erbyn corff yr *Amphitrite* nes byddai'n cael ei chwalu'n yfflon. Roedd yn rhaid rhoi gwybod i gapten y llong hon ar unwaith.

Er gwaethaf y perygl, rhwyfodd criw o wirfoddolwyr allan mewn cwch bychan a llwyddo i gyrraedd yr *Amphitrite*.

Gwaeddodd y rhwyfwyr fod amser iddyn nhw ddianc o hyd, ei bod hi'n dal yn llanw isel. Ond aeth rhywbeth o'i le; efallai nad oedd criw'r *Amphitrite* yn deall neges y rhwyfwyr, efallai nad oedd y capten yn fodlon credu bod ei long mewn perygl, ond tynnwyd y rhaff yn ôl a bu bron i'r cwch rhwyfo gael ei suddo gan don anferthol. Bu'n rhaid i'r dynion lleol rwyfo'n ôl at y lan yn gwaredu a bytheirio'r capten hurt a dwl oedd yn credu ei fod yn gwybod yn well na'r morwyr lleol. Pam roedd rhaid i *les Anglais* fod mor siŵr mai nhw oedd yn iawn bob amser, *hein*?

Yn y cyfamser, roedd gŵr naw ar hugain oed o'r enw Pierre Hénin, nofiwr cryf ac achubwr bywydau adnabyddus, wedi tynnu pob cerpyn oddi amdano, wedi cydio mewn rhaff arall ac wedi dechrau nofio drwy'r tonnau i gyfeiriad y llong. Am saith y nos, gallai'r gwylwyr ar y lan weld Hénin yn cyffwrdd y llong a morwr yn taflu rhaff iddo. Ond yn sydyn, cafodd y rhaff honno hefyd ei thynnu'n ôl i fyny. Doedden nhw ddim am wrando arno yntau, doedden nhw ddim angen ei gymorth a doedd gan Hénin ddim dewis ond nofio'n ôl at y lan.

Roedd ei gynllun o, a'r criw rwyfodd at y llong, wedi ei chwalu. Roedden nhw wedi bwriadu i raff gael ei defnyddio fel canllaw i gynorthwyo'r bobl ar y llong i lusgo'u hunain at y lan cyn i'r llanw godi ac i'r tonnau fynd yn rhy arw.

Pan sylweddolodd y morwyr a Capten Hunter y gallen nhw fod mewn perygl wedi'r cwbl, cyhoeddwyd y dylid rhoi Mrs Forrester ac o leiaf rai o'r carcharorion yn y cwch hir oedd â digon o le i ryw ddeugain, efallai mwy, a'u rhwyfo at y lan.

Roedd y capten a John Owen o blaid hyn, ond doedd Mrs Forrester ddim. Doedd hi ddim am deithio mewn cwch bychan gyda'r fath wehilion.

'No, I most certainly will not share a boat with prisoners,' meddai'n syth. 'Let them stay on the ship, and let us go on shore without them. Let God be their judge.'

Gwrthodwyd hyn. Protestiodd y capten y dylid gadael i'r

mamau a'r plant fynd ar y cwch o leiaf, ond trodd Dr Forrester ei drwyn a dweud y gallen nhw ddianc, ac y byddai'r awdurdodau am ei waed o petai hynny'n digwydd.

Felly chafodd y cwch hir mo'i ddefnyddio.

Yn y cyfamser, roedd y carcharorion wedi bod yn sgrechian a gweiddi a churo ar ddrws y carchar. Roedd dŵr yn llifo i mewn atyn nhw, ac roedden nhw'n gaeth fel llygod mewn trap.

Am y tro cyntaf, roedd y merched i gyd yn falch fod Jane Huptain mor gryf ac ymosodol. Llwyddodd i waldio'r drws drosodd a throsodd gyda darnau o'r bynciau, ac o'r diwedd, chwalodd y pren a ffrwydrodd y merched i fyny'r ysgol. Llusgodd y mamau eu plant gyda nhw a brysiodd mam y ferch sâl o'r Alban i'r ysbyty i chwilio amdani. Arhosodd Ann ar ôl am ychydig i dyrchu o dan wely Mary Brown. Daeth o hyd i lyfr gweddi ei rhieni, ei gusanu a'i wthio i lawr blaen ei gwisg, yna brysiodd at yr ysgol.

Roedd hi tua naw o'r gloch y nos, a'r tonnau bellach yn anferthol. Llifai dŵr dros y dec isaf, a heidiodd y morwyr am y rigin gan weiddi ar y merched i'w dilyn. Aeth Thomas y bachgen naw oed ar eu holau'n syth, ond roedd yn well gan ei fam a'i chwaer a'i frawd, a mwyafrif llethol y carcharorion, fynd am ddiogelwch y starn a swyddfa'r capten a'r *surgeon*, lle cafodd Mrs Forrester ffit biws o weld yr holl ferched gwyllt a chynddeiriog yn llifo i mewn tuag ati.

Ceisiodd Ellen Bingham berswadio'r capten i adael iddynt ddefnyddio'r cwch rhwyfo, ond ysgwyd ei ben wnaeth hwnnw. Roedd hi'n rhy hwyr i hynny. Efallai y byddai ei long yn dod drwy hyn beth bynnag; rhaid oedd cadw'r ffydd. Ysgydwodd Ellen ei phen mewn anghrediniaeth – roedd y dyn wedi colli arno.

Wedi petruso am ychydig, dringodd Ellen a rhai o'r merched iau i fyny'r rigin ar ôl y dynion, a dyna oedd penderfyniad Ann hefyd. Byddai wedi bod yn haws dringo heb ei sgert a'i phais, a gwelodd fod Margaret, y lleidr bach o slymiau Aberdeen, wedi diosg ei sgert hi ar y dec ac yn dringo fel mwnci. Ond allai Ann ddim gwneud hynny, fyddai o ddim yn weddus, a ph'un bynnag, roedd hi'n rhy hwyr, roedd hi angen ei dwy law i ddal gafael ar y polion a'r rhaffau gwlybion wrth ddringo i fyny o afael y tonnau. Dringodd i fyny yn agos at lle roedd Thomas, a chael hanner gwên ganddo.

Bu Ann, Thomas a'r dringwyr eraill yno yn y rigin am awr, mwy efallai, yn gwylio'r môr yn ferw gwyllt oddi tanynt, yn gweddïo y byddai rhywun yn dod i'w hachub mewn pryd. Ond roedd y môr yn rhy arw ac yn rhy ddwfn bellach, a'r cwbl y gallai'r bobl ar y lan ei wneud oedd gwylio'r llong yn cael ei llabyddio, a'r tonnau'n cynyddu'n ddidrugaredd.

Er ei bod yn wan fel cath bellach, ceisiodd Ann ganu mwy o emyn Pantycelyn yn dawel fach.

'Pan bwy'n myned trwy'r Iorddonen

Angeu creulon yn ei rym,

Ti est trwyddi gynt dy hunan,

Pam yr ofnaf bellach ddim?

Buddugoliaeth, buddugoliaeth,

Gwna imi waeddi yn y llif!'

'Keep singing,' meddai Thomas wrthi. 'But louder so I can hear you better.'

Ceisiodd Ann godi ei llais ond roedd y gwynt a'r tonnau'n cynyddu ac yn mynd yn fwy milain fesul eiliad. Roedd y tonnau'n torri dros y dec bellach, yn ysgwyd yr *Amphitrite* fel doli glwt. Sgrechiodd Ann wrth i don anferthol daro corff y llong fel craig, a rhwygo'r starn i ffwrdd yn llwyr. Roedd sgrechiadau'r merched yn erchyll wrth iddyn nhw gael eu sgubo allan i'r tywyllwch gwyllt, ac yn sydyn, doedd eu sgrechiadau ddim i'w clywed mwyach. Udodd Thomas fel anifail – roedd ei deulu i gyd wedi bod yn y starn.

Funudau'n ddiweddarach, gyda sŵn clecian a rhwygo a choed

yn sgrechian, chwalodd y llong yn llwyr ac roedd Ann yn disgyn fel carreg i ganol y tonnau.

Roedd taro'r dŵr yn sioc; doedd Ann erioed wedi profi unrhyw beth tebyg yn ei byw. Doedd hi erioed wedi dysgu nofio, felly doedd hi ddim wedi neidio neu blymio i mewn i unrhyw afon. Doedd hi erioed wedi mynd yn agos at ddŵr dwfn chwaith oherwydd fod ganddi gymaint o ofn boddi. Ceisiodd godi ei hun yn ôl i'r wyneb drwy gicio a chwifio'i breichiau, ond roedd yn amhosib. Roedd y tonnau'n ei gwthio'n ôl i lawr a'i chwyrlïo i bob cyfeiriad heblaw am i fyny, a'i dillad trymion yn ei thynnu'n ddyfnach i'r düwch. Gallai deimlo'i hysgyfaint yn sgrechian mewn protest. Doedd hi ddim eisiau marw, doedd ei chorff hi'n sicr ddim yn barod i farw; roedd hi'n ifanc ac iach ac roedd pob gewyn yn ei chorff yn brwydro am gael byw, yn cicio a chrafangu'n wyllt. Fel hyn y byddai cŵn a chathod bychain Llety'r Goegen wedi teimlo wrth i'w thad eu boddi, meddyliodd yn sydyn.

Ei thad. Llety'r Goegen. Ei theulu. Ei mam yn brwsio'i gwallt am oriau. Owen a'i wên garedig. Enid a'i dagrau yn y carchar yn Nolgellau. Mari a Robat wedi hwylio am America. Tom a'i wenyn. Megan a'i chwerthin heintus.

Gwyddai na fyddai byth yn eu gweld eto – ddim ar y ddaear hon o leiaf. A dyna ni; rhoddodd y gorau i frwydro, pwysodd ei llaw yn erbyn ei brest, lle roedd y llyfr gweddi, ac agorodd ei gwefusau i adael i'r dŵr lenwi ei hysgyfaint.

Synnai fod popeth mor dawel mor sydyn. Uwchben y dŵr, a'r tonnau a'r gwynt yn rhuo a chwipio, merched yn sgrechian a'r llong yn chwalu, roedd y sŵn wedi bod yn erchyll. Fan hyn, roedd popeth yn dawel, yn dywyll, yn gwneud synnwyr o'r diwedd. Dyma oedd ei thynged, dyma oedd ei chosb.

Sugnodd y môr ei dillad trymion, a'i derbyn.

LLWYDDODD MORWR DEUNAW oed o'r enw John Rice i ddal gafael mewn ysgol a syrffio drwy'r tonnau ar honno, nes cafodd ei achub gan un o'r morwyr lleol.

Cydiodd Towsey, morwr arall, fel gefail mewn darn o goed maluriedig y llong, gyda'r capten ar y pen arall, nes i hwnnw gael ei olchi i ffwrdd a diflannu. Cafodd Towsey ei dynnu o'r dŵr gan forwr lleol arall a'i gludo, fel John Rice, i westy lle roedd pobl leol Boulogne a chriw o dwristiaid wrthi'n brysur yn ceisio gwneud beth gallen nhw i adfywio'r holl gyrff oedd yn dod i'r lan.

Roedd y bosn, John Owen, dwy ar hugain, ar ôl tri chwarter awr o frwydro'n ffyrnig i ddal ei afael yn rigin y mast blaen, wedi llwyddo i nofio at y lan. Roedd ei allu i nofio'n gryf wedi ei gynorthwyo i oroesi sawl llongddrylliad: dyma'r trydydd ar ddeg iddo. Ond roedd ei ddwylo wedi eu rhwygo'n rhacs ac wedi chwyddo, a'i ben-glin wedi ei anafu'n o ddrwg hefyd.

Cludwyd nifer fawr o gyrff i fyny at y gwesty, ond dim ond y tri morwr gafodd fyw.

Daethpwyd o hyd i gyrff Mr a Mrs Forrester drannoeth, yn noeth. Credai rhai mai'r tonnau gwylltion oedd wedi rhwygo eu dillad oddi arnynt, ond gwyddai eraill mai'r bobl gyntaf i ddod o hyd iddynt yn y tywyllwch oedd wedi bachu'r dillad crand oddi arnynt. O leiaf roedd dannedd y Forresters yn dal ganddynt. Yn rhyfedd iawn, roedd y môr, neu'r llong efallai, wedi llwyddo i wneud llanast go iawn o gegau rhai o'r merched iau, oedd â'u dannedd mewn llawer gwell cyflwr na rhai'r *surgeon* a'i wraig (oedd ill dau tua deugain oed). Gwadodd yr awdurdodau yn llwyr mai 'dannedd Waterloo' oedd yr esboniad am y dannedd coll.

Cyhoeddwyd adroddiadau lu am y drychineb yn y papurau Saesneg:

'I never saw so many fine and beautiful bodies in my life,' meddai gohebydd yr *Observer* yn Boulogne. 'Some of the women were most perfectly made; and French and English wept together at such a horrible loss of life in sight of—aye, and even close to, the port and town. Body after body has been brought in. More than 60 have been found; they will be buried to-morrow. But, alas! after all our efforts only three lives are saved out of 136!!!'

Cyfansoddwyd a chanwyd baledi hefyd:

Loss of the Amphitrite

Come list, you gallant Englishmen, who ramble at your ease,
While I unfold the horrors and the dangers of the seas;
It's of the ship, the Amphitrite, with a hundred and eight females,
And children, crew, and cargo, bound all for New South Wales.

'Twas on August 25th, we sail'd from Woolwich shore,
Leaving our friends behind us, whose hearts were grieved sore;
Along the shore away we bore, tilt friends were out of sight,
Who crying, said adieu, poor girls, on board the Amphitrite.

We sail'd away without delay, and arriv'd off Dungeness,
But when we came off port Boulogne, then great was our distress,
On Friday morning, the fourth day, O what a horrid sight!
Who crying said adieu, poor girls, on board the Amphitrite.

Our Captain found she was near aground, her anchor did let go,
Crying, yet your man and topsails, boys, or soon your fate you'll
    know:
The raging sea ran mountains high, the tempest did unite,
Poor souls in vain did shriek with pain, on board the Amphitrite.

At three o'clock in the Afternoon, we were put to a stand,
Our fatal ship she ran aground upon a band of sand:
Poor children round their parents hung, who tore their hair with
    fright,
To think that they should end their days on board the Amphitrite.

Our moments they were ending fast, and all prepared to die,
We on our bended knees did fall, and loud for mercy cry;
Our ship she gave a dreadful roll, and soon went out of sight,
O! the bitter cries could reach the skies from on board the
    Amphitrite.

Great praise belongs unto the French, who tried us all to save,
Our Captain he was obstinate to brave the stormy wave;
But he went down among the rest, all in the briny sea,
The rocks beneath the pathless deep his pillow for to be.

The crew were toss'd and all were lost, but two poor lads and me,
For on a spar we reach'd the shore, and dar'd the raging sea;
But one exhausted by the waves, he died that very night,
So only two were saved 'the crew of the fatal Amphitrite.

So now the Amphitrite is gone, her passengers and crew
O think upon the sailor bold, that wears the jacket blue,
God grant to end the grief of those distracted quite,
Lamenting sore for those no more on board the Amphitrite.

Ond does dim sôn am erthyglau na baledi cyfredol yn
Gymraeg, a does dim gair am Ann/Anne Lewis. Efallai fod
ei chorff ymysg yr 82 gafodd eu golchi i'r lan a'u claddu o
dan feddrod 'Le mausolée de l'Amphitrite' yn y Cimetière de
l'Est yn Boulogne-sur-Mer. Ni ddaethpwyd o hyd i'r 53 corff
arall.

Mae Annpôl Kassis, awdures leol, wedi bod yn gwneud

ymchwiliadau yn ardal Boulogne ac mae hi bron yn siŵr bod dwy ferch wedi eu hachub o'r môr yn fyw. Yn ôl pobl leol, creodd un ohonynt fywyd newydd iddi hi ei hun ym mhentref Audresselles, ei chyfrinach wedi'i gadw'n ffyddlon gan y gymuned o bysgotwyr. Cred rhai fod un arall wedi gwneud yr un peth yn Boulogne-sur-Mer.

Ysgrifennodd y bardd Myrddin ap Dafydd y gân hon am Ann ar ôl darllen *Welsh Convict Women* gan Deirdre Beddoe.

Cân Ann Lewis
(Alaw: *Lamenting for her Geordie*)

Fel roeddwn i'n mynd un bore o Fai
I'r ffair yn nhre' Dolgellau
Mi glywais lanc yn sôn yn drist
Am gariad dros y tonnau.
Mi gludwyd Ann, ferch ddeunaw oed
Ymhell i ffwrdd o'i thyddyn;
Ni wnaeth un drwg i neb erioed
Ond dwyn ychydig frethyn.

Dedfryd y cwrt oedd yn y dre
Yr adeg yma llynedd:
Ei hel i ffwrdd i Botany Bay
Yn gonfict am saith mlynedd,
Dim ond dwyn het a rhyw bwt o siôl
O siop ei meistr 'wnaeth-hi,
Ond ni ddaw Ann i Gymru'n ôl,
Ni chlywaf fwy amdani.

Ac erbyn hyn aeth deuddeng mis
O dan y bont i rywle
Bu'r afon mewn lli, a throsof i
Yr oedd hi'n wylo'i dagre;

Trodd haf yn aeaf a gaeaf yn haf:
Ni welais i'r tymhore;
O ben y ffridd bu calon glaf
Yn gwylio'r ffordd i'w chartre.

Ddeng mil a mwy o filltiroedd i ffwrdd
Mor wag yw gwlad Awstralia,
Nid am yn hir, mae hawl y tir
Yn eiddo i Britannia,
Mae'r senedd yn hel y merched del
A'r gyfraith sy'n pres-gangio,
Ac ni ddaw'n ôl y sawl ddygodd siôl
Os cafodd ei chonfictio.

Mae heddiw'n ffair, mae'n fore o Fai
Ond oer yw dyfroedd Wnion,
Ac mae rhyw fin ar y gwynt a'r hin
A gawn yn awr ym Meirion;
Dim ond dwyn het a rhyw bwt o siôl
O siop ei meistr 'wnaeth-hi,
Ond ni ddaw Ann i Gymru'n ôl
Ni chlywaf fwy amdani.

Myrddin ap Dafydd, 1979

I Botany Bay – y ffeithiau

Cefais y syniad ar ôl clywed cyfres ar Radio Cymru yn olrhain hanes y tri chant o ferched gafodd eu halltudio o Gymru i Botany Bay rhwng 1787 ac 1852. Merched ifainc oedden nhw i gyd, llawer yn eu harddegau a'u hugeiniau cynnar; morynion o bentrefi bychain a ffermydd anghysbell ac eraill fu'n cerdded strydoedd tywyll y trefi mawrion fel Abertawe, Merthyr Tudful a Chaerdydd. Dim ond dwyn bara, bacwn, bresych, hen sgidiau

235

neu ambell ddilledyn oedd camwedd y rhan fwyaf ohonynt, ond yr un oedd y ddedfryd: isafswm o saith mlynedd ym mhen draw'r byd.

Darllenais lyfr Deirdre Beddoe, *Welsh Convict Women*, fu'n sail i'r gyfres radio, a rhyfeddu. Er mai dim ond y ffeithiau moel sydd yn y llyfr, allwn i ddim peidio â dychmygu'r sgyrsiau, y boen a'r ofn rhwng y llinellau.

Yn naturiol, a minnau'n un o'r ardal, cefais fy hudo gan hanes Ann Lewis o Ddolgellau. Yn 1833, cafodd ei chyhuddo o ddwyn o'r siop ddillad lle roedd hi'n gweithio. Roedd cost y nwyddau y cafodd ei chyhuddo o'u dwyn yn rhyfeddol o uchel: £10 am dair siôl, £5 am dair het a 7 swllt am ambarél. Yn 1833? Roedd rhywbeth yn drewi fan hyn.

Cydiodd stori Ann yn fy nychymyg yn syth, a bûm yn ceisio cael mwy o'i hanes. Haws dweud na gwneud. Mae'r enw Ann/ Anne Lewis yn un cyffredin iawn yn yr ardal a'r cyfnod, ac er y gwyddom ei bod yn bedair ar bymtheg oed yn 1833, does dim cofnod o'i dyddiad geni na lle'n union yr oedd yn byw.

Drwy bori drwy Gyfrifiad 1841, gwelais mai Lewis oedd enw'r teulu oedd yn byw yn Llety'r Goegen, Cwm Hafod Oer. Adfail yw'r adeilad hwnnw ers blynyddoedd, ond cafodd hen nain fy nhaid ei magu yno, a gan ei fod yn enw mor ddiddorol, penderfynais roi bywyd newydd i'r enw hwnnw. Dynes wag, wallgo neu lac ei moesau, efallai, oedd ystyr 'coegen' yn ôl y diweddar Tomi Price, gafodd ei fagu ym Mhenybryn. Roedd yn gyfle hefyd i ddefnyddio capel Rhiwspardyn (lle cefais fy medyddio), sydd bellach yn dŷ wrth ymyl tafarn y Cross Foxes. Codwyd y capel yn 1828 gan y Methodistiaid, oedd wedi sefydlu eu hunain yng Nghwm Hafod Oer ers 1812.

Nid yw teulu Tomi Price yn perthyn i deulu Hugh Price y *draper*, gyda llaw, nac i Elis Edward. Dychymyg pur yw Elis. Ond gwelais fod meibion Hugh Price wedi mynd ymlaen yn arw yn y byd ac wedi newid sillafiad eu snâm i Pryce.

Yn yr Archifdy yn Nolgellau mae cofnodion yr achos yn y 'Merionethshire Quarter Session Court' fel a ganlyn (a sillafiad enw Ann yn amrywio'n gyson):

INDICTMENT ZQS/T1833/43 1833

That Ann Lewis, late of pa. Dolgellau, stole 3 hats, value £5, one umbrella, value 7s., 3 shawls, value £10, the property of Hugh Price, her employer. And that Catherine Humphreys did incite her to steal these items, whilst Mary Ellis accepted the 3 shawls and Jonnet Rees, the umbrella and 3 hats, knowing them to be stolen.

Anne Lewis pleads guilty. Catherine Humphreys pleads not guilty and acquitted in consequence of the Jury having found a true bill against her for being a receiver and not accessory before the act. Mary Ellis and Jonnet Rees plead not guilty.

Verdict – Ann Lewis found guilty as Principal sentenced to be transported for 7 yrs. Jonnet Rees and Mary Ellis as Receivers – Sentenced to be transported for 14 yrs.

On dorse:

List of Witnesses. True Bill against prisoner Anne Lewis for stealing and against prisoners Catherine Humphreys, Mary Ellis and Jonnet Rees for receiving, knowing the same to be stolen goods.

Does gen i ddim syniad a yw disgynyddion y tair uchod yn dal i fyw yn y cylch nac a ydynt yn ymwybodol o'r hyn ddigwyddodd iddyn nhw ac i Ann. Dychmygol yw eu swyddi a'u personoliaethau, ac os ydw i wedi tramgwyddo yn erbyn unrhyw un, rwy'n ymddiheuro. Dewisais hen bopty'r dref fel gweithle Jonnet oherwydd fy mod yn cofio hen bopty Defi Rowlands yn y Lawnt, a'm bod yn eithaf siŵr nad oedd yr adeilad wedi newid llawer ers y 1830au.

Dychmygol yw Bryn Teg, cartref y teulu Price, ond mae nifer o hen dai urddasol yn Nolgellau sy'n debyg iawn i'r hyn a ddychmygais. Roedd siop y *draper*, ar y llaw arall, yn sicr yn Sgwâr Springfield, ond dydw i ddim yn siŵr ym mha adeilad.

Roedd Syr Robert Williams Vaughan, Nannau newydd wario'n helaeth ar nifer o adeiladau'r dref, a galw Sgwâr Eldon ar ôl cyfaill iddo. London House oedd yr hen enw ar Tŷ Meirion, lle mae'r Ganolfan Groeso heddiw.

Byddai ffeiriau'r dref yn debyg i'r hyn a ddisgrifiais, gyda gweision a morynion fferm yn sefyllian ar hyd y Bont Fawr, yn disgwyl i rywun eu cyflogi, a nifer o'r gweision fferm yn rhoi cynnig ar focsio yn erbyn bocsiwr proffesiynol.

'Ffordd Dryll Drybedd' oedd enw'r ffordd sydd (neu oedd) yn mynd i lawr heibio'r Gwanas am Ddolgellau. Roedd hi'n ffordd droellog a serth iawn bryd hynny.

Roedd teuluoedd y cyfnod yn fawr ac yn dlawd, gyda llawer yn marw o'r clefyd coch, ymysg afiechydon eraill. Ni chafodd clefyd y gwair ei 'ddarganfod' tan ddiwedd y 1820au. Cafodd y term 'hay fever' ei ddefnyddio yn *The Times* am y tro cyntaf yn 1827. Dim ond yn 1859 y darganfuwyd mai paill oedd yn achosi'r cyflwr, nid arogl gwair newydd ei dorri.

Dyma'r cyfnod pan ddechreuodd y werin dlawd wrthryfela yn erbyn gorthrwm y tirfeddianwyr cefnog a'r rhenti uchel roedden nhw'n eu codi; roedd Dic Penderyn newydd gael ei grogi yn sgil terfysg Merthyr yn 1831 a byddai gwrthryfel Merched Beca yn dechrau cyn hir, yn 1839. Roedd y gyfraith a'r achosion llys Saesneg (nas deellid gan y werin uniaith Gymraeg) yn rheswm arall am yr anfodlonrwydd.

Llwyddodd nifer o Gymry i deithio dros y môr i America am fywyd gwell, ond cael eu halltudio i'r wlad honno fu hanes llawer hyd at y chwyldro yno yn y 1780au. O hynny ymlaen, i Awstralia y byddai drwgweithredwyr yn cael eu gyrru, i Botany Bay yn gyntaf, yna i Tasmania, Queensland a rhannau eraill o New South Wales. Rhwng 1788 ac 1868, cafodd 162,000 eu halltudio i Awstralia gan Lywodraeth Prydain.

Roedd prinder merched yn y Byd Newydd, a byddai rhai'n cael eu gyrru yno i fod yn forynion ar ffermydd anghysbell – a chael eu trin fel caethweision yno yn aml – ond byddai nifer fawr yn cael eu gyrru i'r puteindai.

Er i Mrs Fry ysgrifennu adroddiad am ei hymweliad â'r *Amphitrite*, byddai ei merched, wedi ei marwolaeth, yn penderfynu peidio â chyfeirio ato yn ei chofiant a chyhoeddi yn hytrach na lwyddodd eu mam nac unrhyw aelod o'r pwyllgor i ymweld â'r *Amphitrite* o gwbl. Roedd yn well ganddynt ddweud mai dyma'r unig long o garcharorion benywaidd i'w mam fethu ymweld â hi na gadael i'r byd wybod am fethiant Elizabeth Fry y diwrnod hwnnw.

Bethan Gwanas
Hydref 2015

Llyfryddiaeth

Beautiful Bodies, Gerald Stone, Pan Macmillan, 2009

Convict Maids: The Forced Migration of Women to Australia, Deborah Oxley, Cambridge University Press, 1996

Cwm Eithin, Hugh Evans, Gwasg y Brython, 1931

For the Term of his Natural Life, Marcus Clarke, Australian Journal, 1874

Hanes Methodistiaeth Gorllewin Meirionnydd (Cyfrol 1), Y Parch. Robert Owen, MA, 1889

Hen Faledi Ffair, Tegwyn Jones, Y Lolfa, 1971

Hope and Heartbreak: A History of Wales and the Welsh, 1776–1871, Russell Davies, Gwasg Prifysgol Cymru, 2005

Horrible Shipwreck!, Andrew C A Jampoler, Naval Institute Press, 2010

Maiden Voyages and Infant Colonies, Gol. Deirdre Coleman, Bloomsbury Publishing, 1998

O Fôn i Van Diemen's Land, J Richard Williams, Gwasg Carreg Gwalch, 2007

The Fatal Shore, Robert Hughes, Vintage, 1986

The Floating Brothel: The Extraordinary True Story of an Eighteenth-century Ship and its Cargo of Female Convicts, Siân Rees, Hodder, 2001

Welsh Convict Women, Deirdre Beddoe, S Williams, 1979